士敏 著

印度洋的承诺

文汇出版社

图书在版编目(CIP)数据

印度洋的承诺 / 张士敏著. —上海：文汇出版社，2012.7
　ISBN 978-7-5496-0559-0

　Ⅰ.①印… Ⅱ.①张… Ⅲ.①长篇小说—中国—当代 Ⅳ.①I247.5

中国版本图书馆 CIP 数据核字(2012)第 139059 号

印度洋的承诺
（本书为上海文化发展基金会资助项目）

作　　者／张士敏
责任编辑／乐渭琦
装帧设计／益　平

出　版　人／桂国强

出版发行／**文汇**出版社
　　　　　上海市威海路 755 号
　　　　　（邮政编码 200041）

经　　销／全国新华书店
照　　排／南京理工大学资产经营有限公司
印刷装订／上海双宁印刷有限公司
版　　次／2012 年 7 月第 1 版
印　　次／2012 年 7 月第 1 次印刷
开　　本／890×1240　1/32
字　　数／240 千
印　　张／11.25

书　　号／ISBN 978-7-5496-0559-0
定　　价／25.00 元

目　录

- 1　第一章　救生筏上
- 16　第二章　船长的笔记本
- 26　第三章　救生筏里的爱情
- 43　第四章　欣荣之死
- 51　第五章　塞罗人救了她
- 58　第六章　抉　择
- 70　第七章　就　咱　俩
- 83　第八章　家中遭窃
- 89　第九章　水波报案
- 101　第十章　波特曼的夜晚
- 111　第十一章　不是监狱的监狱
- 135　第十二章　习文得知真相
- 151　第十三章　冲出精神病院

- 170 第十四章 上访被截
- 186 第十五章 两个求婚者
- 204 第十六章 网络混战
- 222 第十七章 阿兴反水
- 234 第十八章 龙阳市公安局通告
- 249 第十九章 习文被打
- 266 第二十章 水波被活埋
- 288 第二十一章 连环谋杀
- 302 第二十二章 同归于尽
- 324 第二十三章 走向死亡

- 339 以生命的代价去追寻(任丽青)

第一章 救生筏上

1

公元200×年3月3日。阳春三月,春光明媚;不过在这低纬度、临近赤道的印度洋上不见桃红柳绿,也没有鸟语花香。有的只是火热的太阳和深蓝色、汹涌澎湃的海浪。凌晨4时50分,夜色未褪,太阳——一个鲜嫩、灼热的大火球就迫不急待地从大洋深处爬出来,将它那艳红、炽热的光芒抛洒在无边无际的印度洋上。在霞光的映照下可以看到洋面上有一个橘红色东西,逐浪漂浮、忽隐忽现。它像个儿童玩具,波涛戏弄着它,忽儿将它托上浪尖,陡地又扔入深谷。仔细辨认可以看出这是个圆形、带篷帐的气胀式救生筏。从筏上英文"ROMAN"可以看出这属于一艘名为"罗马人"的遇难海轮。

救生筏直径2米,一人高,筏里围成一圈,半坐半躺着4个人。他们一个个披头散发、衣服湿透、心跳气急、魂飞魄散。筏门右首,仰面躺着的是个身材敦实、头发花白、皮肤黝黑的老人。那紫酱色皮肤和额上一条条刀刻似的皱纹告诉你,这是位饱经沧桑的老人。他是66岁的船长罗全布。顺时针方向、罗全布左首是个年近60,瘦小、面色苍白,看上去非常孱弱的老人，这是轮机长朱海根。轮机长旁边则是水手长欣荣，小伙子圆团脸、大眼睛，乌黑的头发微微卷曲，长得颇为帅气。由于长年干水手活，加之健身锻炼，他身材匀称，肌肉发达，像个体操运动员，身上没有一点赘肉。欣荣旁边靠近左首筏门的是位妙龄女郎。这不仅是这艘救生筏、也是"罗马人"上唯一的女性。芳名水波，这是位美人儿。尽管斜躺着，但仍能看出这位小姐身材苗条、凹凸有致。本来她很美，但海难和惊恐使她看上去相当狼狈。秀发凌乱，身上原本很漂亮的一件白色丝质衬衫和天蓝色裙子上都沾满污渍，浸湿后紧贴在身上。脚上原本穿一双意大利产皮凉鞋，不知何时丢了，如今光着脚丫。

罗全布闭着眼，似乎睡着了。其实没睡——船沉了，躺在救生筏上，生死关头，身为一船之长怎能睡得着呀。

可怕！可怕！实在太可怕了！想想吧，30分钟，仅仅30分钟，一艘16 000吨的钢铁巨轮就忽地从海面上消失了——消失了呵！这两天风力强劲，印度洋像发了疯似的，狂风呼啸、恶浪滔天。今天阵风达到9级，他不放心，白天黑夜连轴转，日夜守在驾驶台上，密切注视海面和船的动态。嘭！嘭……巨浪像草原上饥饿的狼群，前仆后继扑上船头，横扫过甲板，跃上驾驶台，然后，哗！飞溅开来。那嘭、嘭的响声好似重磅铁锤敲击他心房。他的心被提了起来。他觉得晕眩，蓦然，扑通！他摔倒在地。

"船长！船长！"旁边的二副和舵工吓坏了，有的呼唤，有的搀扶他。

"没事。"他睁开眼睛，声音虚弱。

"船长，你太累了，"舵工说，"你已经两天两夜没睡了。"

"是呀，年龄不饶人。"

"你去睡吧，这儿有我们呢。"当班的二副劝他。

"我……"他实在想睡,可又放不下心。

"你去睡一会。"二副和舵工再次劝他,"有事我们会叫你。"

唉,只能如此了。记得是 3 时 45 分,他蹒跚着走下驾驶台,到房间里刚躺下,睡了没多久,迷迷糊糊听见有人在耳边急促地呼喊:

"船长!船长!"

"什么事?"他睁开眼睛,一看是水手长欣荣。"怎么啦?"他本能地从床上坐起来。

"船上有种很怪的声音。"水手长不无神秘。

"什么?很怪的声音?"他踩了 44 年船甲板,当了 30 年船长,经历过很多事情,算得上见多识广,从没有人就什么"怪声"向他作报告。"到底啥声音?"他盯着水手长。

"我——我也说不清。"水手长挠头,"有时嘎吱、嘎吱,像是拉锯;有时呼噜、呼噜,像是睡觉打呼噜。反正我吃不准,船长,还是你去看看吧。"

"嘎吱,嘎吱,呼噜,呼噜?"他皱眉自语,"啥名堂?"但还是走出船长室。

黎明前的黑暗笼罩着印度洋,风呼啸,海浪像个暴徒,凶狠地捶打着衰弱、老态龙钟的"罗马人"。那"澎!澎"的响声揪人心肺。碎裂、苦咸的浪花,雨点似的随风飞溅到脸上,生疼。虽在低纬度,夜晚的印度洋还是很冷的,他不由缩缩脖子。他想捕捉水手长说的怪声,可除了风吼浪啸,啥怪声也没有。正想问水手长。欣荣突然说:

"船长,你听!"

他屏息凝神。"嘎吱!嘎吱!"果然听到怪声。这声音好似有人拉锯,又好似在磨牙。在这黑暗、风啸浪吼、无边无际的印度洋上不由让人神经发颤、头皮发麻。

奇怪，这啥声音呢？他凝眉。蓦然想起什么，忍不住脱口叫起来：

"钢板，船体钢板！一定是船体钢板出毛病了。"

他惧怕这个时刻，心里一直祈祷：不要降临，不要降临；然而现在还是降临了。

"罗马人"是一艘有40年船龄的老船，因不适宜航行，外国船东宣布报废。好运来船务公司老板辛运作为废铜烂铁购进。船泊在黑海比哈尔港。要弄回国，按理得雇远洋拖轮拖回来；可雇一艘远洋拖轮价格不菲。辛运懂些轮机，看了一下，凑合着还可以航行。他决定雇人将船开回国，进厂稍加修理，在中国沿海照跑不误。当然，船不能空放。他揽了一批货，这样不仅省下拖轮费，而且赚进大笔运费。一出一进，可以赚进近百万美元。辛运用高薪聘他为船长。他上船检查，由于长时间停航无人保养，船壳锈迹斑斑、满目疮痍。就像一个耄耋老妇，老态龙钟，皱里吧叽，惨不忍睹。当然，外观还是次要的，拷铲一下，抹上油漆，好似一个女人可以涂抹脂粉。主要是船体，他发现钢板锈蚀严重。在第三货仓深仓右舷船壳钢板水下部分，有一条2米长的细微裂缝。当然，缝隙可以修补焊接。问题是将附近钢板钻洞测量厚度，发现钢板因严重锈蚀而减薄。从资料看，该船建造时船壳钢板厚度为18毫米，如今最薄处只有9毫米，整整少去一半！从黑海到中国，行程万里，跨越地中海和印度洋，这样的船怎能抗击风浪？他将情况电话报告辛运。辛老板不以为然：

"我知道，不就差9毫米吗？"

"什么！"他叫起来，"9毫米呀，差不多有1厘米，说明船体钢板锈蚀得很厉害。"

"知道，知道，"辛运完全是行家，"少了9毫米还有9毫米哩。"

"你……"

"别急,听我说嘛。"辛运打断他,"虽说薄了些,可这9毫米是钢板,不是塑料,也不是纸头、木头。几百年前咱们老祖宗郑和还驾着木帆船下西洋哩;你现在驾的是钢铁巨轮,就是稍为薄了些。"

"你……"

"好啦,别说啦。"辛运威严地打断他,"虽然我没当过船长,可你知道,对船、尤其是旧船,我老辛多少还懂一些。"

他知道这是事实,在龙阳姓辛的就是靠捣腾旧船起家的。20年前,好运来船务公司开张。搞船舶航运得有大本钱。可好运来注册资金仅10万元人民币,而且还是朋友帮忙临时借来。公司注册好,钱就转走了。辛运独辟蹊径,他低价收买废船,修修补补,再通过关系,贿赂港口海事船检部门,取得船舶航行证书,将废船起死回生。就这样倒腾,如今好运来从只有一台电话、一张桌子的皮包公司,变成拥有数亿资产的大公司。

"辛老板,我晓得你懂行。"他说,"可你以前的生意都是中国近海,这次要航行地中海、过印度洋。"

"还不一样嘛。"辛运想猛下决心,"除去原本说好的每月2 000美元工资,我额外再给你10 000美元奖金。"

"这……"他倒没想到。

"咋?嫌少?"好似在赌场上,辛运拉大嗓门,气势磅礴,"好,再给你加10 000美元!"

"这……"他不知该说什么。

"啥这呀那的。"辛运以为他还嫌少,下定决心,"好,再给你加10 000美元,老哥,30 000元美金啦,你这把老骨头去哪儿挣?得,就这么定了。你负责将船开回来。"

"我……好说。"他退却了,想起什么,说,"光我答应不行。'罗马人'原来的船舶适航证书早已经作废,尽管我认可想办法,像目前船的状况,要办新的适航证恐怕不行。"

"这你就不用操心了。"辛运胸有成竹,"这事儿我会让公司办公室主任、我的助理水小姐去办。她会同比哈尔港口海事监管部门打交道,弄一张一次性适航证。作为船长,你只要在适航证申请书上船长一栏签字就行了。"

他无言以对。他可以断然拒绝:不行!作为船长我不会签这个字。但没有,他没这气魄,确切说,他的良知被30 000元美金击倒。公允地说,他不是那种见钱眼开、贪得无厌的人;但如今他需要钱呵,很需要!他老伴没工作,去年中风,半身不遂,躺在床上,看病,请人服侍都得花钱,费用高昂。这一切全靠他每月2 000美元的退休工资。入不敷出,捉襟见肘。沉重的担子他这副老骨头实在吃不消呵。钱!钱!他虽要钱!有了30 000元美金,老伴看病的钱就有了。再说他也存着一种侥幸心理:"罗马人"虽说老了,可也许能顶过去。再说只一次——就这一次!以后他决不干这样的事情。胆小发不了财。姓辛的不就是靠冒险,倒腾这些旧船发大财的嘛。他也冒一次险,倒腾一下——为了30 000美元。他在心里宽慰自己:虽说违法,可他与姓辛的不同。辛运是商人,而且是奸商,唯利是图。他不同,他是个正派人,活到66岁,一生做人规规矩矩,堂堂正正,想不到……唉,一次、就只这一次。怀着这种自怨自责,又心存侥幸的复杂心理,他隐瞒了"罗马人"的真实情况,在一次性适航证申请表"船长签字"栏里,他颤巍巍地签下:罗全布三个字。

一生签过无数次名,这是一次最不安、最彷徨、最痛苦的签名。

"罗马人"终于离开比哈尔上路了，颤颤巍巍，哆哆嗦嗦。他也像赌场上押上身家性命、巨额赌资的赌徒，一直惴惴不安。又像有一柄希腊神话中达摩克利斯剑高悬在头上。他在心里默默祈祷：老天爷，你保佑我们，让我们平平安安开回国。船速本来每小时可行驶14海里，为了避免船体过度震动，他让轮机长减为11海里。慢些不要紧，安全第一呵。

　　黑海—博斯普鲁士海峡—马尔马拉海—达达尼尔海峡—爱琴海—地中海—苏伊士运河—红海。全都顺利通过。最后进入印度洋。

　　这些海域除地中海稍为辽阔，其他大都狭窄，风浪也不大。印度洋就不同了。无边无际，俗话说无风三尺浪，以前他航行过多次，洋面风力经常是5~6级，7~8级也是常事，浪高平均在4米以上。这点风浪，以往他驾驶的那些船根本不在乎；这次不同，这是条报废的船，是一次危险的赌博和冒险。三天前的傍晚，"罗马人"驶出亚丁湾、进入印度洋。望着渐渐远去、被人们称为非洲之角的索马里海岸。这儿是著名的索马里海盗出没之处，一般船来到这儿都提心吊胆、战战兢兢，生怕遇上海盗。他不，此时此刻他最想看到的是人——海盗也是人，只要看到人就好。环顾四周，除了凶狠的印度洋波涛，黑暗中他看不到一艘船、一点亮光和一个人。海盗呀、凶悍的索马里海盗，你们哪儿去了呢？真的，此时我宁愿被你们掳去，也不愿孤独地呆在这令人恐惧的黑暗中。距非洲大陆愈来愈远，望着索马里哈丰角灯塔远去的闪光，他像个被遗弃的孤儿。恐惧、孤独使他几乎想要哭出来。他算一下，此去到南中国海，最快得跑半个月。半个月，15天，3 600小时，看不到海岸，看不到岛屿，没有援手，在这漫长的时间里，在这辽阔凶险、恶浪滔天的印度洋上将会遭遇到什么呀？他不由懊悔：不该贪财，不该赌博，不该被那30 000美元诱惑，不该签字，不该接这条破船，不该……然而晚了，一切都晚了！而且还不能将这些痛苦、忧虑同其他船员述说，自酿的苦酒，自己品尝。

不能叙述的痛苦更痛苦！

"嘎吱——嘎吱，"怪声愈来愈响，简直揪心。他正想找轮机长问问机舱情况。

"船长！"瘦小的轮机长朱海根惊慌地从机舱间爬上来，喊叫着，"机舱间进水啦！"

"快用抽水泵抽呀。"他也喊叫。

"不行！"轮机长挥舞双手，急促地说，"进水速度太快了，一瞬间半个机舱进了水。主、副机和发电机用不了多久就会全部淹没。船壳裂缝一定很大，根本止不住呀。"轮机长几乎要哭出来。

"船长，不好，三舱、四舱都进水了。"木匠慌张地前来报告，"速度快极了。"

输了，输了，作为赌徒他彻底输了。头顶上那柄用马鬃吊悬的利剑终于落了下来。他在心里哀叹。"报务员，快发SOS！"他大声喊叫。

"是！"报务员刚发出一个SOS，呼！好像一阵狂风吹灭残烛，船上的电灯一下全都熄灭。"罗马人"融入印度洋黏稠的黑暗中。

黑暗让恐怖更恐怖。尽管如此，他没忘记自己的身份和职责。"大家别慌、别慌，"他吼叫，"执行救生部署。"

"轰隆隆！"一道耀眼的闪电，划破漆黑的夜空，照亮了可怜的"罗马人"。船已大角度倾斜。随即一个惊天动地的炸雷，吓得人们魂不附体。紧接着，是更大、更猛烈的轰然一声巨响，那声音超过雷鸣、压过海浪，似火山喷发，似深海海啸，似原子弹爆炸。

"啊！船断了！"随着船员们撕心裂肺的尖叫，在昏暗中他看到巨大的、16 000 吨的"罗马人"竟像一根脆麻花似的断成两截，船首高高翘起，指向幽暗的夜空。接着，哗！激起一股十几层楼高的水柱，随之坠入深渊，不见踪影。

2

"阿欣，老朱！"罗全布问水手长和轮机长，你们看到船上其他人没有？

"船断裂时我看到大副、报务员还有一水小马、二水阿龙他们被旋涡和水柱吸进了海里。"欣荣回忆，"就像美国好莱坞恐怖片，那情景太可怕了。"

"我见二副和机舱间的电工、加油工还有两个水手上了一条救生艇。"朱海根回忆，"可艇放到一半，钢丝绳断裂，艇翻了，人都甩到了海里。"

是的，全船 28 个人，除在座 4 人，看来无一生还。唉，完了，全完啦。罗全布不禁悲从中来。

欣荣和朱海根也深感悲哀。

"唉，倒霉。"蜷缩的水波忽然轻声叹了口气。

水波父亲早年去世。母亲是小学教师，家境贫困，含辛茹苦，将她养大。她自幼聪慧好学，四年前以优异成绩从外语学院毕业。她主修英语，还自学了法语和日语。生逢其时，外语吃香，她相信凭藉良好的外语水平、聪慧的头脑、加上天生丽质，在这诡异、风云变幻的生活海洋里，她定能跳出父辈的苦海，挣个好前程。她进了好运来公司，果不然，老板辛运被她的外貌和才华吸引。头一年只是办事员，第二年就担任办公室副主任兼总经理助理。辛运向她示好，追求她。辛运年近50，比她大将近20岁，而且有妻室子女。再说其貌不扬，酒糟鼻、大饼脸，尤其是那个下巴，上唇短，下巴突出，就是人们常说的地包天。同这样的男人恋爱实在没劲。但是男人有钱就坏，女人坏了才有钱，这是金科玉律。她没有任何可以相助的背景和靠山，唯有靠自己。她想蹿上去只有借助跳板。辛运是现成、而且最好的一块。这家伙虽然其貌不扬；但人极聪明，短短二十年，从航运公司一个穷办事员，混成数亿身价的大老板。他身上有不少值得自己借鉴的东西。有得必有失，她虽然入世不深，但她看过不少世俗小说，听过很多类似传说故事，她知道男人的目的和需求。她不拒绝；但也不让他轻易得手，坚守住一个姑娘最珍贵、也最重要的底线。若即若离，弄得辛运心痒痒的。这是最佳状态。她要通过这块"跳板"，迅速崛起，发展自己的事业。

　　这次辛运派她配合罗全布接"罗马人"。她的任务是弄到一张一次性适航证，对她来说轻车熟路，在国内常干。她拿着船长罗全布签字的申请书，找到当地船检局，扔了一只重磅美国"手榴弹"（10 000美元），很快搞定。弄好后她本可以飞回国，但辛运让她跟船一起返回，万一有事好帮着照应。她喜欢海洋，可没真正航过海，尤其是远洋。这次"罗马人"要经过黑海、爱琴海、地中海、苏伊士运河、红海、印度洋，这些海洋在地理书上她读到过，有种说不出的向往。如今有机会亲历其中，航行一次也好。她袅袅婷婷踏上"罗马人"甲板。船长将船上最好的房间给她住。她想象中这一定是一次有趣的航行。想不到会出这样可怕的事情。

　　"唉！"水波忍不住又唉叹一声。虽然搞的是船务，可她对船完全是外行。她知道"罗马人"是报废船，可心想虽说破些，可这么大一条钢铁巨轮，在海上跑跑应该没问题，想不到竟如此不堪一击，拦腰折断。心里忍不住懊悔：不该乘这条破船，不该!

"水小姐，"罗全布冷冷地说，"别人好埋怨，你不行，你没资格埋怨，你没资格说这话。"

"为啥？"水波侧目。

"这船的一次性适航证是你去通路子搞出来的呀。没有适航证，'罗马人'能出港吗？"罗全布直奔主题，击中要害。

"这……"水波一愣，随即反唇相讥，"不错，是我去搞的，可我是拿着你签字的适航申请书去搞的，没有你船长的签字我再有本事也不行。"

"这……"这回轮到罗全布语塞。

"你俩到底怎么回事？"朱海根看出端倪问。

"我……"罗全布一时不知如何作答。

"……"水波也不知怎么说。

"不瞒你俩，对此我心里早就有疑问了。"朱海根说，"好歹我也跑了几十年船，旧船、烂船见过不少，没见过像'罗马人'这么破旧的。可罗船长，你签字认可。在航运界你德高望重，既然你签字认可，我也就没说的了；再说水小姐也弄来了适航证，合法航行，我更没说的。可我心里一直有怀疑，觉得这当中有猫腻。从你俩刚才的话语中我听出缘由。看来你俩肯定有秘密，"他顿一下，"如今船也沉了，事情到了这一步，你俩能否透露透露，说说真相？让我死也瞑目。"

"对，说说。"水手长欣荣坐正身子，"都到这个分上了，再不说啥时候说？"

"死到临头了。"瘦弱的轮机长激忿，"咱们有权利知道真相。"

沉默。救生筏里的空气霎时凝固了。

印度洋在咆哮。"哗!"一个浪头将救生筏高高托起,随即又扔下,人们左右晃荡,但视线都聚焦在罗全布脸上。

沉默,令人窒息的沉默。

罗全布脸涨得通红。蓦然,他哭喊着:

"我该死,我对不起你们,对不起死去的船员兄弟。啊!我该死,我该死。"说着边哭边抽打自己耳光。

"船长,你干啥?"欣荣抓住他手,"有话好好说,别这样。"

朱海根也劝慰:"到底咋回事,你说清楚就行,咱们不会怪你。"

罗全布拭去眼角泪水,平息一下情绪,说:"老板辛运让我接'罗马人',负责将船开回国。作为船长,我理应对大家的生命安全负责,可是我……我……"说着说着,罗全布又双手掩面哭泣起来。

"船长,别激动,慢慢说。"欣荣劝他。

"我检查时发现,这船实在破旧,尤其是第三货仓深仓右舷钢板水下部分有一条约1米长的裂缝,附近钢板也严重锈蚀变薄。从资料看,造船时的钢板厚度是18毫米,当时我钻洞测量只有9毫米。"

"差这么多?"欣荣忍不住叫起来。

"是呀。"罗全布点头。

"像这样的船是不能航行的。"朱海根说。

"是呀。"我用电话向辛老板报告,他说他捣鼓的破船多了,没事,而且就跑一次,肯定没问题。我说不行,他说,只要我将船开回去,他给我 30 000 美元。

"你……"朱海根和欣荣同声。

"我挡不住钱的诱惑,"罗全布颤声,"再说我也抱着侥幸心理，心想，也许没事儿。于是我……我……"

"你在适航证上签字了?"欣荣不信。

"对,我该死……是我害了你们,我……我对不起大家呀。"罗全布说着呜呜哭起来。

"钱!钱!"欣荣愤怒地挥舞拳头,"都是该死的钱。"

"不,钱没有罪。"朱海根说,"有罪的是对金钱的贪婪。"

"对,贪婪,无耻的贪婪。"罗全布痛心疾首,"辛运贪婪,我也贪婪。贪婪让'罗马人'葬身印度洋,贪婪让我们送命,贪婪毁了大家。"

救生筏陷入沉默。是呀,贪婪已经让24条鲜活的生命消失了。贪婪让他们频临死亡、陷入绝境。

可恶、可恨的贪婪啊!

"水小姐,这次事故你有什么责任?"朱海根转向水波锐利地问。

"我……"水波愣了一下,"我不懂船,全都是我们老板……"

"不!"罗全布大吼一声。

水波一怔,朱海根和欣荣也都怔住。

"做人要讲良心,"罗全布激动,"都这个时候了,干吗还遮遮掩掩?"

"我……"

"你是公司全权代表,辛老板说了,让我一切听你的,对吗?"

"是的。可……"

"别什么可不可的,"罗全布坐直身子,"我问你,那个船体钢板变薄的数据不是你让我将9毫米改成12毫米的吗?除了辛运,这事儿船上就咱俩晓得。"

"是的，"水波承认，"不过我对船舶一窍不通，目的只是想申请适航证容易些，早知后果会这么可怕，我……"

"这是弄虚作假、篡改原始数据！"朱海根恶狠狠地说，"这是犯罪！"

"真能耐，"欣荣嘲讽，"后门从国内开到国外来了。"

唉，水波双手抱头，她心里也悔恨，要不是弄虚作假也不会走到这一步，真是自食其果呀。

"还有那张一次性适航证也是你去搞来的吧？"欣荣瞅着她，"那张纸头可是咱们一船人的催命符，没有它'罗马人'出不了港。"

"是呀，这都是我的错。"水波垂头。

"比哈尔港的那些验船师我想也不都是瞎子。"欣荣分析，"尽管你们篡改原始数据，他们不会看不出'罗马人'的情况。我很想知道，你用啥办法将他们摆平？"

"像在国内一样，钞票开路。"

"你给验船师多少钱？"

"10 000美元。"

"你得到啥好处？"

"我……"

"我知道这是老板辛运指使你做的。"欣荣分析，"可你也不会白干，辛运肯定有承诺。"

"他……他答应事成回去后奖励我10 000美元。"水波涨红脸。

"哈，10 000美元！"欣荣苦笑，"10 000美元就拿到一张死亡通行证。"

"我有罪。"水波噙泪，"就像罗船长说的，我也贪婪。脑子里只想到钱，没想到可能产生的可怕后果。我对不起大家，我……"说着嘤嘤哭起来。

"你俩加上那个辛老板,你们配合得真好呀,"欣荣指着罗全布和水波,"咱们有假烟、假药、假酒、假奶粉、假食品、假名牌服饰、假文凭、假论文、假身份证、假护照、假入学通知,现在又多了个假适航证。嘿,丰富多彩,应有尽有。"

罗全布将头埋在臂弯里惭愧之极。

水波也觉着无地自容,脸涨得通红。

"作假真害人!"朱海根感慨。

"啊!贪婪!贪婪!伟大的贪婪,无耻的贪婪,老天爷,救救我们,救救咱们这个民族吧!"欣荣突然挺着身子,站立起来,捏紧双拳,疯了似的仰天长啸。那声音似哭又似笑,激昂悲愤;那声音里充满鲜血,那血似乎要滴下来;那带血的声音穿透救生筏,在印度洋上回旋震荡,似乎要将天喊下来。吼罢,像个婴儿,他扑通跪在筏上嚎啕大哭。

救救我们,救救咱们这个民族吧!喊声和哭声震憾每一个人。尤其是水波,她第一次听到、第一次面对一个人如此呐喊狂呼。她有罪,有罪呀!那含泪蘸血的呐喊像把锐利的手术刀,镂刻着她那颗年轻火热但却贪婪的心。

她恨不得跃出帐篷跳进印度洋。

第二章　船长的笔记本

1

温暖的印度洋水、像儿时母亲柔软的手掌抚慰着他的肌肤。海水在阳光的照射下奇妙地变幻着，忽儿深蓝、忽儿浅蓝、忽儿翠绿，透明、纯净。呵，这是纯洁的大洋之水，是地球的血液、生命的摇篮。他畅快、尽情地游着。挥动双臂，飞速急驰。不仅游得快，而且泳姿优美。要知道他是游泳健将呵，他参加过横渡长江，游过黄河，还游过海南的琼州海峡。可就没参加过游印度洋。我怎么会在这儿游泳？要游到何处？这次活动是谁组织的呢？游呀游呀，他开始感到累而且有种恐惧——以往无论游长江还是琼州海峡，总有一群人，而且有救生艇伴随。今天怎么只有我一个人？而且看不到救生艇。唉，怎么可以将我一个人扔在印度洋上呢！他愈来愈不安、愈来愈害怕。猛然，他看到右前方水中一群黑黝黝的影子贴着水面，像潜水艇发射的鱼雷，向他疾驶而来。直到身边他才看出是一群鲨鱼。快逃！脑子里刚闪过这念头，猛地一条鲨鱼张大嘴巴一口咬住他的手臂……

啊……他尖叫一声，睁开眼睛，原来在做梦。自己置身在局促的救生筏里。

罗全布和朱海根仍一如既往半躺半坐,双眼紧闭,纹丝不动。对他的惊叫毫无反映。也许他们听到了,也许没听到。即使听到了,他俩也不会吭声——眼下最要紧的是节省体力,少动少说话。但水波却睁开眼睛,轻声问:

"阿欣,你怎么啦?"

"我做了一个梦——可怕的梦。欣荣下意识地看着自己的手。手仍是原来的手,不过由于缺少营养和水分,原本结实有力的手变得瘦弱、无力。

"我当啥事儿?"水波不以为然地一笑,"我一闭上眼睛就做梦,而且都是一些可怕的梦。"顿了一下,叹口气,"唉,这一切就是一场噩梦——最最可怕的梦。"说罢闭上眼睛,她也懂得节省体力。

欣荣默然。他也认同这是一场噩梦。而且这不是冥冥之中的虚幻,而是清醒中面对的可怕的现实。何时梦醒?结局如何?谁能知道呢?

他看看手腕上的石英表,4点50分。他睡不着、也不想睡。新的一天开始了。今儿是第几天?他转脸看着用红色记号笔划在救生筏舱壁上的条条,这是他的作品,每天清晨划一条。他默数着:1、2、3、4、5,五条,那么今天应该是第6天了。他拿起身边的记号笔,端端正正地加上一条。然后透过救生筏门洞,静静地望着外面。海水和天空是黛色的,洋面上蒙着一层薄薄的水汽,像轻纱,似雾霭,游移、飘忽,捉摸不定。印度洋像睡梦中的少女,甜美安静令人心醉。时间一分一秒过去,蓦然,天际泛起一抹艳丽的霞光,黛色的天幕被染成粉红色。随之一个激动人心的时刻来临。一柱霞光从大洋深处、水天相接之处喷涌而出,随着这光芒、一轮红日冉冉升起,像刚出生婴儿艳丽的小脸，又像个鲜嫩的蛋黄，不忍触摸。最初她是羞怯的，然后逐渐升高，周围的海水都被染红，金色的溶液翻腾跳跃。这金色的朝霞也温暖了他的心。他当过十年海员，看过无数次日出，但不知为什么没有哪次日出像今天这样壮美，让他如此动心。不由赞叹：

"真美呀。"

"你指什么？"水波又睁眼问，其实她并未睡着，是在闭目养神。

"我是说日出，"欣荣手指太阳，"你看，多美呵。"

"都这步田地了，你还有心情欣赏日出？"水波瞅着他，不无奇怪。

"我知道，"欣荣点头，"可已经如此，总不能成天唉声叹气。情绪、心态对人非常重要，尤其是身陷绝境时。"

"你呀。"水波轻声，她觉得这个年轻水手长身上有种不一样的东西。

"我怎么啦？"欣荣问，视线和水波的目光交织在一起。

"没啥。"水波转过脸，心里不禁抖动了一下。

欣荣心里也一动。自从水波踏上"罗马人"船甲板，这女人一直是他和水手们注目和谈论的焦点。轮船是男人们的天地。这个天地里出现这么一个如花似玉的美人，可以想象在他和水手们心中引起的涟漪和冲击。水手们一有空就谈论她，这女人弄得他们心痒痒的，但他们只能伸长脖子，望梅止渴，吞咽口水。很简单，这娘们不属于他们，她是公司上层白领，老板的情妇，他们哪能染指？再说她一直高高在上，住在最上一层，连吃饭也是服务生送上去，她根本不下来，他们也无法接触。他在甲板上干活时常看到她在上面凭栏远眺。海风吹拂着她的秀发和长裙，他止不住心潮澎湃、热血沸腾。如今她就在他身边，而且紧挨着，头碰头脚碰脚。生活真奇妙呵！

水波又闭目养神。

他也不知该说什么，只能失神地望着海面。蓦然，他发现远处好像有一艘船。他以为自己看花眼，使劲揉揉眼睛，再看，确实是一艘海轮，而且似乎正向他们驶来。"船！船！"他不由喊起来。

"在哪？在哪？"水波睁眼紧张地问。

罗全布和朱海根也都睁开眼睛。

"那儿，你们看。"欣荣手指前方。

"是的，"水波兴奋。现在他们唯一的指望就是有船发现并救助他们。

"不要是海盗船呵。"水波又胆心。

"即使是海盗也无所谓。"欣荣说，"管他是谁，只要能将我们救出去。"

"救你上岸后要赎金。"水波担心。

"那怕啥，"欣荣呵呵一笑，"咱们掼缆绳、踩甲板的，怕啥？要付赎金也是船公司老板的事。"

"阿欣说得对，"轮机长朱海根说，"任谁都行，只要能将咱们救离苦海。"

罗全布眯着老花眼，细细辨认，说："不像海盗，是条集装箱船。"

"那就快放救生火箭。"水波提议。

"等等，让它再靠近些。"罗全布想起前几天放掉的几支火箭，当时救生筏与对方船的距离都比较远，火箭白白浪费。

集装箱船向他们驶来，距离一点点缩短。

"放火箭，快放。"水波迫不及待。

"阿欣，还有几支火箭？"罗全布问水手长。

"总共六支,已经放掉五支,剩下最后一支。"

"这条船离我们很近,"水波请求,"机会难得,船长,放吧。"

罗全布观察一下,距离确实比刚才近了,大约1海里,应该说是比较近的,他下定决心:"好吧,阿欣,放!"

欣荣取出最后一支救生火箭,举起来,拉动点火索,滋!火箭冒出火星嘶嘶作响,随即冲向空中,粉红色的镁光信号缓缓旋转然后飘落,在空中留下一缕缕白色烟雾。

四个人睁大眼睛,屏住呼吸,望着那条船。现在他们的希望全都寄托在这最后一支火箭和眼前这条船上了。他们在心里呼唤:朋友,救救我们,救救我们吧!

火箭消失了,那条船却毫无反应。

"这样近的距离,按说应该看到。"罗全布说。

"看是应该看到,"轮机长分析,"不过当班的驾驶员可能没对外瞭望,没发现。"

"也可能看到了,"欣荣忿忿说,"可就是见死不救,这帮家伙!"

"这儿海区常有索马里海盗活动,情况复杂。"罗全布分析,"有些船生怕中计,吃不准,不敢贸然靠近。"

说话间那船渐渐远去。

"嗨!"水波猛然举起双手向着轮船大声呼唤,"求求你们,别走,别走呵!"

"救生火箭都不顶事,你喊有啥用?"罗全布说。

"小姐,还是省点体力吧。"欣荣劝她。

"呜……"像个失去爹娘的孩子,水波双手掩面,哀哭起来。她哭得那么伤心、那么动情,弄得三个男人心里也酸酸的。

2

欣荣用微微发颤的手握住记号笔，在舱壁上又加一条杠。他数一遍：10条——整整10天了。

最后一支救生火箭发射后未能得到救援，对每个人都是沉重的打击。嘴里不说，可心里都清楚：生还的希望更渺茫了。

印度洋上酷热难挡，赖以生存的淡水和压缩饼干所剩已经不多。原来每人每天喝一小杯水、吃三块饼干，现在减半：每人每天喝半杯水，吃一块饼干。就这样，这点水和食物最多也只能再维持七八天。

罗全布年老体弱，有心脏病，身体本来就不好，加上内心的煎熬和无比的愧疚，使原本看上去壮实的汉子现在瘦得皮包骨头，头发胡须全都白了。三天前开始发烧，高烧缺水，嘴唇干裂，满是血泡。看上去十分可怕。"阿欣！"他颤抖着轻声喊。

"船长！"水手长望着老人干裂起泡的嘴唇，以为他要喝水，提起装水的大塑料瓶，拧开瓶盖，小心翼翼地倒满，送到他嘴边。

"谢谢，我不喝。"罗全布声音嘶哑。

"你——"欣荣望着他干裂出血的嘴巴，"你需要水。"

"不，"罗全布缓缓摇头。

"船长，这是你应得的一份。"欣荣误解老人的意思。

"我……我知道。"罗全布一字一句，"别……浪……费……了。"

"老罗！"朱海根握住罗全布枯槁的手。

"看来我……我到……到终点站了，"罗全布喘息，"给……给你们省……省一口水也好……"说着闭上眼睛。

"老罗!"朱海根喊。

"船长!"欣荣呼唤。

"罗船长!"水波轻声。

"我有罪,我……我对不起你们。"罗全布忏悔。

"知道。"朱海根说,"别再说了。"

"现在我有两……两件事,托……托付给你们。"罗全布睁大血红的眼睛,看一眼轮机长再看看水手长。欣荣发现他那干涩充血的眼睛里泛起一道奇异的光芒,整个人也陡然变得精神了。欣荣奇怪,蓦然想起:啊,回光返照!心里一紧。

"船长,你说吧,"欣荣紧握住罗全布的手,眼角涌起泪水。

"老朱,阿欣,我……我有个笔记本留……留给你们。"

"在哪?"朱海根问。

"绑……绑在……在我腰上。"罗全布动动身子,"你们将……将我腰间布带解下来。"

欣荣撩起老人上衣,见腰间束了一条宽宽的布带,带上有个带拉链的小口袋,里面装着一个硬邦邦的东西,像似皮夹。他将布带解下,拉开拉链,里面是一个塑料面小笔记本。

"这……这上面详细记着我和辛运卫星电……电话通话的日期、内容。"罗全布喘息,"这……这是我和姓辛的共同犯罪的罪证,也……也是我的忏悔。"说着呜咽,"我恨自己……我恨呀,我对不起你们,对……对不起全船遇难的弟兄。只……有以死来谢罪。"

"别说了。"欣荣握住罗全布的手,"人都会犯错误,我理解你。"

"老哥,别说了。"朱海根眼睛润湿。

罗全布闭眼,半响又睁开,望着朱海根,万分严肃地说:

"谢……谢你们的原谅和理解。可……可我要赎罪,"他顿一下,"这……这本上记录的就是我的赎罪,非……非常重要。海根,你保……保存好,带回去公诸于众。"

"嗯,"朱海根点头,将布带束在腰上。

"万……万一你不行了,就交……交给阿欣……"

"老哥,我晓得。"朱海根点头。

"我明白。"欣荣说。

"总之,你们无……无论如何要带回去,要……告……告诉大家,'罗马人'为……为啥会沉?是怎么沉没的……"

"船长,你放心,"欣荣安慰他,"咱们一定按照你说的做。"

"阿欣,万一你……你……"罗全布欲言又止。

"我怎么样?"欣荣屏住呼吸,同时下意识地看一眼水波。

罗全布也看着水波。

水波望着老人深陷充血的眼睛,她知道对方在审视,在掂量:能否将笔记本交给她?她想对他说:"老船长,我知道你的心思,我有罪;可像你一样,我也明白自己错了。我忏悔、我悔恨,请相信我吧,万一水手长有事我一定会……"但她没勇气说出来,她等待,看老人怎么交待。再说万一水手长真的不行了,就剩下她,不托付给她又能给谁呢?

沉默。

"那阿欣,你就只……只能带……带着去见阎王了。"罗全布叹口气惋惜地闭上眼。

至死也不信任她!水波觉得心里好似有把刀子在割。现在她才体会到对一个人来说信任多么重要;才知道信任这两个字的意义、价值和分量;才知道要获得信任又是多么不容易。

"船长,相信我,"欣荣发誓,"不管多艰难,为了这笔记本,我也一定会坚强地活下去,将笔记本带回去,让人们知道事实真相。"

"我……我相信，你年轻，身……身……体……好。"罗全布愈来愈虚弱，好一会才继续说，"还……还有一……一件事……"

"啥事？你说吧。"欣荣问。

"将……将我身……身上衣……衣服脱下来……"

"为啥？"朱海根和欣荣都不解。

"到……到海里……穿……穿着衣裳也没……没用……"

"那还是穿着吧。"欣荣说。

"不，罗全布动动下巴，留……留给你们兴……兴许有用。"

"我们有啥用呢？"欣荣不解。

"救……救生火箭不……不是没……没有了吗，"罗全布倾力，"万一再……再有船……你们可……可用衣裳点……点火，衣裳会冒……冒烟……"

"老哥！"朱海根凄声。

"船长！"欣荣哭喊。

水波忍不住嚎啕，唉，这是个什么样的人呀，他犯了错；可断气前他想到的不是自己而是他们。身上最后一件衣服也要留给他们。活了27年，她第一次真正体验何谓感动。

"快……快……"罗全布嘴巴噏动，他已经无力多说，但含意很清楚：赶快脱掉我的衣服。

欣荣和朱海根噙泪替他脱下身上衣服，只剩一条短裤。身上真是骨瘦如柴，一条条突起的肋骨像搓衣板。

罗全布似乎满足了，紧闭双眼静静地躺着，一动不动。三个人围着他跪成一圈，没人言语、没人吱声甚至连呼吸都轻轻的，唯有心在哭泣。印度洋的波涛似乎也怕惊醒它的儿子，将救生筏轻轻托起再缓缓放下，那哗哗的涛声为远行的老船长唱着一首水手的哀歌。

也不知过了多久，一小时、两小时……三个跪着、疲惫虚弱的人再也无法支撑。轮机长朱海根轻声：送他上路吧。

欣荣抹去泪痕点点头。

"咱们磕三个头。"朱海根带头磕起来。

磕完头，欣荣抬头，朱海根抱脚，水波托腰，将老船长僵硬的遗体抬起来、搁在救生筏门槛上。欣荣推一下，老船长光溜溜、瘦骨嶙峋的身子滑进印度洋。老人似乎不忍离去，仰面漂浮着。

"船长！"欣荣呼唤。

蓦然，水下蹿出无数条黑影，是鲨鱼！其中一条跃出水面，像闪电似的，呼！一口咬住老船长的胳臂，另一条咬大腿，其余撕咬胸背……顿时鲜血染红洋面。

坏蛋，你们这群坏蛋！欣荣吼叫，操起船桨向鲨鱼猛砸。残暴饥饿的鲨鱼根本不理会，继续它们食人的盛宴。很快老船长就尸骨全无。对此鲨鱼仍不满足，围着救生筏上下翻滚，用尾巴扑打，用身体和喙冲击，咚！咚！似乎要将筏子戳破、弄沉，它们方肯罢休。

水波被这残暴的镜头惊呆。这将是她这一生目睹的最恐怖、最难忘的镜头。而且她想到万一她死了，结果也会如此。啊！她忍不住狂叫一声，接着撕心裂肺地哭起来。

鲨鱼无动于衷，继续撞击筏子：咚！咚！

第三章　救生筏里的爱情

1

第 20 天，酷热。

太阳像个大火球，高悬天际。昔日汹涌的印度洋此刻波平如镜，救生筏纹丝不动，好似置身杭州西湖。

欣荣脱光衣服，只穿一条内裤，水波脱得也只剩下胸罩。两人像两条烘干的鱼躺在筏底，喘着粗气。3 天前，瘦小的轮机长朱海根因体力极度衰竭，也闭上了眼睛。临终前他艰难地留一句话："阿欣，如果回去，给我家里打个电话。"接着解下老船长装笔记本的布腰带，"这个就交给你了。"

欣荣很难过，但他全身乃至泪囊里已经没有一滴多余的水，想哭也没眼泪。他和水波将轮机长进行海葬，又给鲨鱼提供一顿午餐。

现在只剩下他和水波，3 天前就断水断粮，再加上这难耐的酷热——死神正觊觎他们，并一步步靠近。

热，热……水波扯着喉咙，痛苦呻吟。

"忍忍吧！"欣荣轻声。

"我不懂，为啥这……这么热？而……而且没一点风。"水波喑哑地问。

"我估计我们漂到了赤道无风带。"欣荣判断,"无风带没有风,酷热。"

"看……看样子这儿是咱俩的终……终点站。"

"别这么想。"欣荣鼓励她,"我不是说过,愈是艰难、逆境,愈是要坚强。"

"嘿,坚强?"水波苦笑,"没吃、没喝怎么坚强?"

"书上说人体极限断水7天、断粮15天,如今咱俩才3天,还有时间,咱们要想办法,我们一定要活下去!"

"赤道无风带,茫茫印度洋,有啥法子好想?"

"别泄气呀,我一直相信,天无绝人之路。"欣荣想起什么坐起来,捡起角落里一个塑料水瓶。

"这里面还能有水?"水波疑惑。

"没有。"欣荣举起塑料瓶,"不过我想一只只查一遍,搜集里面剩余的每一滴水。"

欣荣将所有空瓶检查一遍,哪怕泪珠似的水滴也不放过,最后居然搜集到半瓶盖——大约30毫升的水。他嘴唇干裂喉咙冒烟,望着那晶莹的水,他真想仰头一口喝下去;但当他触到水波的眼睛,那饥渴的目光,看到她那噏动干裂的嘴唇,他将送到嘴边的水停住。小心地转给水波:

"你喝吧。"

"你……"水波没想到他会这样。

"拿着,"欣荣舔一下干裂的嘴唇,"女士优先。"

水波用颤巍的双手接过瓶盖,望着里面晶莹的水。有生以来不知喝过多少水,但没有什么水如此稀罕,如此珍贵。呵,这不是水,而是神话中的琼浆玉液。她送到嘴边,先用舌尖舔舔,然后抿一小口。就这一小口,干裂的嘴唇和五脏六肺都得到了滋润。她想将剩余的喝下去,但是想到欣荣,他同她一样干渴,而且这水是他省给她的,她不能只顾自己喝。

"给。"她将剩下的水递给欣荣。

"你……"欣荣也没想到她会这样。从那凝视着他的眼睛里他看到善良、看到真诚也许还有爱。"谢谢!"他接过瓶盖,心里有种前所未有、难以言说的温暖。

也许是一口水的刺激,欣荣感到些许尿意。正常情况他每天排尿五六次,这些日子由于严重缺水,排尿也就很少。尿中含有毒素,积蓄在体内不好,现在有尿意是好事。他提起一只装水的空瓶,侧转身子,使劲将尿排出来,人顿感轻松。他擎起塑料瓶察看,尿液不多,大约四五十毫升。而且由于水喝得太少,原本清澈橙黄的尿液如今呈咖啡色。他提着瓶想将尿倒进海里,可正要倾倒时蓦然想起什么,他停住,举起瓶,嗅嗅,一股刺鼻的臊味,但是也不管了,他屏住气,咕噜、咕噜一口气将里面的尿喝光。

"你喝尿?"水波惊呼。

"我记得在报上看到过,法国有几个海员遇难,在海上漂流,淡水喝完,有人喝自己的尿,有的人嫌脏不愿喝,后来活下来的都是靠喝尿才得以维持生命。还有个矿井崩塌,几个矿工被压在下面十几个昼夜,也是靠喝尿维持生命。"

"那味儿多难闻。"

"当然没有咖啡香,"欣荣一笑,"不过是为了活下去,再说这是自己的尿。"他亲切地对水波说,"小波,相信我。"

水波点头,排尿后将自己的尿喝了下去。

"阿欣,我想起个问题。"喝下自己的尿后水波想起什么。

"你说。"

"这样将自己的尿喝下去,实际上是自身的液体进行体内循环,如果没外来水分的补充,尿会愈来愈少,甚至枯竭。"

"你说得对,"欣荣点头,"咱们得想法补充水分。"

"哪来淡水?"

"咱们喝海水。"

"开玩笑,海水怎么能喝?"

"我不开玩笑。"欣荣严肃,"我在一本航海杂志上看到过,国外科学家研究,航海者万一遇难,为了生存,少量喝些海水是可以的。"

"这个少量是多少呢?"

"50至100毫升吧,"欣荣拿起瓶盖比划,"大约到这儿。"

"可我们怎样将海水弄上来呢?从救生筏到海面有1米高。"

"这太简单了。"欣荣用水手刀将一只塑料瓶瓶颈部分割去,再对称地在两边钻两个小孔,从工具箱里找了根绳子系上,一个吊瓶就做成了。

"阿欣,你真行。"水波禁不住赞扬。以前她根本没将这个只读过航海中专的年轻水手放在眼里,现在明白她错了。他不仅坚毅、顽强、乐观,而且知识丰富、充满智慧。如若没有他,在这浩淼的印度洋上,她这个懂三国外语的研究生是活不下去的。

2

渴暂时解决,随之而来的是饿。水波记得6天前吃下最后一块压缩饼干,此后就没再吃任何东西。嗷嗷待哺的胃痉挛着,可怕的饥饿啃噬着她,眼睛发花,身上冒虚汗。虚脱,连抬手的力气都没有。她觉得自己就要不行了。

"阿欣,我饿。"她痛苦地呻吟,现在水手长就是她的保护神。

"知道,"欣荣仰卧着,有气无力,"我也一样,饿得难受。"

"有……有什么好吃的吗?"

"你说呢?"欣荣反问。

"我不知道,知道了还问你。"

"让我想想,"欣荣沉吟,"哦,我们可以钓鱼。"

"钓鱼?拿什么钓?"

"用鱼钩呀,"欣荣坐起来指着救生工具箱,"这里面有供遇难用的鱼线和鱼钩。"他取出鱼线和鱼钩。

"用这能钓到鱼?"水波不信。

"当然,海里的鱼很容易上钩。"

"钓上来怎么办?"

"还用问,吃呀。"

"就吃生的?"

"怎么,还想红烧、油炸?"欣荣瞥她一眼,"你没吃过日本料理生鱼片?味道忒鲜。"

"好吧,"她对生的东西不感兴趣,可也只能如此。

"现在就缺一样东西。"欣荣拿着鱼钩。

"啥?"

"鱼饵,没有鱼饵鱼不会上钩。"

"拿什么做钓饵呢?"水波想不出。

欣荣也绞脑汁。忽然他叫一声:

"水波,你看。"

"什么?"

"你看,救生筏门口。"欣荣轻声说。

果然,水波看到一只很大的鸟儿立在筏门口。奇怪,它从哪来呢?这么多天,除他俩,海天间她没看到另外的活物,现在竟然有一只鸟来作伴,她不无兴奋。

鸟儿也发现他们,昂着脖子,转动眼睛,好奇地望着他俩。

"它一定飞累了。"欣荣分析,"我去逮它。"

欣荣爬向门口,鸟儿果然累了,也不动弹。欣荣一把抓住它,鸟儿吱吱叫了两声。欣荣愧疚地说:"鸟儿,鸟儿,为了活下去,咱们只能让你牺牲作贡献了。"他用水手刀斩去鸟头,一股温热殷红的血从管腔里冒出来,他仰头吮吸。

水波呆愣着。

"你也喝一点。"欣荣将淌血的鸟递给她。

"我……我……"水波畏缩,"我不行。"

"你行!"欣荣大声说,"为了活下去,必须喝!这血有营养,能滋润胃,来吧,勇敢些,张开嘴巴。"

水波张大嘴闭上眼睛,欣荣将鸟血滴在她嘴里。她感到一股温热、咸腥的液体,通过喉咙食管流进胃囊。奇怪,胃竟接收了,停止痉挛。

喝完血,欣荣拔去鸟的羽毛,将肉剥下来,除留少许作鱼饵,两人分食其余的。

这真是茹毛饮血呀!水波感慨。如果不是亲身经历,她不敢想象世界上会有这样的事情。

"其实我们祖先就是这样过来的,咱们这是返祖。"欣荣感慨。

"不可思议。"水波抹去嘴边的血。

"没有什么不可思议的。"欣荣将最后一块带血的鸟肉塞进嘴里,用力咀嚼。"作为高等动物,人就是这样,当你吃饱喝足时,你所想的是什么样的食物更好吃、更美味、更有营养;可一旦陷入绝境,就像我们现在这样,为了不饿死,死的、活的、生的、熟的啥也不顾了。听我妈说,1962年大饥荒时期,咱们乡下断粮，没吃的，为活命，有人用树皮草根填肚子。"

鸟肉下肚，饥饿带来的虚脱和恐慌感、顿觉缓和。欣荣也来了力气，他抓起鱼钩：

"现在咱们钓鱼。"

"怎么钓？"

"你看我的。"

欣荣将一块鸟肉固定在鱼钩上，将鱼钩抛下海。放了一段鱼线，然后趴伏着观看海面。

"这能钓到？"水波傍着他。

"你等着瞧。"欣荣自信，"海里的鱼傻得很，见食就咬。"

果然，不多会鱼线抽动。

"上钩了！"水波激动地喊叫。

"知道。"欣荣胸有成足，不仅不收线而且又放了一段线。

"为啥不收线？"水波生怕鱼逃掉，急了。

"这叫放长线吊大鱼。"欣荣将鱼线交给她，"你拉着试试。"

"哇，这么沉。"水波使劲儿，但拉不动。看来这条鱼不小。

"正由于鱼大，所以收线不能太快、太急。"欣荣教她，"要悠着点，慢慢来，多遛它一会，实际上是鱼和人较量，看谁吃不消，先泄气。"

水下的鱼忽而将线绷得很紧，并且剧烈抖动；忽而放松，显然它在挣扎。欣荣怕水波失手，接过线绳，紧紧拽住，就这样坚持角逐。大约过了一两个小时，鱼终于投降了。欣荣喘着气，慢慢收线，水波帮忙拉，鱼浮出水面。

"哇！"水波不由叫起来，那是条长约1米，有10多斤重的大鱼。鱼体像纺锤，流线型，皮肤呈蓝色，背侧有浅色斑纹，非常漂亮。水波帮忙，两人将鱼拖进筏里。水波以为鱼死了，用手去摸，哪知鱼猛跳一下，吓得她跌坐筏上。欣荣忙拿起木桨，狠击鱼头将鱼打死。

"死了吗?"水波站起来，心口怦怦跳。

"应该死了。"欣荣又在鱼脑袋上狠砸一桨。

"这是什么鱼?"水波没见过。

"这叫鲣鱼，是金枪鱼的一种，肉味鲜美。"

欣荣将鱼分解，头尾内脏去掉，将嫩红的鱼肉切成薄片。

"这就是名贵的日本生鱼片。"欣荣递一片给水波，你尝尝。

水波接过鱼片，咬一口，嫩滑细腻，比鸟肉好吃多了。

"这么大条鱼够咱俩吃五六天的了。"有了食物填肚子水波放心多了。

"不行，最多吃两天。"欣荣嚼着鱼片。

"为啥，这条鱼够大的。"水波不解。

"天太热，咱们没有冰箱，不能冷藏。鱼是高蛋白食品，容易变质。咱们要吃新鲜的。反正印度洋取之不尽，咱们天天钓。"

欣荣用记号笔在舱壁上划了一条特别粗的杠——第 30 条。

整整 30 天了。

"阿欣，快看那儿有条船。"水波看见远方有条船，兴奋地喊起来。

"呵，一艘捕鱼船。"欣荣分辨。

捕鱼船离他们愈来愈近。距离不到 1 海里。这是他们遇见的第 7 艘船。

"阿欣，快发求救信号。"水波喊。

"救生火箭没了，拿什么发信号?"

水波缄默，陡然想起什么:

"老船长临终前留下身上衣服，说是可以让我们派用处。"

"对!"欣荣也想起来，"我来做个烟雾发生器。"他从座位下箱子里找出老船长留下来一堆有着难闻气味的衣服，放在吃完饼干的空铁皮箱里,再取出一罐供照明用的煤油,浇在衣服上,点燃,然后浇点海水,弄湿,衣服上的火苗化成一股浓烟袅袅上升。

"阿欣,你真能干。"水波禁不住赞扬。

"没什么,水手基本功,航海救生课上学的。"

烟雾冉冉升起。

两人瞪大眼睛,看着来船。那艘船向他们一点点靠近、靠近。近得可以隐约看出船首的英文字母。他俩深信这次真得救了,两人心都快跳蹦出来。

"救救我们!救救我们……"水波挥舞双手,用力呼唤。

"嗨……"欣荣也呼叫。

然而捕鱼船却转了个90度,弃他们而去。

"啊,你们……"水波好似挨当头一棍,一瞬间怔住。

欣荣也觉得遭到一场难以容忍的骗局。

"啊,坏蛋,坏蛋……"水波嚎啕,突然,跳起来要往海里跳。

"你……干什么?"欣荣一把拉住她。

"别拉我。"水波想挣脱。

"你要干什么?"

"我受不了,"水波哭喊,"我不想活了。"

"就为刚才这条该死的船?"欣荣诘问,"我知道你心里失望、气忿,我也如此,可为这送命值得吗?"

"有啥值不值得?"水波泪眼模糊,"唉,整整一个月了!喝尿和海水、吃生鱼,而且没人肯救我们,这种日子我实在受不了?阿欣,让我走吧。"

"眼下这日子确实难熬,可世界上经受过这种苦难的人不仅你、我,还有的是,有些人时间比这更长,受的苦更多。"

"还有谁？"水波不信。

"好，我说给你听。首先是美国航海家罗伯逊，一天他们的船失事，他和他妻子以及四个孩子乘像我们这样的救生筏在太平洋上漂流，渴了喝海龟血、饿了吃生鱼和海龟肉，就这样坚持37天。当然，这时间还不算长，最长的是英国作家莫里斯夫妇。我看过莫里斯写的一本书，书名叫《大洋求生》。"

"书上怎么说？"

"莫里斯和玛林娜喜欢航海，1973年3月的一天，他俩驾驶着一艘30英尺长的漂亮的游艇离开巴拿马，准备横渡太平洋到澳洲和印尼去。行驶到第4天，游艇遭到一头数十吨重、受伤的巨头鲸的攻击，游艇被戳破沉没。夫妇俩只能像我们这样乘上救生筏。漂流途中他们先后遇上8条船，同我们一样，救生火箭放完，没有一条船发现并救助他们。一天天过去，筏上淡水和食物都吃完，为了活下去，他们像我们一样吃生鱼和海龟。玛林娜生病、皮肤上生疮，就像我们这样苦不堪言，漂到第40天时玛林娜失去信心，像你刚才一样想投海，一死了之，结束痛苦。莫里斯说，确实，有时候死比活更简单、更痛快，活着要受煎熬，死了也就完了。可地球上一切物种包括我们人类，一诞生就为生存而斗争。在一切物种中人类最坚强、最伟大、最富有智慧，也最具有生存能力。他引用了海明威的名言：人并不是生来要被打败的，你尽可以将他消灭掉，可就是打不败他。他激昂：我们确实很困难；可我们能战胜。没有什么能打败我们，重要的是我们不能自己打败自己。玛林娜被莫里斯说服并鼓舞，他们勇敢地继续漂流。你知道最终他俩漂了多少天？"

"多少天？"水波被吸引。

"117天！整整117天呵，他们横渡太平洋，漂了4 000多海里，最后被一艘韩国船救起。他们的事迹在报纸刊载后，读者的信像雪片似的飞向他们，赞扬他们那种打不败的精神。"他凝望着她，严肃并亲切地说，"人家能做到的我相信我们也能做到。30天过去了，不管还要熬多少天，不管还要受多少苦，我相信咱们俩能挺住，没有什么能打败我们。就像莫里斯夫妇一样，最终我们一定能得救。小波，你是受过高等教育的，这些道理我想你懂得比我多。"说着，他举起双臂向着印度洋狂吼，"没有什么能打败我们，没有！没有！"

水波被莫里斯夫妇的故事、更确切地说是被欣荣顽强的信心和激情所鼓舞。她一向认为自己很优秀，并引以为傲。现在在这个水手面前她矮了。尤其心理素质，她无法与之相比拟。

水波放弃轻生的念头。欣荣非常高兴。为庆祝这种战胜自我的胜利，欣荣钓了一条旗鱼。

"阿欣，你知道此时此刻我最想的是什么？"嚼着旗鱼片时水波问欣荣。

"想有一条船救你。"

"这倒不是。"

"想吃生鱼片用的日本料理，芥末和红酒。"

"也不是。"水波一笑。

"那想什么？"

"想有一场大雨让我尽情喝个够，再洗个够。"水波摸着长满疙瘩的肌肤，"一个多月没洗澡了，身上臭烘烘的。"

"是呀，能下场大雨就好了。"欣荣指着腿和胳膊，"你看，我也长满热疮，非常难受。"

"这印度洋就是怪，"水波仰望天空，"这么多天了，怎么会一点雨都不下哩？"

"老天爷的事谁也说不准。"欣荣望着天边，忽然发现什么，"你看，那儿有一片乌云。"

"我前几天就看到乌云，可就没见一滴雨。"

"说不定这回有雨。"

"但愿如此。"水波双手合十向着天空，"老天爷求求你，给我们降点雨吧。"

也许真是他们的虔诚和祈祷起了作用，夜晚，两人刚睡着，天边电闪雷鸣，接着下起雨来。噼噼啪啪，粗大的雨点落在救生筏篷顶上。

"啊，下雨啦！下雨啦！"两人不约而同跳起来。

"快拿瓶接水。"欣荣让水波拿盛水的瓶。

"怎么接呀？"水波拿起一只塑料瓶。

"别急，"欣荣将筏顶上一只塑胶螺丝拧开。原来那儿有个洞，像个漏斗，专门用在下雨时搜集雨水。清澈的水顺着漏斗哗哗流下来。水波递瓶，欣荣接水，很快将盛水的十几只大肚子塑料瓶装满，同时将饼干箱和其他容器凡是能盛水的也全部装满。然后两人淋浴。

"呵，这真是仙水呀。"水波张大嘴巴，大口大口尽情喝水，直到喝得肚子鼓胀，然后淋浴，边冲边喊："阿欣，知道吗，我不知洗过多少次澡，没一次这样舒服过。"

3

经过雨水洗涤，天空和海洋清澈透明。一轮满月像只大银盘挂在黛色的天幕上，酷热消退，微风轻拂，水波不兴。印度洋像一匹深蓝色的绸缎宁静地躺在夜幕下，不时有一蔟蔟飞鱼和发光的浮游生物跃出海面，燃起灿烂的海火，好似缤纷的礼花。

美丽、醉人的印度洋之夜呵！

欣荣搂着水波躺在筏底，两人全身赤裸。他们没有衣服好穿，再说在这儿也无需衣服。生鱼片和天赐甘露灌饱肚子，再洗去身上的污垢和晦气，青春和活力重新回到两人身上。

"小波，我爱你……"欣荣疯狂地吻她。

"我也爱你，爱你。"水波回应。

欣荣浑身血脉膨胀，尤其是下面，他心急慌忙，胡乱冲撞，但不得要领。

"第一次吧?"水波媚笑。

"大姑娘上轿。"欣荣红脸。

"骗我!"

"我怎会骗你。"

"原来真是个童子鸡。"水波看出他没说谎，心里高兴，"别急，我帮你。"

作为一个身强力壮、血旺气盛，而且是没结过婚的水手，他一直幻想那个地方，幻想这一幕，为此不知多少次梦遗。现在一个年轻貌美、风情万种的女人就躺在他身下，那神秘的生命之门向他敞开。他勇猛冲击。强大的力量，似火的热情，也将水波燃烧融化。她抑制不住地扭动呼喊，这让年轻的水手长更兴奋、更勇猛，直至大汗淋漓，全身瘫软。

"想不到你这么厉害。"水波抚摸欣荣汗湿的面颊。

"因为我爱你，"吻她一下，"而且你知道这是我积聚了多少年的力量。"

"你真的没有女朋友?"水波瞅着他。月光下女人眸子闪着一种奇异的光亮。

"三年前曾经有过一个女朋友，人家介绍的，谈了半年，船回港后约会过几次，后来吹了。"

"为什么?"

"很简单,还是那句老话:有女不嫁撑船郎,日日夜夜守空房。吹就吹,说实话,对那女人我压根儿没爱的感觉。"

"对我有感觉吗?"水波乜斜着他。

"有。"

"啥时候产生的?"

"你踏上'罗马人'船甲板的那一刻。"

"是吗?"水波兴奋,"这么说看到我就爱上了?"

"正是。"

"骗人。"水波在他鼻子上刮一下,其实心里得意。

"真的。"欣荣正色,"爱这东西确实很玄乎、也很奇怪,拿我吹掉的那个女朋友来说,外貌打扮都不错;可我心里就没有一种强烈、迫不及待的感觉。你却不一样。"

"我怎样?"

"人们常说的:让我怦然心动。"

"那你为啥没一点儿表示?"

"想表示可无法表示啊。"

"为啥?"

"你高高在上,成天呆在贵宾房里不下来,咱们接触的机会都没有。"

"这倒是。"水波点头。

"你步出舱室,倚立在船桥上,凭栏眺望,我在下面仰望你,只见海风舞弄你乌黑的长发和飘逸的长裙。"

"当时你怎么想的呢?"她望着他眼睛。

"怎么想?"欣荣使劲抱住她,"很简单,想冲上去,一把抱住你,就像现在这样,紧紧压在身下。"

"下流!"水波在他脸上戳一下。

"这不是下流而是爱的反应,"欣荣校正,"每个有血性的男人都会这样，尤其咱们水手，除了天就是海，根本见不着女人，突然，你出现在眼前，可又看得见够不着，你说——"

"现在你终于得到我了。"

"这是奇缘。"欣荣亲她，"从某种角度说，还得感谢这次海难。要不你这个会三门外语的研究生、漂亮的高级白领，不会躺在我这个水手的怀里。"

"这倒是。"水波坦陈。

"我想知道，"欣荣推开并凝视着她，"现在你为啥肯躺在我怀里，同我亲吻做爱。是因为寂寞、冲动，还是因为只有咱们俩、孤男寡女、逢场作戏？"

"不，"水波一脸严肃，"是因为爱！真正发自内心的爱。阿欣，我爱你，真的。我从未这样强烈、这样真诚地爱过一个人。"

"谢谢，可你爱我什么，我又有什么值得你如此爱的呢？"

"想听赞美？"

"当然，赞美人人想听，不过我想听的是真实的赞美而不是虚假的恭维。"

"我说的是真话而且是心里话。"水波抚摸着他的头发，"首先是你水手的性格。热情豪放、坚韧、倔强，像这大海一样，充满活力和阳刚之气。再说知识，虽说学历不高，但我发现你阅读面广，知识丰富，我心里常常拿你作比较，深感自愧不如。不禁不如，如果没有你，我很难活到现在。"

"嗯。"欣荣颔首。

"更重要的是你的咆哮和愤怒。"

"我的咆哮愤怒你也欣赏？"

"对，"水波点头，"我永远不会忘记那天你对我和船长的愤怒和咆哮，真吓人啊！"

"对，"欣荣毫不讳言，"我没想到会有这样的事。说实话，当时我恨不得将你俩、连同那个该死的辛老板一起扔进印度洋。"

"我看得出。说真的，当时我也真无地自容。你扔我进印度洋，我也没说的。"水波瞅着他，"可你没扔呀。为啥？"

"我看到你俩的愧疚，说明你们认识到自己的错误，尤其是你们的眼泪，我心软了。你知道，我这人听不得哭声，尤其是发自内心的哭。"

"我知道。"水波真诚地说，"可你当时声泪俱下、振臂高呼：老天爷，救救我们，救救我们这个民族的咆哮和呐喊，却震撼我的灵魂，让我永生难忘。"

"我厌恶、痛恨弄虚作假。"欣荣坦陈，"我漂泊海外，去过很多国家。每个国家，每个地区，都有自己的问题。但毫不夸张地说，造假问题我们最严重。衣食住行，知识产权，学术研究，升学考试，人文道德等等各个方面，制假、作假层出不穷，我们几乎被假包围。在国外听到人们的议论，作为一个中国人我觉得难为情。我愤怒，可无奈，想不到这次竟让造假送命。"

"我惭愧，是我的错。"水波痛悔，"对假，你深恶痛绝；我却习以为常，为私利参与作假，而且不以为耻，反以为荣，觉得自己有能耐、有本事。通过这次事故，我被震醒了。我觉得自己是那么可耻。你那惊天动地的吼声，更让我看到你一颗纯净的心。做人就该这样。我觉得这是你，也是一个人最可贵的。我爱你。"

"你将我说得太好了。"欣荣搂住她，"其实我也有很多缺点，有些还很严重，比如主观、急躁，自以为是，有时还自私。"

"我相信，人就是这样，人是立体多面的。很复杂，有句名言：人一半是天使，一半是野兽。我爱你好的，也会接受你不好的，而且我相信真诚的爱，会消融那些东西。"

"我也相信，亲爱的，我感激你。"欣荣眼角泛起泪水，"多少年来躺在船舱里，踩在甲板上，走遍世界五大洲三大洋，浪迹天涯，我向往爱和爱情；可从来没人这样真诚地理解我、爱过我。"

"现在你得到了。"她吻他，"我爱你，深深地。"

"那咱们结婚吧？我想有个家。"

"回去就办。"她爽朗承诺。

"好极了！"他吻她，蓦然想起什么，"可你那个辛老板会怎样？他能答应吗？"

"别提这个坏蛋！"一提到辛运她就怒从心起，"确实，以前我们有过一段关系，可我坦率告诉你，那没有一丝一毫的爱，有的只是相互利用。这次可怕的海难，20多人的鲜血和生命让我幡然醒悟，让我知道应该怎样生活，怎样做人。"

"我相信。"欣荣搂住她，紧紧地。

第四章　欣荣之死

1

第50天。

如果说前些天度日如年；这些天则好似浸在蜜罐里，甜美、温馨，日子过得特别快。能捕到鱼，有足够的淡水，再不用为生存发愁。广漠的天空、无边无际的大洋，宇宙间就他俩。他们拥抱、亲吻、做爱、谈理想和未来。救生筏随波逐流，欣荣从未想到过生活竟会如此浪漫、幸福，真有点乐不思蜀。

谁知第51天傍晚发生一件不幸和可怕的事。欣荣像往常一样钓鱼，鱼上钩后他慢慢往上拽，待鱼出水时他弯腰想伸手去抓，但水波动作比他快，一只手先伸出去。说时迟那时快，就在这当儿，只见一条黑影呼地蹿出水面，一口咬住水波的右手手臂。那是一条凶狠的大虎鲨。

"啊……"水波惨叫。

"啊……"欣荣也惊呼。

鲨鱼使劲将水波往海里拽。

"啊……"水波痛叫，撕心裂肺。

欣荣用拳头使劲击打鲨鱼。此时一大群鲨鱼赶来助战，在救生筏周围翻腾,搅得海水像开了锅似的,有的还撞击救生筏。欣荣知道此时水波若被鲨鱼拽下海,顷刻间就尸骨全无。他急了,用手指抠鲨鱼眼珠。鲨鱼被激怒,猛地将水波的手臂松开,却一口将他的手咬住。

"啊……"他痛叫。

鲨鱼咬住他使劲向海里拽;他则躬着身子往后缩,人与鱼进行一场拔河比赛。

水波顾不上流血的手臂,怕欣荣被鲨鱼拽到海里,双手从后面抱住欣荣的腰。

"小波,快,拿桨打它。"欣荣呼叫,"打它头。"

水波操起木桨,猛击鲨鱼脑袋。

"用力,使劲。"欣荣喊。

水波咬牙,使出全身力气。一下、两下、三下……鲨鱼也抗不住了,不得不松嘴;但心犹不甘,最后却报复性、使劲狠咬一口。

欣荣解脱了,但右手除大拇指外其余四个手指连同半边手掌都被咬掉,鲜血淋漓,惨不忍睹!

"啊……"水波惊愕得哭起来。

"别哭。"欣荣疼得呲牙咧嘴。他用左手捏住伤口,吩咐水波,"快将急救药箱取出来。"

"在哪儿?"

"你身后座位下面。"

水波取出药箱,里面有纱布、药棉、碘酒、红药水和消炎粉。

水波将红药水和碘酒在欣荣伤口消毒,再撒上消炎粉,然后用纱布包好。

水波右手手背上有三个鲨鱼牙印,伤口在流血。

"小波,你的手也得包一下。"欣荣说。

水波将咬伤的手用纱布包好。

这是一次沉重、致命的打击。第二天,欣荣发烧,而且热度不断升高,面颊通红,身体像烙铁,滚烫。水波取出药箱里的温度计一量,大惊:40℃。

"怎么办?"热度太高了,水波急得要哭出来。

"别急,"欣荣安慰她,"你看看药箱里还有些什么药?"

"只有治感冒的泰诺和治腹泻的黄连素。"水波将药箱翻看一遍。

欣荣知道救生筏药箱里也只储备这些常用药。说:

"感冒药也能退烧,试试。"

"可你不是感冒。"

"我知道,看能不能退点热度。"

欣荣服下两片泰诺,热度稍许退些,但很快又上去。他再服,就不起作用了。

连着四五天高烧,欣荣再倔强也顶不住,除了喝点水,他不能进食。生鱼吃下去就呕吐。欣荣原本体格健壮,但救生筏上50多天的煎熬让他元气大伤,这多日高烧加之不进食使他人很快脱形。他时而清醒,时而昏迷。

水波急坏了。要知道他是为救她而受的伤。他是她的守护神、顶梁柱、主心骨。她不能想象在这茫茫印度洋上,没有了他,她将如何是好?

"小波!"第7天清晨,他睁开眼,轻声呼唤。

"亲爱的,我在这儿。"水波搂住他。

"你……你爱我吗?"他瞅着她,眼里闪着火花。

"爱!"她搂紧他,"阿欣,我用我的生命、我的一切爱你。"说着哭起来,"我从没这样爱过一个人。"

"那……那就好。"欣荣欣慰,"看……看来我……我也要到终……终点站……"

"别这样说,"她亲他,"我知道你是个坚强的人,你是打不败的。"

"是……是这样,"欣荣喘息,"精……精神上是……是这样,可身……身体是……是客观事……事实……"

"亲爱的,你要挺住,挺住!"她哽咽,"我不能没有你,你不能丢下我呵。"

"我……我的心永远同你在一起。我……给……给你留张照……照片……你……你好看。"

"照片?在哪?"

"在……后……后面裤……裤袋皮夹。"

水波从他身后裤袋里取出皮夹,里面有一张他在巴黎艾菲尔铁塔前的留影。

"很帅!"她说,"我会时刻带着。"

欣荣望着她脖子上的心形锁片挂件,说:

"你——你将头像,嵌在锁——锁片里。"

"对,"她觉得这是个好主意,用水手刀将照片头像裁下,嵌进鸡心。庄重地说:"你是我的护身符和保护神。我时时刻刻戴着你。"

"我会对……对你说,要……要坚强……坚……坚强。"

"我知道。"水波点头。

欣荣闭眼休息了一会,然后睁开眼,拼足力气,示意水波:

"解……解下来。"

水波知道,他指的是绑在腰间,里面装着老船长笔记本的那根腰带。她将腰带解下。

"小波,"欣荣直视她,双眼血红,一字一顿,"老船长让……让我带走，可我……我想，还……还是……交……交给……你。"

"嗯，"水波想起老船长罗全布临终前的嘱托，想起老船长望着她的那狐疑的目光。

"现……现在最……最后的希望就寄……寄托在你身上了……你……"欣荣顿住，凝视着她，那意思是：我能信任你吗？

"阿欣，亲爱的，"水波诚挚地说，"我深知，在这件事上我有严重错误。但我以我对你的爱，我的人格向你保证：只要我活着，我一定会将笔记本带回去。将事实真相公诸于众，为遇难的海员讨回公道；同时也为自己赎罪。"

欣荣注视着她，定定地。

"你……怀疑？"水波心里一阵痉挛。此时任何语言表白都没有意义了。她蓦然想起什么，脱下身上衬衫，猛力撕下一块，然后拿起身边水手刀，将手指割破，用鲜血写了三个大字：我发誓！

欣荣下颏点了点。

水波明白，她打开腰带，将用自己鲜血写的"我发誓"布条，把老船长的笔记本包好，放进腰带，举起来让欣荣看看，然后郑重地束在腰间。

欣荣瞅着她，干裂的嘴唇动了动，似乎想说什么，但已毫无力气。血红的双眼定定地望着她。那里面蕴涵着多少话呀，爱、期望、信任、承诺以及疑惑，一切的一切，但一个字也说不出来。

"阿欣，我知道你想说什么。"水波紧抱着他，灼热的泪水滴在欣荣枯干的面颊上，"我爱你，爱你。谢谢你对我的信任，我知道该怎样做人，请相信，我不会辜负你的期望，我会信守承诺。"

欣荣眼窝里那道忽明忽灭的光熄灭了,眼角却溢出一滴泪水……

年轻的水手长就这样走了。

"阿欣呀……"水波趴伏在他身上,呼天唤地、肝肠寸断。

2

水波半坐半躺,失神地望着欣荣的照片。那俊逸、充满朝气的脸、明亮的眼睛、棱角分明的嘴唇和含蓄的微笑,如今都不复存在了。这救生筏、这危机四伏的大海,这凶险的印度洋上就剩下她一个人。这可怕的打击,看来要将她置于死地。若是此时有人看到她,准会惊吓得合不拢嘴。原本美丽的秀发如今干枯成一把乱草,面孔像一张姜黄纸,身上瘦得皮包骨,若不是那双睁着的眼睛和时而嚅动的嘴唇,人们准会认为这是个死尸。其实死很容易,只要爬出救生筏就完了。即使不出去,躺在筏里闭上眼睛,不吃不喝也会结束。天啊,我实在熬不下去了,她心里喊叫。她几次想到了结自己;但想到欣荣的话,坚强,你要坚强;想到腰间的笔记本以及老船长、欣荣和遇难船员的嘱托。是呀,她不能如此轻易了结自己,那样欣荣在天上也不会答应。欣荣的照片、欣荣的微笑给予她支撑和力量。她强迫自己喝水、吃生鱼片。

她像欣荣一样在筏壁上划着记号,又过去10天。她发觉自己真的坚持不住了。心里是想坚持,可身体不帮忙。头痛、发烧,胃也开始拒绝生鱼片,吃下去就恶心痉挛。结束了,一切就要结束了。看来她的终点站也到了。像所有人一样,原来她惧怕死亡;但这救生筏上的几十个日日夜夜,老船长、轮机长以及阿欣的离去，让她再不害怕这个字眼。死亡，来吧，你就来吧，她在心里喊叫，我毫不畏惧，我要追随阿欣、我心爱的人，随他而去。她将身上的腰带束束紧，将自己唯一一件撕去一块的衬衫穿在身上。然后慢慢躺下，闭上眼睛。

躺了一会，忽然想起，应该给以后捞起这只救生筏的人留点话，让他们知道这世界上发生了什么。想到这儿，她用全身力量，挣扎着坐起来，在工具箱里找到一支圆珠笔，写在哪儿呢？她想到老船长的那个笔记本。对，写在那上面最好。她从腰带口袋里取出笔记本，里面空白页很多。她用最大的毅力，用颤抖的手写着：

我叫水波，是中国龙阳市好运来船务公司工作人员，200×年3月3日我们乘坐的万吨货轮"罗马人"号在距非洲索马里哈丰角不远的印度洋上因船断裂沉没，全船28人，24人当即遇难。船长罗全布、轮机长朱海根、水手长欣荣和我四人登上这个救生筏，随波逐流。我们先后遇见过好几条船，我们施放救生火箭和求救信号，都未能获救。在痛苦和焦灼中度过一天又一天，最后断粮、断水。为生存，我们吃海鸟、生鱼，喝海水和自己的尿液。因体弱、疾病，老船长和轮机长先后离去，前不久，我刻骨铭心的爱人、水手长欣荣也因救我被鲨鱼咬断手掌而逝世，现在这筏上就剩下我一个人。我痛苦、绝望、恐惧。

我数了舱壁上的记号——62条。也就是说我已经漂流了62天，我想继续漂，我想活下去，直到被人救起，但现在看来是不可能的了，我生病发烧，不能进食，我的体力已到极限，我将追随阿欣、我的爱人而去，我们将在天国相会。人们一定会问：这次可怕的海难为何会发生？一艘

第四章　欣荣之死

万吨轮为何不堪一击、骤然断裂？对此老船长罗全布在笔记上作了真实、详尽的记述。老船长坦陈他有罪，深为忏悔。我也是有罪的，我不该行贿，弄来那张该死的一次性适航证。我懊悔，我恨自己，然而为时晚矣。但是我要说的是这次事故真正的元凶、罪魁祸首不是罗全布也不是我，而是我的老板好运来公司董事长兼总经理辛运。是他制造了这起不可饶恕的悲剧。

朋友，永别了。我的最后一个请求是：你若是在中国海域捞起救生筏，请将此笔记本交给当地检察院或公安机关；若在他国海域，请将此笔记本送交当地中国使领馆。我在天国感谢你。

水波绝笔

200×年5月5日

她看一遍，觉得可以。她不知道现在救生筏的位置，不过肯定仍在公海，那很可能被外国船发现。于是她又附上简短的英文，说明自己身份。做完这些她累得上气不接下气。她将笔记本、血誓以及写好的中英文留言，一起放进腰带口袋，拉好拉链，然后慢慢躺下，心里喊着：阿欣，亲爱的，我来了。

第五章　塞罗人救了她

1

200×年5月7日《龙阳日报》头版显要位置，刊登记者陆天浩采写的一条震撼性新闻：

（本报讯）在缅甸西南的安达曼海上，素有"海上流浪者"之称的缅甸塞罗人，日前在海上救起一只救生筏，筏里有一个奄奄一息、濒临死亡的年轻中国姑娘。据悉，姑娘姓水，是本市好运来船务公司工作人员。两个月前她乘坐该公司一艘货轮，从欧洲启航回国，在印度洋不幸遇难，她和另外三名船员登上救生筏，在海上漂流。历时64天，漂流四千多海里。中途断水断粮，他们吃生鱼、海鸟，喝海水和自己的尿。由于疾病和鲨鱼攻击，三名海员先后死亡，水小姐是唯一幸存者。

据资料记载，国外海上遇难漂流最长时间是117天。我国上世纪80年代曾有遇难海员漂流52天，如今64天创记录，而且是位女性，实乃奇迹。

记者昨日在医院见到虚弱的水小姐。据医生说，水小姐时醒时昏，送院时身上衣衫褴褛别无长物，唯腰间束一布带，水小姐视若性命，任何人不得触碰。水小姐原本年轻貌美，体重从原来的 51 千克降至现在的 30 千克，真是形销骨立、不忍卒睹。医生认为水小姐生命无虞，但需较长时间治疗、调养，身体方能康复。目前水小姐由母亲陪伴，为有利身体康复，遵医嘱，谢绝一切探视和探访。

2

水波霎时成为英雄。有人写慰问信，有人打慰问电话，还有人捧着鲜花到医院探望。为了女儿的健康，母亲李素琴只能诚致谢意并将人们挡在门外。

此刻水波躺在龙阳人民医院单人病房里打点滴。经过急救，医生将她从死神手里夺了回来。现在她头脑清醒；不过身体非常虚弱。

"小波！"她听到一个熟悉的声音在耳畔呼唤。

"小波！"不用看，从声音她听出是老板辛运。她觉得呕心。她真想睁开眼睛，将他臭骂一顿：你这个坏蛋，你这个凶手，你这个杀人犯，都是你造的孽。为了赚钱，你可以什么也不顾。"罗马人"的海难就是你一手造成。我恨你，恨你呀！但不行，一来体力不支，她无力说这些；更重要的是那样就会过早暴露自己。她深知辛运的为人，这家伙阴险狡诈，为了保护自己，他什么都做得出来。只有暂且忍耐，等身体康复再说。

李素琴不知去了哪，病房里只有他俩。

"小波，我知道你受苦了，"辛运握住她干瘪的手，望着她枯槁蜡黄的脸，想起不久前如花似玉的样子，心里不禁哀叹：印度洋真厉害呵，曾几何时，将一个美人儿折磨成如此模样。想到此不仅真的歉疚："唉，我不该让你跟船回来，让你受苦了。对不起，实在对不起。"

她仍紧闭双目，心想：看你耍啥花样？

"小波，为了表示我的歉意和对你的补偿，等你出院我给你50万，50万啦！"

水波一动不动、毫无反应。

"我知道我说的话你能听到。"第六感觉告诉辛运，他的话她能听到。而且他知道这女人爱财。凑近她耳边，说："这只是第一笔钱，过几天我还会给你。小波呀，只要你听我的话，你要多少我都会给你。"

水波仍凝然不动。

"听说你有个腰带，一直缚在身上。"辛运直奔主题，这是他来此的最主要目的。"罗马人"的突然沉没，他觉得是个谜，心里一直惴惴不安。从报上看到水波有个缚在身上、不让人碰的神秘的腰带后他就在想：那里面到底装的啥？是否和"罗马人"的沉没有关？

水波紧闭眼睛。

"听说你那根腰带时刻不离身？"辛运实再控制不住，本能地将手伸到被子下面，在水波腰间摸索。

水波任其摸索。她料到辛运会来这一手，已经先行一步，昨晚将腰带交给母亲，告诉她这是极其重要的东西，让她拿回家藏好。

辛运摸了水波上身再摸下身。

"啊！辛先生，你这是干什么？"李素琴突然推门进来，看到这场面忍不住叫起来。

"啊！"辛运也一愣。

"我女儿在昏迷之中，你这样在她身上乱摸，算啥名堂？"李素琴气愤地说。

"这……"辛运狼狈。

伶牙俐齿、从教多年的李素琴像当年训斥教育犯错的学生,板着脸严肃地说:"辛先生,你知道有多少人想进来探望,都被我拦住。作为她公司领导我这才让你进来。可我女儿在昏迷之中,你在她身上乱摸,你到底想干什么?"

"呵,我……"辛运狼狈,抖着地包天的大下巴,说,"我想找个笔记本。"

"啥笔记本?"李素琴向来不喜欢这个人。绷着脸,"找啥东西,有啥事情,等她醒了再说。"

"对,对。"辛运连声答道。

"你个男同志,趁人家姑娘昏迷,在她身上乱摸这也太不像话了吧?"

"对,呵,对不起……"辛运涨红脸。

李素琴手指房门:

"现在我请你出去。"

"好,好。"辛运心里恼火但无奈,拎起公事包悻悻地退出去,走到房门口又转身,"小波醒了让她打电话给我,她肯定会找我的。"

"去,去!"李素琴余怒未消,随手关上房门。

水波虽说双目紧闭毫无反应,可这一切她都听在耳里。母亲性格泼辣,这样将姓辛的教训一顿也好。不过这是个严重的信号:辛运是一头狡猾诡诈的狼,他已经嗅到什么,而且他不会就此罢手。笔记本绝对不能落在这个坏蛋手里!但凭她现在体力、处境、经济实力和人际关系,她是斗不过这家伙的。怎么办?她紧张思虑。现在唯有先将身体弄好,恢复体力然后进行战斗。

她睁开眼睛。

"波儿,你醒啦?"李素琴凑近。

"我想吃东西。"

"呵，你想吃东西？"听女儿说想要吃东西，李素琴高兴极了。连声说："想吃就好，想吃就好。"

"有啥好吃的？"

"有粥还有牛奶，医生说你现在只能吃流质。"

"好吧，那就来点粥和牛奶。"

李素琴端来一小碗大米粥和一杯牛奶。然后拿两个枕头垫在她背后。水波半躺半坐。怔怔地望着面前的粥和牛奶，这些食物真是久违了。其实此刻她并不是太想吃，但是为了以后的斗争，她必须吃，必须迅速增强体力、恢复健康。她强迫自己将粥和牛奶吃完。

"呵，人是铁饭是钢，能吃就好。"见女儿将粥和牛奶吃完，李素琴说不出的高兴。

"妈，我问你。"粥和牛奶下肚，水波也觉得平添精神。

"啥事？"

"昨儿我让你拿回家收藏的那个腰带你放哪儿？"

"我藏在家中衣橱里，放心，丢不了。"

"妈，我想……"

"怎么啦？"见女儿欲言又止的样子李素琴奇怪。

"我想麻烦你，现在回去给我拿来。"

"再拿回来？"李素琴不解，"为啥？"

"我……我觉得还是带在身上我放心。"

"那腰带里到底装着啥？"李素琴想起辛运，说，"刚才姓辛的也说要找这东西，在你身上乱摸，被我骂了一顿。"

"我知道。"

"那里面到底有啥？"

"里面装着'罗马人'沉没的真相。"

"真的?"李素琴惊讶。

"目前我只能对你说这些。"水波缓口气,"我求你马上回去给我取回来。"

"好吧。"李素琴应允。

"妈,谢谢你。"水波叮嘱,"你不要乘公共汽车,打的去,再打的回来。妈,我等着。你快去快回,千万别耽误呵。"

"好吧,"李素琴起身,叹口气,"谁让我是你妈呀。"

3

"呶,给。"李素琴气喘吁吁地回到医院,将腰带交给女儿。

水波看看,没错,塞到枕头下面。这样贴着自己,她觉得安心。可隔一会,又觉着不对劲。如果她去洗手间或医生让她做什么检查离开病房怎么办?不行,这样不安全。最可靠的办法是像原来一样,绑在身上。她坐起来,像在救生筏上一样,将布带重新绑在腰间。

"呵,看你折腾的。"李素琴忍不住说。

"是呀,它是用命换来的。"

"可这样绑在身上总不是个办法,最好找个安全地方藏起来。"

"对!"水波点头。她环顾四周,除了一个床头柜啥也没有。

"这儿是医院病房。"李素琴说,"哪有地方藏东西。"

水波不语,半晌,说:

"出院!"

"你疯啦?"李素琴急了,"瞧你病成这样,出院,你不要命了?"

"妈,你别急,听我说嘛。"水波安慰母亲,"你也知道,医生说了，我身上主要器官没有器质性病变。"

"可看你瘦成这样。"

"这是长期营养不良，体虚，要调养。"

"在医院里调养不是挺好，随时有医生监护。"

"调养主要靠营养，"水波撒娇地说，"你知道医院里伙食我吃不惯。我喜欢吃你做的，回家后你给我做些好吃的，我一定恢复得很快。"

"坏丫头！"李素琴白女儿一眼，但女儿说的是事实，医院伙食是不好，为此她每天得从家里烧些可口的菜带来，两头忙。如果没啥大毛病，只是调养，当然是在家里好，她可以精心照应，给她弄好吃的，用不着在家和医院之间奔波，耗时费力。她心里赞同，但想起什么，说："回家调养当然好，不过你这么急着回家，主要怕是为了你身上腰带里的宝贝。"

"是的，"水波坦承，"我要尽快将它藏好，而且接下去我有许多事情要做。"

第六章 抉 择

1

水波随母亲回到家里。这个家虽不豪华富丽，但却温馨。她解下身上的腰带，她要做的第一件事就是将它藏好。

李素琴疑惑："这个脏兮兮的腰带会有人偷吗？"

"我想会的。"水波自信。

"那藏在哪儿呢？"李素琴环顾室内，目光落在四门大衣橱上。"我看还是藏在衣橱里，这下面有层夹板。"

水波打开衣橱，弯腰看看，说："不行，这种地方窃贼很容易想到。"

李素琴又看了厨房和浴室，没理想地方。她目光转向窗外小天井，里面种了些花草。"有了，"她指着一个大盆月季花，"藏在这花盆里，怎么样？"

那是个大紫砂盆，盆里的月季种了两三年了。

"行呀！"水波觉着可以。

"你将宝贝给我。"李素琴说，"我去弄。"

"不行。"水波指指上面，"楼上的人可能会看见，得将花盆搬进来。"说着就要出去。

"小姐,你歇着吧。"李素琴怕女儿累着,拦住她,"我来搬。"

"花盆大,你一个人不行。"

"我行,"李素琴捋捋袖子,走到天井里。

装满泥土的花盆确实很重,李素琴想一鼓作气搬进客厅里。咬着牙,大喊一声:嗨!双手将花盆提起,使出吃奶力气,但走了几步只得停下。

"我帮你。"水波看着不忍心冲出来帮忙。

"你……"

"妈,我行。"水波双手抓住花盆的一边,"咱俩一起抬。"说着喊:"1、2、3,使劲!"

李素琴只得使劲,两人合力将花盆搬进客厅。

"你赶快坐下歇息,"李素琴心疼女儿,"下面的事儿我来弄。"他找了一块塑料布摊在地上,再戴上塑胶手套,用铲子将花盆里的泥连同月季花挖了出来,"你那宝贝拿出来吧。"

水波从腰间解下布腰带。

"这腰带太厚,花盆里盛不下,"李素琴指着腰带,"将里面东西取出来。"

水波觉得对,打开腰带拉链,取出笔记本和自己的血誓以及写的遗言,用塑料袋包好,放进花盆底部,李素琴再将泥和花放进去,压实。两人合力抬出去,将花盆回归原处。

水波隔窗望着月季花盆。

"这下你安心了吧?"李素琴说。

水波凝视着花盆不吭声。

"你怎么啦?"李素琴奇怪。

"妈,你不觉得这花盆有点异样吗?"

"异样,啥异样?"

"你瞧，稍为留心一下，就可看出，这花盆移过位置。"

"这……"

"再有，盆里的土明显松动过而且高出来。"

"是，是有些，"李素琴承认，"可土不松动，你那宝贝怎样放进去？"

"是呀，可就凭这些，窃贼就能看出这花盆里埋了东西。"

"啊！你？"李素琴想不到花了这么大力气、费这么多工夫，女儿还不满意。不悦地说："你到底想怎样？"

水波听出母亲的不悦，说："妈，不怪你，是我自己不好，考虑不周，害你费了好大力气，真对不起。"

"这些就不说了，你想怎样？"

"我想将它取出来，重找地方放。"

"好吧，我来。"李素琴捡起塑胶手套。

"妈，不好意思，还是我来弄。"水波从李素琴手里夺过手套。

水波取出埋放的笔记本，再将挖出的土和花原样种上。李素琴望着瘦骨嶙峋、折腾的女儿，觉着她有点神经质。

"你打算将这宝贝藏哪儿呢？"李素琴问。

水波顿一下，说："我想想还是放进我的银行保险箱。"

"银行保险箱？"

"银行对保险箱管得很严，任何人没有密码和钥匙是打不开的。我在这附近银行就有个保险箱。"

"东西放哪，你自己定，我不过问。"李素琴说，"不过我想知道这一切是为什么？到底怎么回事？"

"什么为什么？"水波反问。

"我觉得你对这包东西重视得异乎寻常，甚至有点神经质。究竟是为什么？"

"这,"水波顿一下,"我不是说过吗,它关系到'罗马人'的沉没真相,关系到27条人命。"

"我知道,可这究竟怎么回事呢?"

"……"水波一时不知该怎么说。

李素琴以为女儿不信任自己,不肯说。提高嗓门,激动地说:"小波,你知道你在我心中的位置,这些年为了你,妈付出多大代价、多少心血。我……"说着抽泣起来。

一见母亲眼泪,水波就发慌。她知道母亲为她所作的牺牲。在她9岁念小学四年级的时候,父亲因车祸去世。当时母亲还年轻,不少人劝她再婚,有的对象条件还不错;但她怕女儿受委屈,未曾再婚。靠着小学教师微薄的工资,她含辛茹苦,节衣缩食,拉扯她。小学、初中、高中直至大学毕业。母女俩相依为命。

"妈,你别哭。"水波搂住母亲,"我爱你。"

"别假惺惺。"李素琴推开女儿。

"我咋假惺惺呢?"

"我要你说实话,告诉我事实真相。这比说多少个'我爱你'都好。"

"我是想以后慢慢告诉你。"

"不要以后,就现在。"李素琴按女儿坐在椅子上,"你知道妈是个急性子,心里容不得话,告诉我,这笔记本到底怎么回事?里面藏着什么秘密?"

水波沉思,少顷,下定决心,说:

"好吧,我告诉你。"想起当时情景,她声音颤栗,"这一切都像梦,最最可怕的梦。你想想,一条一万多吨巨轮,轰隆一声,一断为二,刹那间就沉没了。啊!可怕,太可怕。"

"是呀,难以想象,"李素琴也诧异,"那么大一条万吨巨轮咋说沉就沉了呢?"

水波眼里溢出泪水。

"小波,别激动。"李素琴忙安慰女儿,替她抹眼泪,同时给她倒了一杯果汁。

"谢谢,我没事,"水波吁口气,呷口果汁,"其实这种事是本不该发生的。"

"本不该发生?"李素琴不懂。

"'罗马人'是条报废船,船东是作为废铜烂铁卖的。你知道我们公司老板辛运就是靠倒腾旧船起家的。"

"听你说过。将一些报废船很便宜买来,然后小修小补,涂涂漆,再想办法,塞钱通路子,弄到航行许可证。"随后鄙夷地说,"这种人坏得很。"

"对呀,这次他也用国内这套办法。他先收买船长。老船长罗全布有几十年航海经验,检查船时他发现船体钢板有严重腐蚀;但抗不住 30 000 美元的诱惑,同时抱着侥幸心理,也许没事儿。想不到……"

"罪过!"李素琴叹息。

水波缓了一口气,说:

"天黑、浪大,我和船长、轮机长还有水手长爬上一条救生筏,得以保住性命,其他人都不见踪影。"

"作孽!"

"在救生筏上,大家都奇怪:'罗马人'怎会沉得那么快?船长罗全布讲了他接受辛运贿赂,将船舶数据篡改造假。他千般懊恼,万般悔恨,对不起大家,可一切都晚了。我们都震惊。罗全布坦诚,他知道这是错误的,是犯罪,"水波拿起桌上笔记本,"所以他将辛运如何收买,他和辛运的电话通话内容,他如何隐瞒和修改'罗马人'的数据以及内心的忏悔全都详详细细记在这小本上。临死前,他将笔记本交给轮机长朱海根,让他带回去,公诸于众,让人们知道事实真相。朱海根不行了,临死前交给水手长欣荣,最后欣荣交给我。"

"原来这样!"李素琴拿起笔记本。她这才知道这个小本本的分量,明白女儿为啥将其视作生命,"神经质"地东藏西藏。她义愤填膺,举起笔记本,"这种黑心老板,就是要狠狠揭露。"

水波抽泣。

"你怎么啦?"

水波掩面啜泣不说话。

2

李素琴纳闷,怎么啦?但她毕竟有着数十年儿童教育和教学经验,她看出女儿一定有什么难言之隐。此时此刻最重要的是鼓励和信任。像当年同班上遇到问题的学生谈话一样,她柔声亲切地说:

"别哭,有啥话对妈说,妈帮你。"

"妈!"水波猛喊一声,扑在李素琴身上。

"好,好,"李素琴像哄孩子,边说边轻轻拍着女儿。

水波也觉得自己好似孩子。这些日子的危险、恐惧、愤怒、绝望、愧疚、自责……万般思绪塞满她脑海,装满胸膛。她无所适从,心里也堵得慌。她想找个人,在他面前像孩子一样,尽情、放声,无所顾忌地大哭、倾诉。这个人就是母亲,和她相依为命的母亲。

李素琴也不说话,轻轻抚慰着女儿脊背,她知道这时候,除了这种发自内心的抚慰,任何语言都是多余的。

水波作了一次痛快淋漓的宣泄,不知流了多少泪水,终于她止住哭。

李素琴仍然不说话，她等待。

水波轻声但一字一句地说："这件事我也有罪。"

"什么，你也有罪？"李素琴以为听错了，"你有啥罪？"

"'罗马人'一次性适航证是我按辛运指令花钱从当地航监部门弄来的。"

"你……"

"以前在国内也这样搞过，从没出过事。我以为……想不到……唉！"水波悔恨。

"姓辛的许诺给你多少钱？"李素琴知道这种事女儿不会白干。

"10 000美元。"

"你呀！"李素琴哀叹。

"就像老船长一样，我懊悔，我恨自己。"水波捶胸。

"能认识到自己的错也是好的，"李素琴又像开导教育学生，"这事救生筏上人知道吗？"

"晓得，"水波点头，"罗船长讲了他拿了辛运的钱，隐瞒和修改数据后，我也坦白了这件事。我道歉，我忏悔。可他们尤其是老船长却不信。"

"老船长怎么说？"

"他也没明确地说不信，但是临死前移交笔记本时他嘱托：先交给轮机长朱海根；轮机长不在了交给水手长欣荣。欣荣不在了当然应该给我，但是他却咽住，定定地瞅住我。呵，妈，我永远忘不了那眼神。考问、怀疑、探究。"

"后来怎样？"李素琴被女儿的叙述吸引。

"他说，阿欣，如果你不行了就带着去见阎王。"

"他至死也不相信你。"李素琴感慨。

"是呀，那一刻我才知道什么叫信任，才知道信任的价值和可贵。当时我真恨不得冲出救生筏跳进印度洋。"

"后来怎么又给了你呢？"

"那是我的爱人，水手长欣荣。"

"你的爱人？"李素琴非常关心女儿择偶，知道她要求很高，很少有人让她看上眼，想不到竟然冒出个爱人。

"对，我的爱人，"水波无比自豪，"妈，你知道吗，我从未这样强烈地爱过一个人。"

"一定很帅？"她知道女儿的标准，首先外表要漂亮。

"还可以，中等身材，肌肉发达，身材矫健，像个体操运动员。"说着解下脖子上的项链，打开鸡心，"这是他的照片。"

"长得不错。"李素琴点头，"不过作为水手学历可能不高。"

"航海学校毕业。虽说只是中专，可他知识非常丰富。"水波回忆，"他教我喝尿、喝海水；他教我捕鱼、捉海鸟；更重要的是在精神上鼓励我，让我懂得应如何做人，让我树立信心和勇气。没有他，我活不到今天，早就葬身印度洋。"

"按说他身体素质、生存能力，各方面都比你强，"李素琴不解，"可他为啥先你走了呢？"

"为了救我。"

"为救你？"

水波抬起右手：

"妈，你看。"

李素琴看到女儿手背上几个结疤的印痕："这啥？"

"鲨鱼咬的。"水波垂下胳膊，"一天捕鱼时我这手被一条大鲨鱼咬住，鲨鱼使劲将我往水里拽。"

"呵！"李素琴张大嘴巴。

"就在这紧急关头，欣荣出手，他狠命击打鲨鱼头，鲨鱼不松口。他就用手抠鲨鱼眼睛，鲨鱼突然松开咬我的手，像闪电一样猛地咬住他的手。"

"啊！"李素琴屏住气。

"鲨鱼将他往海里拽，"水波好似回到现场，涨红脸，气急败坏，"我抱着他腰，防止被鲨鱼拖下去；他也使命挺住，像拔河一样。就在这时鲨鱼一口咬下他的手指。"

"天啦！"李素琴呻吟。

"除大拇指，他右手四个手指，齐手掌被咬掉。"

"太可怕了！"李素琴颤栗。

"由于感染，没药治，他伤口发炎，发高烧到40℃。"水波凄声，"可他非常坚强，一直挺住，就这样过了一星期，实在不行了，他……"水波泣不成声。

李素琴唏嘘："临终前他将笔记本交给了你？"

"他说：老船长让我带走，可我想还是交给你。他血红的眼睛定定地望着我，呵，那眼神、那目光像烙铁一样，灼热滚烫，似乎说：我信任你，你会辜负我的信任吗？我知道他的心思，我用对他的爱，我的人格，向他保证：我一定将笔记本带回去，将沉船真相公诸于众。他仍一动不动地看着我。我觉得再说什么都是多余的了。我撕下衬衫下摆，抓起身边水手刀，将手指割破。"

"呵？"

"我用鲜血写了：'我发誓'三个字。"水波从腰包里取出血写的布条，展示给母亲。

捧着血写的布条李素琴双手颤动。她现在不仅知道这个笔记本的分量，而且知道女儿在其中犯下的严重错误和在印度洋上沉重的承诺。"唉，"她懊恼，"你不该听姓辛的话，去通路子弄那张适航证。"

"是呀，以前在国内弄惯了，没事，想不到……"水波顿足，"都怪我贪婪，都怪我无知，我恨，我恨呀……"

"其实这也不能完全怪你。"李素琴沉思。

"怪谁？"

"这是个社会问题。"李素琴叹气，"如今吃、穿、用各方面到处是假货，可以说到了无孔不入的地步，你真想不到。不但有假药、假烟、假酒，连牛肉也有假的。"

"牛肉怎么做假？"水波头一回听说。

"前几天我买了块牛肉，说是新西兰进口小牛肉，肉倒很嫩，可吃起来总觉着有点不对劲，一了解，原来是猪肉变的。"

"猪肉怎么变牛肉的呢？"水波还是不懂。

"现在有种牛肉膏，将猪肉涂上牛肉膏，一个半小时猪肉就变牛肉，外观上一般人根本区别不出来。"李素琴忿忿，"牛肉价格同猪肉差三倍，赚钱也不说，可怕的是这种牛肉膏里面有化学添加剂，人吃多了可能致癌。"

"真可恶！"

"我再给你看样东西。"李素琴走进厨房，拿出一只外面裹着稻糠和黄泥的皮蛋，问水波，"这是啥？"

"皮蛋，"水波不假思索。

"皮蛋？"李素琴一笑，"你看看。"说着将泥糠剥开。

"土豆？！"水波不由叫起来。

"这是我昨天在马路上买的。"李素琴摇头，"谁能想到皮蛋也要作假。"

"难以想象。"水波喟叹。

"真是假不胜防呵。"李素琴说，"我在报上看到，有人评论，说这叫社会的急财综合征。"

"啥叫急财综合征？"

"就是急于发财。"李素琴指着作假的土豆,"譬如这个土豆只两毛钱,可作假变成皮蛋就能卖两块钱。10倍的利润呵!你想这样作假来钱多快。"她感叹,"现在小有小假,譬如这土豆皮蛋;大有大假,譬如你们老板。为了快速发财致富,不讲公德,不讲诚信,不顾法律,不管他人健康甚至生命,这种风气像传染病一样在社会上传播蔓延。"

"的确,我也中了毒,"水波懊悔地说,"以前开后门、通路子,弄假适航证这样的事,我不仅不觉得违法,而是觉得自己能干有本事。想不到这次砸了。"

"弄虚作假迟早要出事。"

"我后悔,真后悔。"

"世上没后悔药。眼前最重要的是下一步怎么办?"

水波拿起笔记本:"我要向公安机关投案,承认自己的错误,同时揭发老板辛运的罪行,将船沉没真相公诸于众。"

李素琴蹙眉不语,稍倾,说:"当然应该如此。"顿一下,"可你想过吗?"

"什么?"

"你在这次事件中承担的责任。"

"想过。这也正是老船长和欣荣对我的担心,"水波坚定地说,"我一定要信守承诺,将真相公诸于众。至于我个人,判刑坐牢,该负什么责就负什么责,我绝不逃避,绝不推诿。"

"话是这么说,可是……"李素琴知道此事的分量,一旦诉诸法律,女儿肯定逃脱不了责任。想到女儿因此身陷囹圄,吃官司坐牢,她不禁心乱如麻。

"妈,这是我自己的事,"水波知道母亲的忧虑,痛悔地说,"你从小教育我规规矩矩做人。我没听你的;如今我犯了法,理应承担责任,而且这也教育我今后规规矩矩,老老实实做人。"

"我知道。"李素琴抹泪。这些道理她懂；可要吃官司的是自己相依为命的女儿呀。

"妈，都是我不好，我对不起你，你别哭了。"水波劝慰母亲，自己却哭起来。

"你这样做还要面临一个问题。"李素琴擦拭泪水。

"什么问题？"

"辛运，你们老板。你这样做他会怎样？"

水波咬住嘴唇，这个问题也是她一直在想的。

"你打算怎么做？"李素琴说，"这可是二十几条人命的大事，主要责任在他。他会像你这样老老实实认错吗？"

"我想先同他谈谈，动员他，我们一同去自首。"

"他会吗？"李素琴疑惑，"听你说过，这人很难弄的。"

"是呀，姓辛的很难弄，而且很难对付。"

"他不肯自首咋办？"

水波咬牙："那我只有同他摊牌。"

"摊牌？他会放过你吗？"李素琴担心。

"当然不会。"

"那……"

"那只有决一胜负。我相信正义总会战胜邪恶。"

"话是这么说，正义总会战胜邪恶，可眼下这个社会，人家财大气粗，有钱有势，有些事儿……唉……"说着说着，李素琴又哭起来。

第七章 就咱俩

1

辛运身材魁梧。剃个板刷头，宽大的面颊上长着一个被称为"地包天"的大下巴。

在龙阳市好运来航运公司，董事长辛运是位赫赫有名，甚至举重轻重的人物。他不仅经营航运，还涉足房地产、娱乐、外贸等诸多行业。好运来公司是市里纳税大户，龙阳市财神爷。市领导对他十分重视，他是市企业家协会会长。他还是中共党员，民营企业家里党员凤毛麟角，他跻身市政协委员，不久前升为政协常委。

辛运能取得今天成就也委实不容易。他出身贫寒，父亲是驳船上的水手，"文革"后期，1977年，他18岁高中毕业，本想考大学，但父亲在一次撞船事故中掉在海里淹死。他顶替进了航运局，在一艘货船机舱间做生火工、烧锅炉。光着膀子在狭窄、闷热的锅炉间里抡着铁锹锹煤。他年轻，体力好，干活卖力，不怕苦，第二年，他就被评为先进工作者，而且入了党。那年头出身成分第一。他出身好，工作积极，而且有些文化，会写写弄弄，口才也不错，被局党委书记看中，调到局机关党委宣传科任宣传干事。坐在机关大楼里，冬天有暖气，夏天有冷气，与轮船锅炉舱不可同日而语。但他是个不安分的人。在宣传科里固然舒服；可文不文、武不武，整日侍弄那些个职工思想汇报，"形势大好"的宣传材料，不仅腻味而且无聊，没啥出息。80年代初期社会上掀起一股"下海潮"，他敏感地意识到这是个出人头地、大显身手的机会。他毅然辞职，注册成立好运来航运公司。说是航运，可公司没有一条船。只有一只写字台、一只皮包、一部电话，局缩在一个仓库角落里。凭藉对航运业务的熟悉，他先搞无需成本的船员劳务输出。根据一些航运公司的需要，招募一些适合的船员，配送给他们，赚取一些人头费。他知道如此小打小闹难有出头之日。俗话说，撑死胆大的，饿煞胆小的。他横下心，要快速发财。一次听说有家公司出售报废船，凭着对船的了解，觉着可以利用，以废铁价格买下其中一艘，关键部位修修补补，拷铲油漆，焕然一新，再走门路取得航行证，将其投入航运，就这样赚取第一桶金。前几年他工作过的那家国有航运公司因经营不善连年亏损，企业改制，他入股并串通国资委有关人员以废船价买下公司十多条能正常营运的船，狠赚一笔。就这样靠20多年的明暗运作，如今好运来已经成为拥有400多万吨位，大小40多艘近海和远洋货轮，资产数亿的大公司。尽管如此，他对财富欲望永远不会满足。这次对"罗马人"他就是想用在国内用过，而且卓有成效的做法，来赚一笔。想不到"罗马人"在印度洋销声匿迹。最初他怀疑遭索马里海盗劫持，多方打听，没有。遇难沉没？有可能，但通常发生海难，难船都会发国际紧急求救信号SOS！也没有。奇怪，这么大一条船哪儿去了呢？两个月来他像热锅上的蚂蚁，坐卧不宁，食不甘味。直到《龙阳日报》上刊出水波在印度洋上漂流64天获救的消息他才恍然大悟：船沉了！现在他想知道：船为啥会沉？这与他让船长罗全布修改"罗马人"船舶数据以及让水波通路子搞适航证有无关系？这答案只有通过唯一幸存者水波才能知道。直觉告诉他，水波身上一定藏着某种秘密。尤其是报道中提到的，她在获救时绑在腰间那个形影不离的腰袋，里面装着什么呢？为此，首次到医院探望时，乘水波母亲李素琴离开间隙，他忍不住迫不及待地到昏迷的水波身上摸索，没有！被回房的李素琴撞见轰出病房，未免有点狼狈；但这种狼狈更增强他要得到这个神秘的腰袋，想知道里面的秘密。他再次到医院探视，想不到水波已出院回家。他打电话到她家，接电话的李素琴用坚定、不容商讨的语言明确告之：女儿身体虚弱。为静养、早日恢复健康，谢绝一切探望。这更增添狐疑：静养当然需要；可用得着这样吗？何况他不是一般人。他是辛运，是她的衣食父母、老板董事长。然而相处多年，他知道这丫头的性格，强扭是不行的，何况她还掌握某些秘密。

　　唯有忍耐！每天下午他按时关切地打一个电话，问候健康，诚恳真挚。

　　他相信，而且断定早晚她会见他，今天终于等来了。他本想约她到她喜欢的皇宫酒楼吃饭，但因健康原因她不肯出门，只能到她家了。

　　"呵，小波，你受苦了。"辛运叫着，半是夸张，半是真情。曾几何时，那白皙秀丽，楚楚动人的美人儿，竟变成这么个面色姜黄、形容枯槁，不忍卒睹的小病妇。"小波，你受苦了，真受苦了。"辛运大下巴抖动着，颇有些激动。

　　"可我还活着，"水波淡然，"比那些死去的海员我算幸运吧？"

　　"呵，当然。"辛运在椅子上坐下。

水波从椅子上站起来，同时提示辛运：

"请你也站起来。"

"干吗？"辛运不解。

"为死去的船员默哀。"

"……"辛运没料到这一着，大下巴抖动着。他觉得默哀通常是重大事件在公共场所举行的一种仪式，想不到家里、私人场合也……

"作为老板难道你不认为我们应该向死亡的船员致哀吗？"

"应该，应该。"

"那好，我们向他们默哀三分钟。"水波低头。

其实她这样做并非做秀，完全发自内心的痛楚。想起欣荣和那些死去的船员她心里就难过。他们是贪婪的牺牲品，他们是不该死的呀。

辛运心里却是另有所思。他知道作为幸存在，这次事故无论肉体还是精神，对水波的伤害和刺激极大。拿拿架子、发点脾气、撒撒娇完全可以理解。他也做了充分准备，相信凭腰包里的钱，凭他俩以往的关系，自信完全可以将这小妮子搞定。但如今面对这个严肃的默哀三分钟，他觉得事情似乎不是他预料和想象的了，甚至觉得面前的水波同原来熟悉的那个水波不是同一个人。

"请坐。"默哀毕，水波客气地指着身旁的椅子。

辛运坐下，这种彬彬有礼，此前他们的交往中从未有过。更觉着不是味。期期艾艾地说：

"小波，我有种感觉。"

"啥感觉？"

"我觉着你对我同以前不一样。"

"不一样？"水波抬眼，"有啥不一样？"

"以……以前咱们亲亲热热；现在冷冰冰，甚至一本正经，完全生分了。"

"以往的单纯和热情全被印度洋水冲刷掉了。"

"是呀，我理解，非常理解。"辛运打开手边牛皮公文包，从中取出一张现金支票："这是100万元，是我个人对你的一点补偿和心意。按照海损保险条例，对海难事故死亡和幸存者，将来保险公司都会有赔偿。"

"保险公司的赔偿我会要的，"水波将支票还给辛运，"可你这钱我不想拿。"

"为啥？"

"不为啥，"水波一笑，"不想拿就是不想拿。"

"你……"辛运更诧异了，在他印象中水波同社会上常见的那些年轻漂亮女孩一样，对钱极为重视。她之所以安于在好运来公司，听命于他，为他办事，目的就是为钱。所不同的是她有文化、有本事，而且精明过人。因此无论行事做人，技巧手法，比那些女孩得体、聪明、招人喜欢而且轻易不肯吃亏。可本质一样的。难道印度洋的海水真的将她洗刷了？为探询，他从口袋里摸出一把形状独特的钥匙放在桌上，"给你。"

"这啥？"

"你忘了，这是海边紫荆别墅的钥匙。"

水波想起来，去印度洋前他曾带她去看过紫荆别墅。那是龙阳乃至全省最高档的住宅。别墅位于海边一个平缓的山谷间。前面是蔚蓝色大海，后面是苍翠的山坡。蔚蓝和翠绿间，坐落着数十幢红顶白墙、欧洲经典风格西班牙独幢小别墅，每幢价格500万元人民币以上。辛运暗示：这幢别墅属于她。条件是：她属于他。也就是说做他的二奶。别墅她喜欢；但要委身于他，做他的玩偶，她没有想过。她狡猾地说："老板，让我考虑考虑。"

"怎么,"水波斜他一眼,揶揄地,"还想包我?"

"没有,别误会,"辛运解释,"这次可是送给你的,无条件的。"

水波拿起钥匙晃晃:

"这把钥匙可值钱了。"

"这幢别墅三层带地下室。"辛运比划,"还有独用小花园,总建筑面积320平方米,市值人民币500万,眼下房价还在涨。"

"够豪华的,"水波将钥匙放在桌上,探究地说,"辛总,咱们相处几年,我了解你。作为精明生意人,投入和产出比你算得很精,赔本生意你是从来不做的。"

"呵。"辛运大下巴抖一下。

"你不惜工本,既是百万巨款,又是天价豪宅,送给我,为啥?你想得到什么?"

"……"辛运语塞,顿一下,说,"小波,我爱你,这是我对你的爱。"

"哈,别忽悠我。"水波忍不住笑起来,"据我所知,你'爱'的女人也不少。没一个肯花这大代价的,何况你知道我并不爱你。不会满足你的要求,你不会轻易花这大价钱,你是另有目的。"

像被揭了皮,辛运黑脸通红。

"我知道你想要什么。"水波直奔主题,"你想知道'罗马人'怎么沉的,你想知道我绑在腰上的那根形影不离的腰带里面藏着什么?"

"对!"辛运迫不及待,"快告诉我。"

"坦率告诉你,那里藏着你犯罪的证据。"水波冷静地、一字一句地说。

"啊!"辛运好似猛然被刺一刀,张开大下巴。

"你让船长罗全布隐瞒'罗马人'船体钢板锈蚀情况,篡改数据,欺骗当地航管部门,你答应给他 30 000 美元。"

"……"辛运说不出话。

"为了钱同时抱着侥幸心理,罗全布照你说的做了,但他知道这样做不仅有违道德良心,而且犯法。为此他在小笔记本上详细记下你和他卫星电话通话内容和你答应回来后给他 30 000 美元的许诺。这笔记本他时刻带在身上。"

"该死!"辛运吼叫,"它,它怎会到你手里?"

"在救生筏上罗全布向大家坦白了这些情况。他懊恨后悔,对不起大家。我震惊。我也讲了你让我花钱通关系取得一次性适航证的事。"

"啊?你!"辛运跳起来,"这你也说了?"

"对,说了。"

"你为啥要说?"

"我为啥不该说?"水波针锋相对,"各人一本账,罗船长有他的错,我有我的错。若我不按你说的行贿通路子,弄来那张该死的一次性适航证,这次灾难就不会发生。做人得讲良心,事情到这一步,人都快死了,死也得让人家死个明白。"

辛运脸色苍白,反复搓着双手,抖动大下巴。少顷,他冷笑道:"坦率,好!"顿了顿,又嘲讽地说,"可你想过吗?咱俩是一根绳子上的蚂蚱,同案犯。"

"想过,反复想过,"水波坦然,"该我承担的责任我决不推卸。"

"够种!"辛运颔首,"不过我奇怪,按常识,作为共犯,他们恨我、也不会信任你,罗全布那笔记是不会交给你的。"

"是这样,临死前罗全布将装笔记本的腰带交给轮机长朱海根，让他带回来公诸于众。朱海根死前托付给水手长欣荣，欣荣临终前交给我。"

"这样，"辛运点头，试探道，"就剩下你了，只能交给你。小波，能不能给我看看？"

"对不起，"水波摇头，"不行。"

"我只不过看看，"辛运保证，"就看一眼。"

"不行，无论如何我是不会给你看的。"水波斩钉截铁。

"那……"辛运沉下脸，"你想咋办？"

"这正是我要同你谈的，"水波故作严峻地说，"这是涉及27条人命的大事。"

"我懂。"辛运清楚地知道此事的分量，若是捅出去他不枪毙也得坐一辈子大牢。

"你是我老板，咱俩处得也不错。"

"对呀，"辛运张开大下巴，"你知道我是多么爱你。"

"我知道，"水波打断他，"我可没爱过你。"

"你不爱我，可我爱你，而且是真心。退一步就算没有爱，正如你说的，咱们相处得也不错。"

"正因为这样我请你来，"水波诚挚地说，"就咱俩，咱们坦率谈谈。"

"就咱俩？"他问。

"对呀，"水波环顾，"除咱俩这儿没别的人。"

辛运是此中老手。他知道"就咱俩"的奥秘。他知道水波的聪明，现在更体会这丫头的厉害。

"好吧，你开个价。"他张开大下巴。

"开价？"水波疑惑。

"对呀，就咱俩，"辛运指着桌上的支票和别墅钥匙，慷慨地说，"除100万和这套房子，我再给你公司百分之五的股份。"

接着激昂地说:"现在'好运来'公司正策划上市。你知道百分之五相当多少钱。4 000万!4 000万哪!"

水波知道这个玩弄"就咱俩"的高手误解自己意思。她说:"你错了,今天我请你来,不是为了同你密室讨价还价。"

"那……为啥?"辛运眯着眼。

"是想劝你去投案自首。"

"投案自首?"幸运觉着好似天方夜谭,"你找我来是为了让我去投案自首?"

"是的。"

"那你呢?"

"我也去,咱俩一起去,承担各自该承担的责任。"

"嘿,自首,承担责任,"辛运冷笑,"你知道这件事有多严重?"

"我非常清楚,正因为如此我劝你去自首,自首了会减轻处罚。"

"怎么个减轻法?"他反问,"再怎么轻也要吃官司、罚款、坐牢。"一想到坐牢他就胆战心惊。

"种瓜得瓜、种豆得豆,自酿的苦酒自己品尝。"

"小波,难道非要这样吗?"他祈求地望着她。

"你说呢?"

"正如你说的,这里就咱俩。"他低声同时下意识他看看四周,"除了你我,没人知道这件事。"

"还有27名遇难的海员。"水波冷冷地说。

"他们……死了。"

"可他们有灵魂。"

"灵魂?"辛运不禁打了个冷颤。他不信神,但他很迷信。惧怕传说中的鬼神。哆哆嗦嗦地说:"当……当然要安抚他们的灵魂,我可以多给他们家属一些钱作补偿。"

"你以为仅靠钱就行?"

"还要啥?"

"正义!"水波眼前浮现出印度洋上滔天巨浪和生与死的那些绝望、可怕的镜头,悲愤地说,"如果没有正义的裁决,他们的灵魂不会安宁,他们死也不会瞑目。正义,你能给他们吗?"

辛运抱着头,强抑住心里的愤怒,低声下气地说:"小波,我也知道我做得不对,万分后悔。以后我不会再干这种事儿了。现在事已如此,你放我一马,给我一个改正错误的机会。"

"唯一而且最好改正错误的办法是自首。"

"若我不自首?"辛运瞪大眼睛。

水波注视着他:"那我只有按老船长的遗愿和遇难者灵魂的嘱托,将事实真相公诸于众。"

"你?"辛运脸色铁青,他恨不得用一双大手紧紧扼住水波的脖子。但他控制住自己,威慑地说:"你知道我是什么人。"

"知道,"水波知道迟早他会亮出这张牌,"好运来公司董事长,龙阳市企业家协会会长、龙阳市政协常委,还有……"

"得了!"辛运喝住,"既然知道为啥同我过不去?"

"不是过不去而是想帮你。"水波纠正。

"帮我?"辛运冷笑,"送我进监牢,有这样帮的吗?"

"坐牢是罪有应得,而且我同你一起坐,"水波诚恳地说,"帮你认罪自首,争取从宽处理,比帮你逃脱罪责、加重处罚要好得多。对吗?"

"别给我讲大道理!"辛运吼叫,停了停,凝视水波,又低声下气地说,"小波,你知道我没求过人。"

"知道,你是大老板,无需求人。"

"这里就咱俩,最后我求你,将笔记本交给我,不再提这件事。刚才我说了，这100万元、这幢别墅还有百分之五的公司股份——若是嫌少，我再加百分之五，怎么样？这笔钱够你和你母亲舒舒服服用几辈子。"

水波知道这是最后关头。

"这只是经济上，"辛运继续鼓动不烂之舌，"还有法律上，你也会没事儿。"

水波转头望着窗外，眼前浮现出印度洋的滔天大浪，葬身鱼腹的海员，逐浪浮沉的救生筏，沉痛忏悔而殷殷嘱托的老船长，还有欣荣，为她献身、给予她生命的刻骨铭心的爱人……泪水不由夺眶而出。

"从交易角度说我应该接受你的条件。"

"对哟！"辛运兴奋。

"可我不能。"她缓缓但坚定地说。

"为啥？"辛运实在不相信。

"这样做我的良心不允许，我一辈子没法做人。"

"嘿，良心，良心值几个钱？"辛运嘲讽道，"小波，做人要现实些，难道你还没看到，这个社会，这个世道只认一样东西：钱，其他靠边。"

"我不行。"

"你以前不是这样的人。"

"你说得对，以前我不是这样的人。"

"你……你脑子进水啦？"辛运喊叫，"天底下有你这样傻的人吗？放着这么多钱不要，宁愿吃官司。"

"对，我脑子是进水了，"水波痛楚地说，"那是汹涌的印度洋的水，冲刷了我的大脑，使我清醒、反省和愧疚，使我认识到世界上还有比钱更珍贵的东西。"

"什么？"

"良心、人格和信任，还有爱。"

"哈哈，良心、人格和信任，你成哲学家了？哦，爱？你爱上谁了？"

"欣荣。"

"你爱上那个水手？"

"是的，"水波缅怀道，"他给我生命，给我最真挚、最深刻的爱，让我醒悟、让我懂得应该怎样做人。没有他我活不到今天。"

"想不到，够浪漫的。"辛运酸溜溜，"看来你是铁了心，这笔交易是做不成了。"

"做不成了。"

"你知道我的为人性格。"

"我知道。不撞南墙不回头，"水波顿一下，"你也知道我的性格。"

"知道，撞了南墙也不回头。"

"这就行了。"

辛运将手指关节捏得格格响，忽然痛苦地说："小波，我真不希望你成为我的敌人。"

水波轻声道："我也不希望，可这是命运！"

砰！铁门沉重地一响，辛运走了。

李素琴从旁边小房间走出来，不满地说："姓辛的很蛮横。"

"大老板嘛。"水波叹口气。

水波从衣袋里取出微型录音机。呆呆地望着，"就咱俩"的全部谈话全都在里面了，蓦然伏身呜呜哭起来。

"你怎么啦？"李素琴诧异。

水波也说不清究竟哭什么。她哭"就咱俩"这场失败的谈话，无论辛运怎样理解、怎样看待她。她确实心怀善意，想帮助他，减轻处罚。此前她也曾预料，也许会有这样结果，谈不拢，但这种结果一旦成为现实，她又痛苦又害怕。她深知辛运的为人。她是个既无财、又无势的弱女子，根本不是姓辛的对手。她像一个被逼上决斗场的武士，对手太强大，自己太羸弱了。她打开胸口锁片，看着欣荣的照片，含泪呼唤：

"阿欣，亲爱的，给我力量。"

第八章　家中遭窃

1

辛运伫立在好运来大厦第 28 层，豪华气派的好运来航运公司董事长办公室窗前，俯瞰着下面熙攘的马路和远处的大海，一动不动。风很大，湛蓝的海面上涌动着朵朵白色浪花。寂静中他听到海的喧哗、听到哗哗的惊涛拍岸声。此刻他的心情就像眼前这喧嚣纷乱的大海一样。真的，下海 30 多年，遇到过无数大风大浪，历经各种尔虞我诈，凶狠搏杀，没有一次让他感到如此凶险，如此可怕。他觉得好似在浪尖上跳舞，险恶至极。废船生意他做惯了，没出过事故。可俗话说，常在河边走，难保不湿鞋。这次可"湿"了，彻底"湿"了——27 条人命呀！他懊恼，可晚了。事已发生，无法挽救，问题是如何善后？他的方法和经验是钱。以往公司也曾发生过死人和工伤事故，多给死者家属一些钱，事情也就摆平。这次应该也可以，想不到杀出个水波咬住不放。就道义说，他理应受到惩罚；可不能想象，他——辛运，被关进牢房？那样一来，他好不容易得来的名誉、地位、权势、金钱……一切的一切就全都完了。不能，绝对不能！

他还懊恼应该让水波弄到一次性适航证后就乘飞机回国，不让她随船回来。世上没有后悔药，所有懊悔都晚了。

现在唯有面对，唯有较量！

像以往同对手较量一样，事前他都要冷静、客观评估、分析对方。既看到对方的软档，也找出对方的强势，然后认真应对，从而克敌制胜。如今他也分析了水波，父亲早逝，老娘是个退休小学教师，家族中不多的亲友都是平头百姓，没一个有分量的。若拿拳手级别比较，他无疑是最重量级，而水波不仅谈不上级，根本就是个小孩子。他无需拳头只需两根手指就能将她击出拳台，趴在地上起不来。可他觉得水波不会这么简单束手就擒。他自信对女人还是有一套办法的。他貌不可人，但凭藉金钱和功夫，他看中的女人无不乖乖就范。唯独这丫头不一样，三年来，他没少花钱和功夫，就是没能将她按到床上。她并非简单拒绝，恶脸相向，而是若即若离，柔情似水，既不让你轻易得到，又吊你味口，让你欲罢不能，更想得到她。这就是魅力，也是技巧和功夫。总之，这是个聪颖过人的女人。一个聪明女人胜过十个愚蠢的男人。绝不能掉以轻心！

他摁住桌上对讲机按钮，威严地说："来一下。"

对讲机里应一声"是"。不一会一个身穿黑西装，30来岁，半秃顶、宽大脸盘上长着一双暴突的金鱼眼的男人快步但轻声进来，垂手站在他面前，一副随时聆听并准备赴汤蹈火的样子。这是他最得力的亲信干将、公司办公室副主任施云龙，因为他眼睛暴突，公司里背后都喊他暴眼。施云龙大学中文系毕业，不仅文笔好，口才也不错，察颜观色，能言善辩，随风转舵，见机行事。辛运对他相当器重。在公司里，历来勾心斗角的人，都会有潜在的敌人。施云龙潜在的敌人就是办公室主任、总经理助理水波。他觉得无论学历文凭，办事能力他都不在水波之下。唯一缺少的是水波那女人的漂亮脸蛋儿,仅凭这一点她得宠于老板辛运。他心里不服气,但表面臣服,有时甚至像巴结老板一样巴结她。想不到遇上"罗马人"事儿。水波成了辛运的敌人。关系来了个180度大转弯,昔日他潜在的敌人、老板的情人,如今成了他俩共同的敌人。他如愿以偿,自然不遗余力效忠老板。

　　事情重大,不仅关系辛运生死存亡而且关系到整个好运来的命运和未来。独木难撑,辛运需要帮手,最适合的人选当然是他。昨天辛运同他作了一次极其秘密和极为重要的谈话。告诉他和水波决裂以及将要面临的战斗。当场委任他接替水波的位置,任公司办公室主任兼总经理助理,并许诺,这次麻烦解决,日后给他公司百分之三的股份。他的惊异和兴奋无以言表,表示肝脑涂地,全力效忠。

　　"我让你物色的人找好了吗?"辛运问。

　　"找好了。"施云龙恭敬地回答。

　　"说说情况。"

　　"全金,黑龙江人,31岁,因为脸长得黑,绰号黑头。在部队当过特种兵,擒拿格斗,身手矫健,打起架来,十来个人近不了身。几年前从部队复员曾在一家公司当保安,后来吃官司。"

　　"为啥?"

　　"他乡里一个干部欺侮他母亲,他将对方打伤,被判三年徒刑,"施云龙强调道,"我同他接触过,此人对老娘挺孝顺,对主子挺忠也挺讲义气。"

　　"嗯,"辛运满意,"安排个时间,让他见我。"

　　"是,"施云龙垂首,"你能见他,他一定很高兴。"

　　"从现在起公司聘用他,报酬从优。"

　　"好,我这就告诉他。"施云龙很高兴。

"但是有一条，有言在先，"辛运严肃地说，"你告诉他，在此期间不得再在外面惹是生非，若出事，由他自己负责。"

"是，我一定告诫他。"

"一切行动听指挥。具体指挥人是你，你向我报告。由我作最后决定。"

"明白。"

"你要准备一部手机，专门用于与他联系，"辛运嘱咐，"记住，别用公司电话。"

"是。"施云龙叹服老板的缜密。

"你可能认为我太琐碎？"辛运看出他的心思。

"呵，不。"

"你知道有句名言：细节决定成败。我们要重视细节。"

"是，辛总，你说得完全对，"施云龙心悦诚服，"我要向你学习，一切按你的指示做。"

"目前你要做的是让黑头找到那个笔记本。我相信水波一定将它藏在家里，"辛运从抽屉里取出一个口上有封条的牛皮纸大信封，"找到后装在这信封里，封好，任何人不得翻看，你立即交给我。"

"是。"

"行动时手脚要隐蔽、干净，不能伤人。"

"是，一定。"

2

早晨水波到医院检查身体，医生说没啥问题，只需加强营养和锻炼，健康会很快恢复。她很高兴，兴冲冲回到家，眼前的景象却让她目瞪口呆。只见橱柜和写字台的抽屉全被撬开，衣服、杂物撒在地上，一片狼藉。显然遭到贼人入室盗窃。

李素琴也是刚从外面回来，面对眼前的景象也傻了眼，呆呆地说不出话。

"妈，这怎么回事？"话一出口水波也觉得多问，于是改口道，"你没在家？"

"我出去了。我到超市给你买些营养品，想不到——"

"你啥时候出门的？"

"你出去后不久，"李素琴看看壁上电子钟，"大约9点10分。"

"现在是10点40分，"水波看钟，"也就是说你走后不久窃贼就进来了。"

"我奇怪，"李素琴蹙眉，"窃贼咋能算得这么准，我一出去就进来，再说又咋晓得我出去了家里就没人？"

"你问得有道理，"水波思索，"说明有人暗中监视我们。"蓦然想起什么，快步推开天井门，只见几只花盆的花被拔出，泥土撒了一地，"妈，你看。"

"哦。"李素琴若有所悟。

"显然，这不是一般窃贼，"水波分析道，"他们上门有明确的目的。"

"想偷那个笔记本，"李素琴也醒悟到，望着倒翻的花盆，"幸亏那天你又从花盆里拿出来。"

"是呀。"水波也庆幸。

李素琴收拾散落的衣物。

"妈，暂且别动，"水波拦住母亲，"先清点一下看少了什么东西。"

两人开始清点。李素琴发现书桌抽屉一只包里存放的1 000元人民币不翼而飞，水波手饰盒里两枚白金戒指和一根项链被窃。水波打开随身携带的小拎包，袖珍数码相机幸好放在里面。她拍了几张照片，然后打电话给110报警。几分钟后110到来，察看现场后，报告指挥中心。因属一般入室盗窃，中心通知所属警署，警署派来一胖一瘦两名警官。

按照现场取证程序，警官们仔细察看门锁、窗户和所有通道，察看可能留下的指纹和鞋印，拍摄照片。询问李素琴和水波被窃财物和有关情况。作了笔录。最后得出结论：窃贼系开门进入。

"我出去时门锁得好好的，"李素琴不解，"小偷怎么进来的？"

"这很简单，"胖警官笑笑，"窃贼用万能钥匙。"

"你们这门锁很普通，"瘦警官指着房门，"那些水平高的老贼半分钟就能打开。"

"看来这个窃贼确是高手，"胖警官环顾四周，"室内没留下一枚指纹、一个脚印。"

"老手，戴着手套和穿着鞋套作案。"瘦警官分析道。

"不过有件事奇怪，"胖警官注视天井，问李素琴和水波，"李老师、水小姐，你们是否有意无意中像别人透露过，你们有啥宝贝藏在天井花盆里？"

李素琴和水波都一愣，两人对看一眼，水波说："没有哟，除了被偷的一点手饰，我们也没啥宝贝。"

"那就奇怪了。"胖警官自语。

没啥更多线索，警官们告辞，并表示他们会努力侦破，有情况随时与她们联系。

警察走了。

"看来姓辛的动手了，"李素琴惊恐地坐在椅子上。

"是呀！"水波感到一种难以言说的威慑。

第九章　水波报案

1

　　清晨，水波站在人行道上，望着马路对面高耸的龙阳市公安局大楼，心里有种发虚的感觉。她从未与公安局打过交道，但经常路过市公安局门口，印象中那是幢旧淡黄色五层大楼，好似一个熟悉的老人，随意亲切。如今换成这样一幢15层大楼，加之门口仿古大理石廊柱和像南京中山陵的20多级大理石台阶，给人一种森严、陌生和神秘的感觉。

　　何时报案？前几天她一直在考虑时机。昨天家中遭窃明确告诉她：辛运正式行动了。此事不能再拖延，她也必须行动。向哪个部门报案呢？最贴近的当然是派出所。而且两位上门侦查的警察已经对花盆被砸产生疑问，现在可以告诉他们这件事。但派出所是最基层单位，上面有区公安分局还有市局。必然要层层回报。人多嘴杂，不知哪个环节，事情就会传出去，是是非非，真假莫辩，带来诸多是非和麻烦。不如一竿子到底，直接找市里。

　　往常办事，无论大小她习惯托人、找人，心想，如果这大楼里有个熟人就好了。可惜没有，只能自己硬着头皮进去。正值上班时间,马路上来往车辆很多。路口红灯亮时,车子停住,她穿了过去,大楼前有块场地,供停车。她定定神,吸口气,然后踏上石级。边上心里边数:1、2、3……不多不少正好20级。她轻轻吁口气,走向门口。

"小姐,你找谁?"一个脸上有条疤的门卫拦住她。

"我,"她愣一下,"我是来报案的。"

"报案?"门卫上下打量她一眼。

"报案你不懂?"她奇怪。

"噢,噢,"门卫似乎醒悟过来,说,"你要到接待室去。"

"接待室在哪?"她问。

"这下面左首。"门卫用手指了指。

"还要下去?"她有点不情愿。

"那当然,"门卫挺挺胸,"这上面是办公的地方,来访接待都在下面。"

水波只得转身一步步下去。在左首果然看到一块"接待室"的木牌。那是大楼裙房。

门开着的,水波进去,里面冷冷清清没几个人。似乎说明龙阳警民关系和治安不错。

她走到一个没人的窗口,里面坐着一个长条脸、扎马尾辫、肩上扛着一杠一星的女警官。

"小姐,你什么事?"长条脸表情严肃。

"我,我要报案。"水波抑制住心跳。

"报案?"长条脸细眉一皱,脸似乎更长了。"你报啥案?"

"报我们公司的沉船事故。"她冷静但多少有些局促地说。

"沉船事故?你啥单位?"

"好运来航运公司。"

"请给我看看你身份证。"

水波将身份证递进去。

"水——波!"女警官拖长声音,忽然紧蹙的眉毛舒展开来,"呵,就是你,船沉后在印度洋上漂流60多天?"

水波点点头。

"不容易。"长条脸赞叹。

刹那间水波感受到一种从未体验过的名人效应。

长条脸立即给上面打电话,然后讨好地说:"水小姐,请你在那个房间等一下,马上会有人接待你。"

"谢谢!"水波走进那个接待室。里面放着简单的桌椅,墙上贴着"从严治警""一心为民"的标语。她在一张陈旧小沙发上坐下。几分钟后一个瘦高,肩上两杠两星,30来岁,有着一双眯细眼,看上去精明强干的警官走了进来。

水波起身。

"请坐。"对方摆摆手,示意她坐下,自己则在旁边一张椅子上坐下,同时自我介绍:"我姓匡,名正。箩筐的筐去掉草头。正确的正。"

"呵,匡警官,你好。"这种随意让水波感到亲切,心想,这人倒还不错,没架子。

"两星期前你刚获救,电视台报道我见过你,"匡正的小眼睛凝视着水波,"瘦得脱了形,那模样真吓人。"

"是呀,那时候体重只30千克,整个人只剩下一口气。"

"现在身体怎样?"

"昨天去医院检查,主要器官基本上没毛病,就是身体仍然虚弱。"

"仍然需要调养。"匡正摆摆手,"现在你体重多少?"

"昨天称了,45千克。"

"像你这样身高应该有55千克左右。"

"是呀，出事前我体重正好 55 千克。"

"没事，"匡正安慰她，"你年轻，只要加强营养和锻炼很快会恢复。"

"谢谢。"

"你今天来听说是要报案?"言归正传，匡正从文件夹里取出笔录纸。

"是的。"水波点头。

"报什么案呢?"

"就是我经历的这次沉船事件。"

"这次沉船有什么问题?"匡正小眼睛聚焦注视着她。

"社会上都以为这是一次普通海难，"水波坐正身子，"其实这是一次因弄虚作假造成的重大责任事故，致使 27 人丧生。"

"呵?"匡正一惊。

"这件事我有错，"水波坦诚，"但主要责任人是我们老板辛运。"

"呵，请说具体事实。"

水波介绍了"罗马人"的情况："这是条报废船，根本不适合长途跋涉越洋航行。在国内以前好运来也曾将废船买来，小修小补，再通路子取得适航证，投入营运赚钱。这次辛运如法炮制。为了骗取当地的航行证，他贿赂船长，答应给他 30 000 美元，让他隐瞒修改'罗马人'数据。同时让我到当地航监部门走门路，取得一次性适航证。"

"这样?"匡正沉吟道，"不过这可是个重大问题。这种指控要有证据。"

"证据?"

"对呀，指控得要有证据。"匡正强调。

"首先，他让我去当地航监机构贿赂走门路弄适航证，作为当事人我可以作证。"

"这可以，"匡正承认，"但是你刚才说的船长怕就不行了。你说老板贿赂他，让他造假修改'罗马人'数据，如今船长人也不在了，其他人也都死了，死无对证。你有什么证据证明这一点？"

"有证据。"

"什么证据？"

"船长罗全布虽然答应辛运的要求，但他觉得心里有愧，他将他和辛运电话通话内容，辛运如何指使他、答应给他钱，他按照辛运指示，造假修改'罗马人'数据，骗取适航证的情况以及内心的忏悔，全都详详细细地记在一个小笔记本上。"

"那笔记本呢？"

"船长死前交给轮机长朱海根，让他带回来，公诸于众。轮机长死前交给水手长欣荣，最后水手长给了我。"

"有意思！"匡正不由拍一下手，"那笔记本呢？"

水波从手提包里取出一卷纸。

"这，复印件？"匡正拧眉。

"对。"

"原件呢？作为证据我们要原件。"

"对不起，匡警官，"水波抱歉，"原件我暂时不能拿出来。"

"为什么？"

"因为，因为……"

"你还不信任我们？"匡正的小眼睛眯成一条线。

"也不是。"水波摇头，讲了家中遭窃的事。"我觉得窃贼目标就是这个笔记本。"

"呵。"

"所以我必须全力保护。"

"那你打算何时能拿出来呢？"

"我想……"水波顿一下，"我想我会在法庭上出示。"

"法庭上才出示？我不勉强你，"匡正指着复印件，正色道，"不过我可以告诉你，法律规定作为证据，复印件是不行的。一定要原件。没有原件，我们不能立案。"

"这……"

"你考虑考虑。"

"好吧，我考虑。"

"请你在这儿签字。"

水波在谈话笔录上签名。

"你主动报案很好，我们会认真调查，"匡正站起来小眼睛盯着她，严肃地说，"但是我要给你提个要求。"

"什么要求？"

"这是件大事，再说你们辛老板是市企业家协会会长，市政协常委，不是一般人。"

"不是一般人你们就不一般对待？"水波犀利地问。

"王子犯法与庶民同罪，我们会依法侦查。"

"那你什么意思？"

"我是说为了社会稳定，除向我们公安机关报案，你还要注意保密，对外不要说。"

"这我知道。"水波伸出双手。

"干吗？"匡正奇怪。

"我今天来既报案也是主动投案。"水波严肃地说，"刚才我说了，'罗马人'沉没我有一定责任，我接受你们审查。你们铐上吧。"

"目前对你还不需要采取这种强制措施。"

"那辛运呢？"

"同样如此。"

"这……"

"你听我说，"匡正打断她，"你今天主动前来报案、投案这很好。说明你法律意识非常强。但这不同于现行恶性凶杀案，必须立即采取措施。这是责任事故。我们会进行调查。何时对责任人采取何种法律措施，我们会按照事实，依法进行。"

她没说的了。

"那好，"匡正站起来，"今天就谈到这儿，有事随时与你联系。"

匡警官走了。刚才见面挺热情，此刻有点不是味。

"再见，"她向窗口长条脸女警官打招呼，顺便问，"刚才接待我的匡警官是哪个部门的？"

"呵，你不知道？他是我们市局刑侦大队队长。"

"刑侦大队队长？"她没想到，官儿还不小。

"匡队长是极少接待来访的，"长条脸谄媚地笑道，"你是名人呀。"

我是名人？她觉得突兀。想不到冷不丁自己竟成了名人。她想起刚才长条脸知道自己姓名，打电话上去，说有人很快下来。想不到刑侦大队队长接待。她不明白是因为自己是"名人"了，还是其他原因，这位极少接待来访群众的匡队长亲自接待她。为什么？她说不清楚。不过她感觉有点异样。

2

辛运坐在中共龙阳市委常委、政法委书记兼公安局局长周涛宽大的办公室里。尽管努力控制，但掩盖不住内心的焦灼。大下巴神经质地微微抖着。

他和周涛关系非同一般。30年前他同周涛的父亲周大贵同在一条货轮而且同在机舱间工作。他是生火，周大贵任二管轮，是他的师傅。那年他18岁，周大贵47岁，但这不妨碍俩人友谊。他生来善交际，是个"百搭"，俩人挺谈得来。后来他调到局机关宣称科。再后来他下海办起了好运来航运公司。他帮下岗的周大贵办过劳务输出，但干了不到一年，跑了没几个航次，大贵查出患肺癌，弥留之际他去探望，大贵将儿子周涛托付给他。那时周涛16岁，初中毕业刚考入警校。周涛母亲是个纱厂退休女工，身体不好，退休工资很少，他常接济，一家人都很感激他，周涛喊他辛叔。后来周涛从警校毕业，分配到他住地派出所做片儿警。小伙子工作认真，嘴巴甜，为人热情，群众关系很不错，经常受到居民表扬。工作第二年周涛就入党并且被评为优秀民警。辛运非常高兴，凭借在商场纵横驰骋的敏感性，他从这个小民警身上嗅到一种特殊的商机。他熟谙中国社会，深知权力的重要。要想赚钱，而且赚大钱，必须靠权。权能变钱而且权能保护钱。他虽然有块党员牌子；但作为下海商人，他不可能执掌权柄。只能在政协里挂个名，讲些不痛不痒、无伤大雅的话。在权力机构里必须有自己的人。凭一双慧眼，他看准小民警是个绩优"潜力股"，大有前途，决定"投资"。一天他在里委办的黑板报上看到一篇表扬周涛的稿子。颇受启发，他当过宣传干事，深知宣传舆论的作用。当年在航运局政治处宣传科干的就是这行当。他谙熟此道。里委黑板报小儿科，要玩就玩大的。他在派出所、里委和居民中搜集了一些周涛的好人好事。三分成绩七分吹，锦上添花，妙笔生辉，写成一篇《他心中装着人民——记优秀民警周涛》的报道，在《龙阳日报》上登载，小民警周涛霎时就出了名。他知道这规格不够高。他通过关系，花钱请来省报一位著名记者，采访周涛。写成一篇《人民的贴心人》记优秀民警周涛的长篇通讯在省报刊出。这下周涛声名大振。名声和位置常常同步。一旦取得荣誉称号职位也会相应提升。周涛就是如此,出名后不久,他就被从基层派出所调到市局治安总队任副队长,级别为副科级。他勉励周涛夹紧尾巴做人,争取更大进步。周涛深知他能走到这一步,全靠辛叔这个幕后推手。他以为这是辛叔秉承当年对父亲的承诺,没想到这是辛叔一次重要、前瞻性"投资"。

岁月增长,周涛也日渐成熟,并且重视自己级别和地位。他不满足副科级副队长。辛运当然也不满足。他对小伙说,你只需干好自己活儿,别出事儿,其余事儿我来操办。凭借市企业家协会会长、市政协常委头衔和手里的钞票,他和市公安局头头以及市委领导建立友谊,受到青睐,成为他们的座上客。由于周涛自身努力,加上他的悉心关照,二十年来周涛从一个基层微不足道的小民警,稳步上升:副科、正科、副处、正处、副局直至担任龙阳市公安局一把手。去年又被提为市委常委、市政法委书记,进入龙阳市权力核心,成为龙阳举足轻重的人物。

辛运不仅政治上扶持,让他步步高升,经济上也慷慨解囊。1987年他结婚,当时他还是个小民警,单位分房轮不上。自己也没钱买房。家里两间小屋,只能供母亲和妹妹栖身。当时好运来公司刚有起色,辛运就送给他一间房子,让他有了个"婚窝",对此他真是刻骨铭心。日常年节,辛运总有赠送,去年他女儿兰兰赴英国留学,在筹钱时他送来10万美金。这桩桩件件,他铭记于心。他将辛叔视作再生父母。

辛运除非必需,一般事情不找他;找他也定能解决问题。如有一次十几名劳务船员因工资待遇发生纠纷,到公司吵闹,砸毁门窗家具,他接到电话,立即出警,将事情摆平,再也没人敢到公司撒野打闹。不过这种事很少。这次不动用这张牌不行了。

"阿涛,真的,我没想到船会沉。"辛运表白,这是他的真心话。

"我知道。"周涛点头。他知道事情的严重性。作为商人,这样做目的是为图利。而且在国内他也经常这样做,抱有侥幸心理。事已如此,只有帮他了。他知道这样做是犯法;但他周涛能有今天全仰仗他。如今他有难,他不能袖手旁观。

"阿涛,一切全靠你了。"辛运抖动下巴,说话没了以前的中气。

"辛叔,你放心。"

"小施说,水波昨天上午来过局里?"派人监视水波的施云龙已向他报告。

"来报案,我安排匡正接待。"周涛拉开办公桌抽屉,取出一叠纸头,"这是她提交的证据,船长的笔记本。"

"复印件嘛?"辛运本以为从这儿可以拿到那个梦寐以求、神秘的船长的笔记本,想不到仍是复印件,未免有些失望。

"这姑娘忒精,小匡告诉她作为证据,复印件不行,要她交出原件,她就是不给。"

"她要将原件交给谁?"

"她说要到法庭上才出示。"

"这丫头!"辛运不由骂一句。

"说明这丫头不简单。"

"是的。"辛运想起施云龙手下人到水波家登门撬窃、搜寻笔记本,无功而返。

"摆平此事我考虑从两方面着手。"周涛分析道。

"哪两方面?"

"这是一起责任事故,类似交通肇事,人死不能复生。但钱能通神,中国人爱钱,很多事故,都是肇事方积极承担责任,多给受害者补偿,从而取得受害方谅解,减轻甚至免于追究刑事责任。我想,辛叔,你们公司是否也能这样?"

"可以呀,"辛运大声说,"我有这个打算,多给遇难家属补偿。"

"那就付诸行动。"

"不行呀,"辛运摇头,"首先水波这一关通不过。"

"你同她谈过?"

"谈过。"

"她怎么说?"

"她坚持要按罗船长的遗愿办事,公事公办,将事故真相公诸于众。那,那不就麻烦了。"

"哼!"周涛轻轻哼一下。

"妈的!"辛运大下巴一抖,气得不由骂粗口,"就她作梗。阿涛,逮她起来。"

"不行呀。"周涛否定,"现在不比从前,上面对羁押期限抓得很紧。嫌疑人在我们手里不得超过两个月。再说若将她刑拘,一定牵涉到你,抓她不抓你,那怎么行?"

辛运默然,抓耳挠腮不知如何是好。半晌,猛地一拍沙发扶手:"妈的,把她做了。"

"别,别,"周涛一吓,拦住他,"辛叔,千万不能这么干。"

"为啥?"他眼一瞪。

"不管怎么说,这还只是一起责任事故;若将她做掉,那就是故意杀人,性质完全变了。"周涛神情严肃,"这不行。"

"那咋办呢?"辛运呷呷大下巴,一种从未有过的挫败感。

"咱们再想办法。"周涛安抚他。

"还有个问题我也担心。"

"什么?"

"除了向你们报案,她很可能将材料捅给新闻媒体。"

"这倒是。"

"新闻媒体影响极大,"辛运抖动着大下巴,"上次《龙阳日报》一个姓陆的记者就写过她一篇获救专访,说不定她还会去找他。"

"可能。"

"不能让他们接触,要封上她嘴巴。"辛运忍不住挥拳。

周涛寻思:是呀,有啥办法,用啥罪名?将这丫头长时期甚至终身禁锢,让她失去自由,不能与外界接触,不能乱说话?他从警二十多年,用他的权力,签署、拘捕过不少人,使他们失去自由。但还没有碰上这样一块难啃的骨头,让他无法下口。一时真有点无所适从,他失神地望着桌上的报纸、文件。猛然,视线落在一张报纸上,忍不住叫一声:"啊……"

"怎么啦?"愁眉不展的辛运一吓。

"有办法了,有办法了。"周涛连声。

"啥办法?"

"你放心,这事儿我会处理的。"

辛运知道他脾气,这样说了一定有办法,具体无需多问。取出一张银行卡:"里面有40万,给小匡他们用用。"

第十章　波特曼的夜晚

1

夜晚，华灯初上。水波和《龙阳日报》记者陆天浩坐在龙阳市新建的波特曼大酒店一楼咖啡厅里。

向公安局报案同匡警官谈话后，水波总觉得心里不踏实。她不知道公安局办案程序怎样。但在她看来，这虽不是蓄意谋杀一类重大杀人案，但也是一起重大责任事故，涉及27条人命。应该将主要责任人辛运拘留逮捕侦查然后起诉。同时对她这个参与其中，犯有错误的当事人也应采取措施。他们却不闻不问，而且以没有证据原件为理由不于立案。这是为什么？眼前不由闪动着刑警队长匡正那细眯、神秘的小眼睛。心里有种说不出的感觉。想起常在报纸上看到的一些官商勾结、贪污腐败的报道，这其中是否会有问题呢？可能！辛运自己说过：同他斗，是鸡蛋碰石头。作为市企业家协会会长、市政协常委、龙阳市头面人物，不用说他有着根深蒂固、盘根错节的关系。公安局里肯定有他的人，这个刑警队长可能就是其中之一。想到这些她感到恐惧、孤独甚至绝望。

她很想找个人谈谈。找谁呢？除去母亲无人可谈。她想起她获救后采访她并写了《印度洋幸存者》的《龙阳日报》记者陆天浩。虽然只接触过一次，但印象中此人挺能干，文笔也不错。新闻媒体很重要。现在有不少事情就是首先在媒体上披露，引起社会关注。如果陆记者能将"罗马人"沉没真相在报纸上披露，一定会引起哄动。她找出陆天浩名片，拨通他的电话。

咖啡厅里人不多，灯光昏暗，俩人在靠窗的卡位上坐下。旁边位置上坐了一对情侣。水波要了两杯摩卡咖啡。

陆天浩瞅着她，欣喜地说："水小姐，我看你现在气色好多了。"

"这段时间就是吃和睡。"水波笑笑。

"健康第一，你能从印度洋上那样熬过来实在不容易，可以说是奇迹。"

"命是捡回来了，可活着不容易。"

"怎么啦？"

"今天请你来就是想同你谈谈。"

"正好，我也想要找你呢。"

"你也要找我？"

"对呀，最近我听到一些传说对你非常不利，有些甚至非常难听，所以我很想同你谈谈。"

"什么传说？"

"我说了你别激动。"

"你说吧。"

"有说你在海上漂流由于恐惧、绝望精神受到很大刺激，得了精神病。"

"哼！"水波冷笑。

"还有更难听的。"

"什么？"

"说你狮子大开口,讹诈你们公司,提出要求赔偿2 000万,还说不给就放火烧公司。"

"砰!"水波忍不住将手中的咖啡杯在桌上猛击一下。飞溅的咖啡有的溅在陆天浩和她身上,有的洒在桌上。

"你……"陆天浩一怔。

"呵,对不起。"水波意识到自己失态忙打招呼。

这时旁边桌上那对男女突然起身过来,女的双手按住水波,男的厉声命令:"别乱动。"

水波和陆天浩都惊诧。陆天浩责问:"你们是谁?关你们什么事?"

"她是精神病患者,十分危险,"男的说,"我们要带走她。"说着抓住水波一条胳膊,那女青年抓住另一条胳膊。一左一右,不由分说将水波架出门,上了一辆小汽车。

陆天浩目睹这一切,目瞪口呆。半晌,回过神来,不由喊一声:"你们这是绑架!"

"喂,别乱叫。"身后有人在他肩上拍一下同时说一句。

陆天浩转身见一高一矮两个男青年,拍他的是高个子。

"你们……什么人?"陆天浩迟疑地问。

"我们是市局的。"高个子掏出警官证。

"公安局?"陆天浩诧异,"你们干吗?"

"我们想请你去一下。"矮个子说。

"绑架?"陆天浩第一时间想到这两个字。

"我们怎会绑架。"高个子笑笑。

"我们是请你去。"矮个子强调"请"字。

"请?你们知道我是什么人吗?"陆天浩诘问,充满傲气,职业性的。

"知道。"高个子说。

"《龙阳日报》记者陆天浩。"矮个子补充。

陆天浩无话可说了。他看出这个"请"有着明确的目的性，是非去不可的。他倒想看看是什么人"请"，目的何在？

"走吧。"

他随两人上了门口一辆黑色桑塔纳。不多会就抵达龙阳市公安局。两人将他引到二楼一个小会客室，里面有个瘦瘦、眯细眼的警官在等着。

"陆记者，请坐。"警官指着一张单人沙发。

"谢谢！"陆天浩在沙发上坐下。瞅着对方小眼睛，觉得此人挺面熟，在哪见过。便问："你是？"

"敝姓匡，刑队的。"

"呵，"陆天浩想起来，"你是刑侦大队匡队长，电视上见过。"

"正是。"匡正点头。

"不知匡队找我来有何指教？"

"想同你谈谈你写的那篇报道《印度洋幸存者》。"

"好运来航运公司的水波？"

"那篇报道影响很大。"

"是呀，"陆天浩得意，"我们报纸首发，国内外几十家报刊转载。"

"问题就在这儿，你知道水波现在的情况吗？"

"现在情况？"

"可能因为长时间海上漂流，极度的恐惧、绝望使她精神受到很大刺激，患了严重的精神分裂症。"

"我听到传闻。"

"不是传闻，而是事实。别的不说，就是刚才咖啡厅那一幕你也看到了。"

"你……你怎么知道?"陆天浩奇怪,刚才他并不在场。

"我接到报告。"

"你们对她似乎特别关心?"陆天浩话中带话。

"那当然,"匡正不讳言,"这都是你那篇报道造成的,现在水波成了有影响的人物,也可以说是名人。对她的一举一动,所作所为我们都应予以关注,弄出事来,不仅对她和他们公司不好,对龙阳市也不好。你说是吗?"

"那倒是。"

"其实你所见到是最普通、最一般的表现,还有更严重的。"

"怎么严重法?"

"她去公司兴师问罪,要求公司赔2 000万,还拍桌子砸板凳,扬言要放火烧掉公司。"

"我听说,"陆天浩说,"但我怀疑,是否有这样的事?"

"当然有,好运来公司有多人证明。这个问题很严重,"匡正语气一转,"当然,这都是因为她神经出毛病而引起。你知道,精神病人属无行为责任能力人。所做的一切违法行为是不负法律责任的。"

"这我知道。"

"现在水波是龙阳市名人,为了爱护她,为避免产生不必要的意外,因此对她进行医疗监护。"

陆天浩想起咖啡厅情景:"你们将她送精神病院了?"

"是的,"匡正点头,"不过那不是我们,而是好运来公司的人。为防止意外,他们公司的人一直在关注她。"

陆天浩默然。他想不到事情会这样,而且他觉得这其中什么地方不对劲,具体又说不出。

"匡队长,你找我来就是为了告诉我这些?"

"对。"匡正领首,"当然不仅是让你知道这些事,而且还得请你再写篇报道,题目是《印度洋幸存者患精神分裂症》。"

"什么?"陆天浩像似被刺一刀,几乎从沙发上跳起来。

"怎么啦?"匡正眯着小眼睛。

"这篇报道我是不会写的。"陆天浩激昂。

"为啥?"

"这样的报道若是见报,无疑给水波戴上精神病帽子,对她影响太大了。"

"是嘛,她本来就是精神病,刚才我列举了那么多事实。"

"那只是你们一面之词。作为记者我必须调查了解听取各方面意见,譬如精神病院、他们公司还有水波本人。"

"你这种工作作风是好的;但写这篇报道我看就没必要这样了。"

"为啥?"

"你问她本人有什么用?没哪个精神病人承认自己是精神病。对精神病人的鉴定唯有靠医院和医生。现在水波已经进了精神病院,这是最重要的事实,你从这个角度写,准保没错。"

"我不能写。"陆天浩摇头,"《龙阳日报》记者很多,你可以另外找人,找跑政法的。"

"你以为没人能写吗?"匡正小眼睛凝视着他。

"当然,人有的是。"

"实话对你说,我们请你写这篇报道基于两个原因。"

"哪两个?"陆天浩很想听听。

"首先,《印度洋幸存者》是你写的,这次你跟踪报道,再写个续篇,那就再好不过。非你莫属。"

"另一个原因呢?"

"另一个原因嘛,"匡正拖长声音,"是对你的挽救。"

"挽救?"陆天浩以为听错,"对我挽救?"

"没错,挽救,对你的挽救。"匡正一字一句。

"匡队长,说话要负责任。"陆天浩警告。

"当然负责任。"匡正语气强硬。

"请摆事实,挽救我什么?"

"那好,请告诉我前天夜晚你在哪?"匡正小眼睛锥子似的盯着他。

"前天晚上?"

"对,前天晚上。"

"我在卡门夜总会KTV唱歌。"

"唱到几点?"

"大约……11点。"

"以后呢?"

"以后……"

"对,以后,这以后你干啥?"

"以后我回家。"

"你说谎!"匡正低喝一声。

"真……的。"

"这位小姐你不会忘记吧?"匡正递给他一张照片。

陆天浩接过一看是位长发披肩、袒胸露背,一脸风骚的女人,他一眼认出是夜总会的金铃。

"我们一起喝过酒、唱过歌。"他承认。

"唱歌以后呢?"

"以后……"他语塞。想起那晚的情景心里不禁忐忑。那丫头确实迷人,尤其是那高耸坚挺的胸脯,唱歌时坐在沙发上她紧贴着他,坚挺的乳峰不时在他身上蹭,弄得他心里痒痒。她殷勤地给他酌了一杯酒,他喝下后更是激情难抑。走出歌厅后她将他搂得更紧了,他心里则似火烧一样,激情难抑。"我给你开了房间。"她嫣然一笑。他和她进了个房间,进去后他迫不及待将她按倒在床,三下五除二,将她剥光。她也激情洋溢,扭着身躯,嘴里却喃喃:"哎哟,不要——"这种娇媚和呢喃让他更兴奋了。他吼叫:"戳死你,我戳死你……"他没搞过婚外情,也没嫖过娼,这一切像是梦,太难忘、太刺激了!

"以后怎样?"匡正紧追,"怎么不说了?"

"……"陆天浩涨红着脸,这是嫖娼呵,怎能说出口。

"你不说我替你说。"匡正从手提包里取出一只小录音机,"你听听录音。"

匡正揿下按钮,录音机里传出床铺"格兹、格兹"声和女人声音:

"哎哟,不要,不要……"接着男人粗重的喘气和疯狂的喊叫:"戳死你,我戳死你……"

"怎么样?够刺激吧?"匡正小眼睛里闪烁着一种异样的光芒,好似猎人逮住猎物一样。

"我……我不应该嫖娼。"陆天浩嗫嚅。

"嘿,"匡正一笑,"你以为只是嫖娼吗?"

"不是嫖娼是什么?"陆天浩疑惑。

"强奸!"

"强奸?"陆天浩如同遭雷击。他知道嫖娼和强奸的重大区别。前者最多罚款;后者要判刑吃官司的。"匡……匡队长,"由于激动,他变得口吃,"这可不能随便说,得有证据。"

"有的是证据。"

"在哪?"

匡正指着录音机,说:

"这录音就是最好的证据,你强奸她,她求你,喊:'不要'。"

"这……"陆天浩气急，可一时又说不出。

"这什么？"

"这是女人的叫床，是高兴，这个'不要'是要。"

"嘿，'不要'就是'不要'。随便怎么说'不要'也不会变成'要'，收起你这套诡辩术吧。"

陆天浩觉得在字面上难以取胜，将"不要"变成"要"。换一个角度，说："这女人是个'鸡'。"

"'鸡'也好鸭也罢，都不重要。法律上违背妇女意志与其发生性关系就是强奸。'鸡'也一样。"

"我给过她钱的，"陆天浩喊叫，"400元。"

"她说她没拿你钱。而且她已向我们公安局报案，不仅提供这盘录音，还提供你留在她身上的DNA——精液。"

陆天浩眼前浮现出那个女人，她的风骚、她的诱惑、她的叫床作态，还有她给他喝的那杯酒以及这盘录音带。

"阴谋，这是个阴谋！"他嚷嚷。

"你所谓的阴谋我们不知道。我们不认识这女人，不晓得她为啥要你阴谋，"匡正极为严肃，"你是记者，我想你也懂些法律。我们办案是以法律为准绳，以事实为依据。在法律上强奸罪的构成有两个要件。一是违背妇女意志；二是发生了性行为。这两个要件你全都具备。"

陆天浩怔住，所谓阴谋是他的分析推测，他无法证明。从法律上说，这家伙说得对，无论阴谋与否，就凭这两条，这顶强奸的帽子他是跑不掉的了。

匡正的小眼睛像锥子刺探到记者的内心，不紧不慢地说："按《刑法》强奸罪刑期一般三四年，而且这罪名特别臭。你若套上这罪名……"

"别说了，"陆天浩抱着头，心里抽搐。他非常清楚一旦摊上这项罪名，进监狱，他这辈子完了。生活中冤假错案太多了。在采访中，他看到、听到不少这类事情。一时冤屈，即使以后弄清事实，纠错平反但为时已晚。好汉不吃眼前亏，现在只有低头，"匡队长，我不想多说，一切听你的。"

"其实事情很简单。"匡正笑笑，"你只需写一篇《印度洋幸存者》的续篇《印度洋幸存者患有精神分裂症》。"

"就这些？"

"就这些，稿子明天要见报。"

"稿子我可以写好，何时见报要总编定。"

"总编那儿你不用管。你只需尽快将稿子写出来。要将分裂症原因诸如海上受刺激，以及一些表现都写出来。你文笔不错，尽量写得生动些。这将是一篇好新闻，好多媒体会转载，你又会出名。"

陆天浩咬紧嘴唇，想说什么但欲言又止。他明白了，这才是阴谋所在，那只"鸡"不过是个工具。这一切都是精心策划、严密布署的，这只有公权力才能做到。这样的权力一旦走偏，运作起来，像他这样的小记者、芸芸众生、平头百姓，那是难以抵挡、无力对抗的。他不明白这种权力为何要将水波这样一个九死一生的印度洋幸存者打成神精病？

"好吧，就这样，"匡正拍拍他肩膀，"放心，我们会替你保密的。至于你自己该如何保密，用不着我说，我想你该知道。"

第十一章　不是监狱的监狱

1

　　龙阳市精神病医院坐落在市区西北角，城郊结合部。它是龙阳医学院附属医院。这家医院已有40多年历史。医院四周有一道2米高的围墙。院里花木繁茂，环境很不错。医院主楼是一幢灰白色六层建筑。一楼、二楼是门诊部，三楼以上为住院部。现有病员180多人，其中大体分为两类，一类为狂躁型，也就是通常所说精神病发作期。这类病人有一定的破坏性和较大的危险性。另一种抑郁型，郁郁寡欢、整天沉默寡言，比较安静。危险性比较小。

　　昨晚，水波在波特曼咖啡厅同《龙阳日报》记者陆天浩谈话，毫无思想准备的情况下，被一对男女突然架住，不由分说，走出咖啡厅大门，塞进一辆停在路边等候的桑塔纳轿车，疾驰而去。一切那么突然、那么迅速，同电影里的绑架一模一样。在汽车后排那一男一女将她夹在当中。

　　我被绑架了！一个可怕的念头迅速从脑海中闪过。

　　寂静得可怕。

　　"你们是什么人？"她忍不住打破沉默问。

那对男女也不说话。

"你们绑错人了,"她说,"我是穷光蛋,我没钱。"

"小姐,你误会了,我们不是绑匪。"男的终于开口。

"那你们干啥?"她更奇怪了。

"待会儿你就知道。"女的说。

一时也弄不清楚,她觉得首要的是告诉母亲,这么晚不回家她一定在焦急等待。她从随身拎包里取出手机。正要打,身旁男青年一把夺去。

"你!"她惊骇。

"你不能打。"声音宛如铁板冰冷坚硬。

"为什么?"她诘问。

"不为什么,不能打就是不能打。"

"谁规定的?"

"上面。"

"哪个上面?"

"上面就是上面。"

"你们限制我人身自由和通讯自由,这是严重违法行为,"她气愤,"我要控告你们。"

"告吧。"

很快,桑塔纳驶过市区,来到这里,她一看大门口招牌《精神病医院》,她傻了。

"你们干啥?"她责问,"我又不是精神病人。"

那对男女也不说话,就像在波特曼咖啡厅一样,一左一右架着她走进医院一楼接待室。里面有两个穿白罩衣,身材魁梧、一个剃光头、另一个蓄络腮胡的男子已在等着。那对男女将她连同她的随身拎包放下,男的简单地说了句:"交给你们了。"然后他转身而去。

"为什么？这是为什么？"她吼叫。

"啥为什么？"光头问。

"为什么将我弄这儿？"她恶狠狠地问。

"为啥？"光头笑笑，"因为你有病，精神病。"

"胡说，"她吼叫，"我没病，更没精神病。"

"嘻嘻，"络腮胡笑道，"每一个来这儿的精神病人都说自己没病。"

"陷害，这是陷害。"她怒不可遏，飞起一脚将身旁一张椅子踢翻，仍不过瘾，又将另一张椅子推倒。

光头和络腮胡也不阻拦，不生气，甚至面带微笑，也许作为精神病院工作人员这些他们见多了，习以为常。

经过一阵发泄，水波有点累了。

"小姐，累了吧？"光头看着她，面带微笑甚至有点和谐可亲。

"我再问一遍，你们为啥将我弄来这儿。"

"我也再说一遍，"光头说，"不是我们弄你来这儿。"

"那是谁？"

"刚才送你来的人呀。"

"他们是谁？"

光头和络腮胡对看一眼，光头奇怪："送你来的人你不认识？"

"不认识，我从没见过他们，"她斩钉截铁，"根本就不认识。"

"这，咱们就不清楚了。"光头摸摸头。

"那，你们是医生？"她问。

"你看咱俩是医生吗？"络腮胡反问。

"我不知道。"

"医生穿白大褂，"光头指指身上的衣服，"咱这虽然也是白的，可这是短打。"

络腮胡说："咱们是医工。领导指示我们等在这儿接待你，将你安顿住下就成，别的咱们啥也不知道。"

光头说："明儿一早就有医生，有问题你同医生谈。"

她看出同这两人没啥说的。

光头取出一张精神病人入院登记表让她填写。她愤然拒绝："我没精神病，我不填。"

"这表还是要填的，"光头说，"哪怕住旅馆也得登记一下呀！"

"你填个名字就行，"络腮胡说，"这也是个记录。"

记录？这两个字触动了她。对，应该留下个记录，作日后证明。她接过表格，写下名字。同时在备注栏内用工整的大字写着："我不是精神病患者，今晚我被不明身份人士非法绑架送至本精神病院。"写好将表格扔给光头。光头看后皱皱眉，将表格给络腮胡。不待络腮胡开口，她说："我写的是事实，我负完全责任，与你们无关。"

"行哟，"络腮胡点头，"送你去病房。"

她正要走，光头拦住她："请等等。"

"还有什么事？"

"看看有没有什么危险品。这儿是精神病医院。"

她将包里东西倒在桌上，除去有一把袖珍小刀，没一样有危险。光头又让她将头上两只铁发夹取下。她觉得可笑："放心，我不会自杀的。"

"这是院里规定，"络腮胡解释道，"日后你出院这些东西都会还给你。"

她懒得在这些鸡毛蒜皮事情上再费口舌，说："走吧。"

"好，上楼。"光头从墙壁木架子上取下一串钥匙。

"在几楼？"她问。

"六楼，六病区，606室。"光头回答。络腮胡谄媚地说："咱这儿病房相当紧，一般病人都是三四人一间，有的甚至五六人，对你特别优待，一人一间。"

"特别优待？"她心里冷笑。应该说是特别拘禁，不让她和外人接触。但同这两人没啥好说的。夜已深，病人都已入睡，院里一片寂静。她随两人登上六楼，以楼梯口为界，分左右两部分，每部分都有铁栅栏门，门上都有大铁锁锁着，在昏暗的灯光下，犹感森严和恐怖。

"这哪是医院？"她不由说，"这是监牢！"

"这是精神病院。"络腮胡解释。

"而且这里都是狂躁有危险行为的病人。"光头用钥匙将锁打开，将她带到左首一个门上标着606的房间。

她扫一眼，房间约10平方，里面有一张病床、一个床头柜、一把椅子，房角有一个蹲的便池和一个洗脸盆。为防止病人受伤害，窗户安装了细密的铁栅栏，床架子也包了塑料。天花板上一盏15瓦灯泡上面积满尘埃。昏暗的灯光映照下，一切更加阴沉、暗淡。

"小姐，来吧。"光头拿起墙角地上的一根链条。

"干吗？"水波问。

"得将你锁在床上。"

"将我锁在床上？"水波惊讶。

"对呀。"光头点头。

"为啥？"

"为啥，"光头觉得问得奇怪，"怕你跑呗。"

"我决不会不明不白地跑，"水波目光如炬，"我要找你们领导说说清楚呢。"

"那是你的事,"光头举起链条,"咱们按规矩办事。"

"你们敢!"水波大吼一声。

光头和络腮胡怔住。

"告诉你们,我不是精神病人,"水波正义凛然,"你们敢锁我我就撞死在这儿,一切后果你们负责。"

光头和络腮胡说不出话。两人看出水波的刚烈和厉害。

"不锁可以,"光头说,"你答应不逃跑?"

"我说了,我不会不明不白地走。"

"那好,一言为定,我们也不锁你。小姐,再见。"光头和络腮胡转身出去,咔嚓关上房门。

水波呆坐在椅子上。首先想到母亲,这么晚了,她知道她在这儿吗?她不会知道,甚至连想都不会想到。母亲接不到她的电话,没有她的信息,肯定为她担心。妈,是女儿不好,女儿让你担惊受怕,女儿对不起你。阴谋,这是一起阴谋,背后黑手无需说是辛运。上次派窃贼上门盗窃笔记本未曾得逞,她就想过,姓辛的不会罢手,一定会进一步采取其他办法。想不到来这一手,将她送精神病院。

"啊!啊……"门外走廊里传来精神病人的喊叫,声音时而高亢,时而低沉,时而悲怆,时而凄苍,似在控诉又似在哀求。在这万籁俱寂的深夜里,真让人毛骨悚然。她吓得瑟瑟发抖。她不由跳上床,用被子包住身体,仍然止不住颤抖。唉,天啦,谁能帮助我呀?此时此刻她多么希望有个人鼓励、支持、安慰她。她想到欣荣,她最心爱的人,她打开胸口鸡心挂件盖子,欣荣深情地凝视着她。那深沉的微笑似乎说:"小波,亲爱的,你要坚强,你要挺住。我爱你,我同你在一起。"

"阿欣,"她不由哭喊,"我爱你,我信守承诺,将真相公诸于众,为你和死去的海员兄弟讨公道,可为啥这么难、这么难啊!"

泪水浸透她的衣裳。

2

这一夜水波在噩梦中度过,天不亮就醒了,眼睁睁躺在床上,望着曙光一点、一点爬上被铁栅栏严实捆扎的窗户。

天刚亮一会,门外走廊上响起车轮滚动的轰隆声,那是送早餐的。

"606,吃早饭了。"一个穿一套油渍斑斑工作服的胖女人吆喝着同时猛地推开房门。

她不睬,似乎没听见。胖女人也不管,舀了半搪瓷碗粥外加一个馒头和一小碟酱菜、一个鸡蛋放在她床头柜上,然后推着车子轰隆轰隆地走了。

粥的热气袅袅上升,挺诱人。她肚子有点饿,但思想上斗争,吃还是不吃。为表示抗议她觉得不应该吃;但身体本来就虚,若不吃更不行。看来斗争是长期的,身体是本钱,不能将身体弄垮。想到这些她决定吃。端起碗来,呼啦、呼啦很快将粥喝掉,然后将馒头和鸡蛋也吃下去,身上顿时就来了劲。

接下去是等医生,她倒要看看这里的混蛋医生怎么说。

大约8点30分,一个手持病历夹、身穿白大褂的医生走了进来。这是个40岁左右的中年人,戴一副金丝边眼镜,圆团脸,面色白净,看上去文质彬彬。后面跟着一个年轻护士。

"水小姐,你好,认识一下,我是你的主治医生,我叫习文,学习的习,文化的文,"习医生彬彬有礼自我介绍,"你就是那位在印度洋上漂流60多天靠吃生鱼、海鸟活下来的女士?"

水波入院前昨天上午院长特为同他谈过话，告诉他这位印度洋幸存者因受强烈精神刺激，患有反应性精神病，有一定的危险性，决定安置在6病区单人病房，由他负责。对这样一位有传奇意味的人，他不免有些好奇心。

"是的。"水波不卑不亢。

"看不出来，"习文赞叹，"你这样单薄瘦弱的身体、能经历那样的煎熬，不简单。"

"原本倒简单，现在可不简单了。"

"怎么简单又不简单？"像绕口令习文不明白。

"我问你，你们凭什么将我弄来这儿？"水波责问，"这事儿简单吗？"

习文微笑："水小姐，对不起，我要纠正你这个说法。不是我们将你弄来这儿。"

"那是谁？"

"是你们公司送你来这儿。"

"我们公司？"

"对呀，"习文打开金属病历夹，看着其中一张表格，念道，"好运来航运有限公司对吗？"

"对，"她承认同时反问，"他们有什么权力将我作为精神病人送精神病院？"

"嘿嘿，"习文一笑，"你问得很好，不过这个问题不仅我这个普通医生，我可以说目前谁也无法准确回答你。"

"为什么？"

"迄今为止国家没有明确法律规定，什么单位和个人有权力认定某人为精神病患者，将其送精神病院。目前家属可以送，单位可以送，公安部门也可以送。由此引起的纠纷新闻媒体都曾报道过。我想你一定看到或听说过。"

"我看到过报纸和电视台类似报道,"她想起来,"我们公司凭什么将我送来,总有理由吧?"

"这……"习文顿住。

"这不保密吧?"她揶揄。

"当然不保密,"习文说,"不过具体的根据医院规定,我不便说。"

"那你不说具体的,说说大概和原则的吧。"

"公司认为你在印度洋60多天的漂流中,肉体和精神上都受到过度刺激,患有精神障碍,需要治疗。"

"精神障碍?"水波侃侃,"不错,在漂流过程中,由于死亡的威胁,由于极度的绝望、恐惧,我的精神确实受到很大刺激,几度想自杀。我想这不仅是我,换成你或其他任何人处在那样的情况下都会那样,你说是吗?"

"是的,"习文承认,"处在那样的情况下,包括我在内,我想任何人都会那样。"

"对我这种闯过鬼门关,九死一生,精神上受过如此刺激的人理应给予真诚的爱护和关怀,如今不仅得不到,反而将我打成精神病人,关进精神病院。"

"水小姐,"习文加重语气,"我再说一遍,这是你们公司的看法并以此为根据将你送来。"

"那作为精神病院的医生,你的看法呢?你认为我患有精神病吗?"水波直视习文,目光炯炯。

"我?"对主治医生习文来说,这是个很尖锐的问题。通常,病人家属或单位都是以"精神病"名义将人送精神病院。但病人到底是否患有精神病?医院需经过各种医学检查后,方能认定。奇怪的是昨天上午水波未进院前,院长专门同他打招呼,告诉他将要接收这样一位病人并示意他要认同送人单位的看法,也就是说要确认水波为精神病患者。在他印象里，院长极少过问某个具体病人并在没有经过有关医学检验和检查前，就认同送人单位意见，给病人戴上"精神病"的帽子。他感觉到事有蹊跷，但也不便反对院领导的意见。他应付了一下。此刻他当然不能将院领导的话告之对方。但按照医生职业道德和操作规则，他说："现在我没法说。作为医生需要对你做一系列医学检查和检验，然后才能作出结论。"

"那就查吧。"水波坦然。

"请你到我办公室来一下。"

水波随习文到对门一间医生办公室。

"你请坐。"

水波在桌边一张椅子上坐下。习文取出几张表格，说："水小姐，这上面的一些问题请你如实回答。"

"问吧，我一定如实回答。"

"你爷爷、奶奶健在吗？"

"早就死了。"

"对不起，你知道他们是否患有精神方面疾病？"

"没有，他们没有精神方面疾病。"

"那你父母呢？他们还健在吗？"

"我母亲在，父亲20年前去世。"

"什么病？"

"什么病也没有，是车祸。"

"呵，对不起。他俩患有精神方面疾病吗？"

"没有，从来没有。"

"你有没有受过什么重大精神刺激？"

她静默。

"请如实回答，有，还是没有。"

"有。"

"什么时候？什么样的刺激？"

"就是在船沉没之后，我在印度洋上漂流的那60多天对我刺激太大了。"

"心理和精神上有些什么样的反应？"

"紧张、恐惧、求生、怕死。"

"这是当时的情形，人处于面临死亡危险境地，通常都会有类似反应。现在怎么样？"

"现在没有了，不过想起当时的情景仍心有余悸。"

"你经过精神治疗也就是心理治疗吗？"

"没有。"

"你睡眠如何？"

"没出事故前睡眠很好，倒头便睡，一觉到天亮。现在不太好，多梦、早醒，睡得不踏实。"

"性格上是否易怒、易激动？"

"对，有时易激动。"

"这种性格是原来就有还是由于这次海难的刺激？"

"我脾气生来这样，容易激动。"

"情绪上有无反常？譬如有时激奋、昂扬；有时悲观、失望，情绪低落？"

"有呀，碰到开心的事，就会高兴；遇上不开心、不顺心的事就沮丧。该喜就喜，该怒则怒，我从不掩饰。"

"那么……"

"啊……"习文还想提问，水波像是被毒蛇咬似的猛地大叫一声，将习文吓一跳。

"怎么啦？"习文惊问。

"你……你看。"水波指着桌边一份报纸，那是刚才一个护士送来的当天的《龙阳日报》，习文只顾提问填写，没在意。水波无意间瞟一眼看到了。

习文拿起报纸，头版右上角一行大标题跳入眼帘：《印度洋幸存者因精神病入院》。

"造谣、诬陷！"水波一面吼叫，一面夺过报纸扔在地上用脚践踏。

"安静，别激动。"习文提醒她，从地上捡起报纸用手掸掸。

"习医生，你评评理。"水波涨红脸。

"别激动，"习文仍然劝她，"过分激动对身体没有好处。"

"你看看，我怎能不激动？"水波指着报纸。

习文看着报纸，若有所思地说："从你们公司角度来说这报道并没错。首先他们认为你是精神病患者，其次，你已被送进精神病院。"

"可他们说的所谓我患有精神病的事实全部是造谣、诬陷，而且这只是他们单方面的看法。一个人究竟是否精神病患者，刚才你说了，要经过严格的医学检验和鉴定。昨晚我才进你们医院，什么检查检验都没做过，今天就在报纸上宣布我是精神病，你说这是什么问题？"

作为医生习文无语。毫无疑问这姑娘说得有理。没有经过任何医学检查、鉴定，只凭送人单位一方意见，就公开宣布某个人是精神病并且匆促登报，这未免太不慎重了。尽管还未进行有关的医学检查，但凭多年的经验和直觉，从谈吐、言行举止，他觉得这姑娘是个性情中人，易冲动，但还不能藉此说是精神病患者。瞅着文章署名"本报记者陆天浩"，他问："这个姓陆的记者你认得吗？"

"认得，那篇《印度洋幸存者》就是他采访我写的。"

"那今天这一篇事先他采访过你吗？"

"应该说是采访过但没采访成。"

"啥叫采访过又没采访成?"习文糊涂。

"昨晚8点钟我约陆天浩在波特曼咖啡厅见面,他告诉我,我们公司对我反映很不好,说我到公司吵闹,威胁要放火烧公司,并且要公司赔偿2 000万元。这完全是诬陷、造谣。听后我不由火冒三丈,血往头上涌,止不住将手中咖啡杯猛力往桌上一击,咖啡溅了出来。陆天浩一愣,我也怔住。就在这时旁边桌上一对素不相识的青年男女突然走过来,抓住我,说我是精神病,有危险性,不由分说,将我架到门外,上了一辆等候的小汽车,送到这里。前后经过就这么简单。根本谈不上采访,也没听我的意见。可今天一早文章就出来了,我就成了精神病。"

习文陷入沉思。他再次想起院长的谈话,一环套一环,环环相扣,看来这些都是事先安排,周密策划,而且涉及上层,不然院长不会参与。他碰到过由于财产、恩怨等种种原因有人将正常人作为精神病人送进精神病院。那是社会上的低层次人群。相比起来这位印度洋幸存者的事情要严重和复杂得多。他心里已经有了底,作为主治医生他必须审慎对待。

"习医生,你怎么不说话?"水波忍不住问。

"呵呵。"习文似乎刚苏醒,呵呵应着。他不是不想说而是不知道此刻他该说什么?

"说句公道话,你觉得作为党报的《龙阳日报》这样做对吗?"

"呵,有……有点问题。"

"不是有点问题而是很大问题!"水波愤慨,"我是个正常人,未经严格医学鉴定、检验,就公开登报,诬陷我是'精神病',侮辱我的人格,诋毁我的信誉。陆天浩这坏蛋。还有《龙阳日报》,我一定要找他们算账,我要告他们。"

"这是你的权利,"习文抬抬眼镜,"不过打这种官司很困难。"

"为什么?"

"首先打官司耗时,费钱,费力,你耗得起吗?"

"我知道,"水波激动地说,"不管耗费多少时间精力,不管花多少钱哪怕倾家荡产,这官司我一定要打。"

"好,我相信你有这个魄力,可打官司最重要的是证据。"

"证据?"

"送你来的人说你患精神病,而且对方会列举理由。"

"我否认,"水波打断,"那都是造谣、诬陷。"

"对,你否认,说你没病,但对方可以说出确切的时间、地点、某某人在场,证明你的那些非理智言论和行为,说明你精神上有问题。类似事情我们见多了。"

"那……"水波未免有些失望,想起什么,"可我现在人在你们精神病院,我到底有没精神病你们最有发言权,你们可以给我作证。"

"作为医院我们会遵从医德,按规定认真进行有关医学检验和检查,然后作出认定。"

"我一定配合,需要的检查、检验我都会做,"水波满怀信心,"我相信我不是精神病人,我没有患精神病,届时你们应该给我作证。"

"你的心情和想法我理解,"习文诚恳地说,"但具体医学上可能有困难。"

"有什么困难?"水波不明白。

"精神疾病致病机理非常复杂,不像心脏病、肺病、胃病那些疾病,有较为一致的客观鉴别、认定标准。除一些因器质性、躯体性病变引起的精神疾病,和某些有明显指征的精神病,一些早期、轻度、无明显指征的精神病在医学认定上，不同医院、不同医生往往会有差异，再加上社会复杂，一些非医学因素掺杂其中，同一个患者，这家医院鉴定有精神病，换一家医院可能认为正常。这样的事情我们经常碰到。眼下我们医院就有不止一个病人，有的医疗机构鉴定，有反应性精神病。我们医院鉴定认为没有。反过来也有我们鉴定认为有病的，别的鉴定单位认为没有。"

"这倒是，"水波想起，"在电视上我看到过，同一个人，不同医院鉴定机构鉴定结果不一样。"

"是呀，这说明在这方面存在问题。"习文透过镜片炯炯注视着她。很想说，"你的情况就很可能如此。"但他话到嘴边没说出来。

"我明白。"她听出医生的潜台词。

"还有一种情况更怪异。"习文继续说。

"什么情况？"

"进院容易出院难。"

"啥叫进院容易出院难？"

"就在我们病区、相距你房间不远的602室有一位中年女士，丈夫是老外，两年前病故，留下一些房产。这位女士由于轻信和不善理财，受骗上当，损失了不少钱。她母亲认为她有精神病，将她送进医院。我们认为她有主观、偏激情绪，还有轻度更年期抑郁症，但还构不成精神分裂症。经过一段时间休养治疗，身体情况大为好转，情绪也平复，医院认为可以出院，她本人也很想出院，但是却出不了院。"

"为什么？"

"她母亲不同意她出院。"

"为什么？"

"母亲说她病没好,回家后会对她带来伤害。真正原因是为了女儿名下的房产。母亲怕女儿再次上当受骗,坚持要女儿将名下房产转到她名下,才同意女儿出院。这位女士坚决不同意。一年多过去了,双方就这么僵着。"

"后来怎样?"水波觉着挺有意思。

"后来弄到法院。"

"法院怎么判?"

"法院没法判。"

"为什么?"

"有关部门有规定,精神病人谁送精神病院,由谁接走。解铃还得系铃人,当初她母亲将她送院,现在还得她母亲将她接走。老太太不同意接女儿出院,法院也没奈何。"

"这样,"水波沉吟,她明白这位习医生讲这些不是无目的随便闲聊而是另有用意,"这么说,无论我有没精神病;无论好不好,我要出院都得经过送我来的单位同意?"

"应该是这样。"

"坏蛋!"水波忍不住怒拍桌子。

"激动是你的大敌。"习文轻声提醒。

3

习文安排水波作了头颅CT、脑电图、共济运动障碍和前庭功能试验等有关精神疾病方面一些检查。她密切配合。她深信自己身体没问题,她不是神精病。果然,一切正常!

"这是初步的,还要做一些检查。"习文说。

"查吧,"她满怀信心,"人可以作假,科学作不了假。"

"科学到了某些人手上有时也会变假,"习文笑笑。

"是呀,不过归根结底假的真不了,真的也假不了。习医生,对我来说目前这些都不重要,最重要的是尽快看到我母亲。"

"院部已按你给的电话和地址通知你母亲,她会来的。"

"那我什么时候能看到她呢?"

"下午4点至5点,为家属探望时间,"习文介绍,"1至5病区的病人可以在病房、也可以在楼下大堂花园会见家属,6病区病人不可以,只能在会客室。"

"为什么?"

"你忘了,你们是什么病区。"

水波猛然想起,她是身在特殊病区,一些病人是燥狂型,还有歇斯底里,具有攻击性。因此"享有"特殊照顾,不能随便自由行动。但不管怎么说,哪怕只一分钟能见到母亲就好,她太想看到她了。规定会面时间是4点钟,3点钟不到,她就在会客室里等着了。会客室里已经有一个病人,那是个20来岁的男青年,目光呆滞,神情疲惫,和一对老夫妇谈话。他时而愤怒,时而忧伤。入院时接待她的光头保安警惕地坐在屋角,监视病人和来访家属。水波懒得搭理他。她伫立窗前,望着楼下院子。花园里三三两两病人和家属在交谈散步,院子当中有一条甬道通向大门。她呆呆、目不转睛地注视着那条破损的路。

"呵,妈妈,亲爱的妈妈,我想你,你快来吧。"她在心里呼唤,焦急地呼唤。真的,已经很久、很久没有这样迫切、这样焦急地呼唤妈妈了。她记得,小时候放学后她在大杂院里同小朋友玩。每天父亲下班回来,推着自行车走进大院,未进家门,没停放好自行车,第一件事是放开嗓子,喊:"小波。"她无论在哪个角落,无论玩啥,听到这声喊都会高声回应:"唉!"听到这声唉,父亲就放心了,她也感到无比温馨。后来父亲车祸去世,再也听不到那声喊了,她觉得孤独、无助。只能等待母亲。下午放学回家，她什么也不做，什么也不玩，甚至什么也不想。唯一做的是拿张小凳子坐在家门口，望着母亲归家的方向，一经看到，远远地，狂喊一声："妈！"扑上去。想不到当年的场景又回到眼前。

她瞪大双眼，目不转睛地看着。

终于在路的尽头，通大门方向，她看到一个妇女的身影，手里提个旅行袋。尽管距离比较远，看不清她的面貌，但那短短的头发，瘦弱的身形和那件深咖啡色老式夹克衫，她认出那是母亲——她的母亲！

"妈！"像童年样，她猛喊一声转身冲出去。

"不许出去。"光头突然起身拦住她。

"你干吗？我要接我妈。"她愤怒。

"你妈会上来的。"

"我得去接她。"

"不行！"光头拦在门口。

"我要去告你。"

"告吧，这是院里规定。"

水波愤怒之极，但无可奈何。只能在门里张望、等待。大约6～7分钟——她觉得时间那么长、那么长，这才看见母亲提着旅行袋，气喘吁吁地爬上楼、蹒跚着走过来。

"妈！"她推开拦着的光头，狂喊一声扑上去，张开双臂紧紧抱住母亲。

"波儿！"李素琴泪如雨下。

水波那惊天动地、撕心裂肺的哭声不仅感染了旁边那对同儿子谈话的老夫妇，也感染了光头，他招呼：

"阿姨，你坐下，坐下。"

为离光头远些，水波拥着母亲在墙角坐下。

"昨晚你失踪后我那个急呀！"李素琴拭泪。

"我也是，我一夜几乎没睡觉。"

"你为啥不给我打个电话？"

"我想打，可手机被收了，没法打。"

"这，这是什么人搞的？简直无法无天。"

"还能有谁，就是我们公司老板辛运。"

"你们公司有啥权力将你当做精神病人送精神病院？"李素琴奇怪。

"听医生说现在这方面比较混乱。家属可以送，单位也可送。"

"可也不能随便送，总得有些理由呀。"

"你看到《龙阳日报》上登的将我送精神病院的报道了？"

"看了，说你因精神刺激，情绪失控，威胁要放火烧公司，还要求公司赔偿2 000万。我根本就不信。"

"是呀，完全是造谣。"

"就凭这些造谣，这些一面之词，就将你作为神精病人送进来，这也太简单了吧？"

"是呀，"水波瞟一眼门口的光头，压低声音，"这一切都是精心设计、策划的，不仅将我关进来，而且放在管理最严的狂燥型、有暴力倾向病人集中的6病区。这些仅仅好运来公司是办不到的。"

"你的意思……"李素琴不安地望着女儿。

"你知道的，辛运的关系很多，后台很硬，在这件事上一定有人撑他的腰。"

"太黑啦！"李素琴慨叹，"他们将这儿当监狱用。"

"那可不是。坐牢进监狱还要经过一道道法律程序，这儿啥也不要。只要通过关系，付点住院费就行了。"

"这一手实在歹毒，"李素琴咬牙，"既限制你的自由，让你不能和外界接触，而且破坏你的名誉。"

"是呀，名誉比什么都重要。精神病人属限制民事行为能力人。一个精神病人的话人家是不会相信的。"

"太狠毒、太缺德了！"李素琴气愤，"不过这只是他们的诬陷，你有没有精神病要由医院鉴定。医院怎么说？"

"医院正在给我做检查。"

"让他查，我相信你没问题。"

"我也是，我相信我没精神病。不过医生说了，精神病不同于伤风感冒、肺病、胃病这些常见病，有客观鉴别标准，有时很难鉴别。同一个病人这家医院说你有病，另一家医院会认为你没有。"

"这种事我也听说过，但是只要医生认真负责，有本事，有病没病我想总能辨别。负责你的主治医生怎么样？"

"姓习，感觉上这人还不错，蛮正直。"

"那就好。你有没有告诉他印度洋沉船的真相？"

"还没有，看情况有机会我会告诉他。"

"一定要告诉他，让他知道。"李素琴忍不住提高嗓门。

"嘘，轻点。"水波转头望一眼门口的光头，提醒母亲。

李素琴点点头，压低声音："一个正派人，一旦知道沉船真相和你对死者的承诺，无需多说，就会知道这是公司老板对你的迫害。"

"我明白，"水波担心，"即使医生帮忙主持正义我也不容易从这儿出去。"

"这有啥？"李素琴不以为然，"我是你母亲，我可以接你出去。"

"不行，没这么简单。"

"为啥?"

"听习医生说精神病人出院有规定,谁送进来的还要由谁接出去。好运来公司将我送来,也要由好运来公司接出去,"水波讲了602室母女矛盾的故事,"辛运一定会想方设法、千方百计阻挠不让我出去。"

"有这样的事?"李素琴气得脸色发青。

"妈,别急,"水波捏紧李素琴的手,"放心,我不会死在这儿,会有办法的。"

"有啥办法?"李素琴仰起憔悴的脸。

水波看看门口的光头,压低声音,近乎耳语:"我想过了,这样单打独斗不行,要依靠群众。"

"群众?哪些群众?"

"那些遇难的船员家属,他们是受害者,一定会支持我,为他们的亲人讨回公道。"

"对呀!"李素琴忍不住轻喊一声。水波忙捏她的手,示意小声。李素琴连声"噢,噢"。然后轻声问:"你要我做什么?"

"你替我去找几个人。"

"什么人?"

水波看看门口光头,没注意。从鞋子里摸出一张折得很小的纸条,塞到李素琴手里:

"这是船长罗全布的儿子罗根兴和轮机长朱海根女儿朱小云的电话和地址,你只要找到其中一个,其他人就都能找到。"

"好!"李素琴兴奋,像女儿一样将纸条放进鞋子,然后悄声问,"我同他们怎么说?"

"家里不是还留有一份罗船长笔记本的复印件?"

"有,我怕失落,又添印两份,都藏了起来。"

"你就带一份让他们看看,再告诉他们我现在的处境,我想他们不会无动于衷。"

"这肯定。"李素琴满怀信心。

"你要提高警惕,辛运什么事都做得出来,家里要装一道防盗铁门,出门时注意后面有没有尾巴。"

"我知道,"李素琴想起看过的那些电影和电视剧,感到一些从未有过的刺激和紧张,"有事怎么和你联系?"

"每天下午4点你来。"

"这我知道,可万一有急事咋办?"

"最好有手机。"

"我的手机进院时被收去了。"

"这儿毕竟是医院,不是监狱,怎么连手机也不许用?"李素琴气恼。

"我了解过了,全病区病人手机都能用,唯独我不行。"

"为啥?"李素琴瞪着女儿。

"原因不是明摆着。"

"这帮坏蛋!"李素琴骂一声,从袋里摸出手机,塞到女儿手里,"你用这个,我再去买一个。"

水波将手机放进衣袋同时瞥门口一眼。这时光头吆喝:"606床,会客时间到,家属请回。"

水波和母亲依依不舍站起来,李素琴指着脚边旅行袋:

"里面有毛巾、牙刷、牙膏、换洗衣服还有奶粉和牛肉干。还需要什么明天我拿来。"

"别的不要。你到书店买两本有关精神病方面的书,让我看看。"

"好。"李素琴点头,拎起旅行包向门口走去。

光头守在门边,水波赖得理他。可光头却将她拦住:"606,请等等。"

"干吗?"水波不屑地问。

"对不起,要检查一下,看看有无危险品。"

"这儿是医院,不是乘飞机,"水波说,"没听说过医院病房里还要安检。"

"可这儿是精神病医院而且是重症区。"

"好,你看。"李素琴懒得争吵,将旅行包"啪"丢在地上。

光头打开包,用手摸摸,没发现什么,说:"行了。"

可是水波和李素琴刚要走,光头又拦阻:"等等。"

"还有什么事?"水波不悦。

"水小姐,"光头说,"你不能带手机。"

"我的手机进院时被你们收去了,"水波愤懑,"哪还有手机。"

"你袋里,"光头指指水波衣袋,"刚才我看到阿姨给你的。"

水波想不到光头看到了,不由恼羞成怒:"你知道吗,我是公民,我有通讯自由,你剥夺我这个自由就是犯法。"

"这……"光头一怔。

"再说我了解过了,这儿别的病人都可带手机、用手机,为啥我不可以?"

"我……"光头期期艾艾,"我是执行院部规定。"

"真的?"

"当然真的,不信你去院部问。"

水波相信光头不敢说谎。她恨不得立马冲到院部去问个明白,但她知道这不是医院的事情。医院不过是执行上面某些人的旨意。同医院吵,既浪费精力,也解决不了问题。没意思!最重要的是得设法离开这个不是监狱的监狱。要沉默、要隐蔽。不能张扬,不能暴露,要悄悄地。转脸望着母亲,两人交换了

第十一章 不是监狱的监狱 /133

一个眼色。李素琴明白了。愠怒地说:"算了,把手机给我。"

水波将手机交给母亲,一种从未有过的屈辱刺伤她的心。这笔账她记下了。

第十二章　习文得知真相

1

水波随习文来到二楼一个漂亮的房间,里面坐着一位身穿白大褂、身材瘦小但鹤发童颜的老者和一个同样身穿白大褂、头发溜光、身材魁梧的中年人。习文说过院领导可能要请有名望的教授对她进行会诊。这应该就是了。尽管安慰自己:沉住气,没啥了不起的,但心里未免多少有些忐忑。

"这是马院长。"习文指着中年人介绍。

"你好!"水波微微点头。

"请坐。"

"这是刘教授。"习文又介绍老者。

水波点头致意。

"坐吧。"习文在椅子上坐下,同时指着旁边一张空椅。

水波坐下,看着头发溜光的院长,心想,原来你就是辛运迫害我、将我打成精神病的帮凶。她深信,这所谓的专家会诊不过是一场戏。我倒要看看你们怎么演?

"水小姐,我们对你的病十分重视。"马院长首先开口。

"请问马院长,我什么病?"水波不客气地打断。

"你……"马院长想不到这一着,愣住。

一旁的刘教授和习文也怔住。

"请问我什么病?"水波双目圆睁。

"当然是精神病呀。"马院长回过神来,面露愠色。

"我没精神病!"

"嘿,"马院长不屑一笑,"我同精神病患者打了20多年交道,几乎所有精神病人都不承认自己是精神病。"

"你……"

"水小姐,别激动。"习文打圆场,"还是听听院长和刘教授的。"

水波只得忍住。

"请刘教授说吧。"马院长想不到一开腔就碰壁,未免有点扫兴。

刘教授手里捧着她的病历,像相面先生似的注视着她。水波也不晓得他葫芦里卖什么药,心里被他看得有点发毛。

"从CT、脑电图、B超等检查看,目前你没有因躯体器质性病变引起的精神疾病。"刘教授终于开口,嗓音富有一种磁性。

水波不吭声。心想我本来就没精神病。

"但是人的精神活动也就是心理活动是十分复杂的,"刘教授像在课堂上给学生讲课,用他那别具一格的磁性声音,不紧不慢、抑扬顿挫地讲述,"大脑是精神活动的物质基础。当然精神活动不会从大脑中自发产生,大脑犹如一个加工厂,需要有原材料的输入才能出'产品'。社会客观实践,各种事物进入大脑是人类精神活动的源泉。所以说精神活动是人脑反映客观事物时所进行的一系列复杂的功能活动。受到外界各种因素好的、坏的、成功的、失败的、美好的、沮丧的,喜、怒、哀、乐的影响,也就是刺激。我说的这些你明白吗?"

刘教授望着她，循循善诱，既和蔼又亲切。

"我懂。"水波应诺，这些她似乎在什么书上看到过。

"在这里我要特别强调刺激，"刘教授继续，"生活中一些重大事变诸如战争、地震、水患、火灾、亲人病故等会对人产生重大、难以想象的刺激。譬如你经历的印度洋海难，九死一生呀。"

"对，当时对我的刺激很大，绝望、恐惧甚至想到死。不过现在好了。"

"不，"刘教授微笑摇头，"事情没这么简单，根据弗洛伊德学说，某种强烈的精神刺激因素，从婴儿就开始，影响是终生的。像你所受九死一生的刺激，那是刻骨铭心，永难磨平的。你认为平复了、不存在了，事实会深藏在你的潜意识里。会不自觉、下意识地影响你的生活态度、行为举止，譬如你的易怒、狂燥、妄想……"

"刘教授，我性格本来就这样。"水波辩解。

"我知道，"刘教授含笑，"可这种刺激的潜意识同固有性格相结合，使其更发展更张扬，你能分得清哪是刺激因素，哪是你固有性格吗？"

"……"水波喏喏，想说什么又不知该说什么好。

马院长听了心里连连叫好。前几天好运来公司老板辛运同他打招呼，公司有个办事员水波在印度洋海难中受到严重刺激，患有精神病，在公司吵闹扬言放火烧公司，并且提出天价索赔，公司很头疼，只有将她送来精神病院治疗。他是市政协委员，辛运是常委，胜他一筹。他俩在政协会议上经常见面，而且辛老板听说他们医院经费困难，还慷慨解囊，捐助他们50万元。接受个病人对他这个院长来说小事一桩，他爽快答应。并且按辛运要求，将"患者"安置在6病区单人病房，收掉她的手机，不让她与外人接触，进行全封闭管理。人收进来了，作为精神病医院得有个说法，无论如何得给她戴上精神病帽子，要不辛老板那儿不好交待。他暗示过负责的主治医生习文，这女人因受严重刺激有精神障碍。习文工作很认真；但不懂做人，数天过去了，做了很多检查，习文的结论是病人性格属易激动型，容易冲动而且会有偏激情绪，但不属精神病。他不悦，但作为主治医生可以有自己的看法。作为院长他不能强逼他按自己说的做。习文只是个主治医生，讲师级。必须找尊大菩萨，权威性的、一锤定音，镇住他。他想到刘文甫。刘教授是龙阳医学院神经内科教授，著有多篇精神病学论文，可以说德高望重，他和习文都曾经是他的学生。刘教授几年前退休，医院有时请他来会诊。这次他决定动用这尊菩萨。他亲自登门，送上一个10 000万元的大红包——会诊费。他介绍了水波的病情和自己的初步诊断，最后表示想听听教授的意见。以往他也常请刘教授会诊。但以往红包从未过千，这次却上万，着实刺激了教授的兴奋点。教授是个聪明人，寥寥数语就领会他的意图。精神疾病诊断十分复杂，鉴别不像其他疾病有客观标准。一些轻度、无明显指征的病患，不同医院不同医生，常常会有不同说法。再说这不像癌症，即使鉴别有误，也死不了人。他知道他该怎么做。该如何回应那10 000元的会诊费。"到底是老骨头，有水平。"他心里说。老头子的分析不仅符合精神病学原理，头头是道，无懈可击，而且使这个倔强难弄的姑娘无言以对。

　　习文默默听着，他知道这场所谓会诊，是院长不满意他对水波病情的结论，但又不能推翻，而请来这位权威镇住他。作为一个精神科医生，习文觉得这些都是常识性东西，了无新意。所不同的是出自专家权威之口，普通平凡的东西也会变成不平凡。而且了不起的是三转两转，给你戴上精神病帽子，水波再能言善辩，也无法反驳。这就是能耐！这就是权威！老道至极。

马院长表态："水小姐，刘教授说得对，这是科学。"

刘教授安慰她："水小姐，精神方面疾病不可怕，在这复杂纷繁的世界上，很多人都会不同程度有，而且自己没有意识到。你年轻，而且是轻度的，只要重视并适当治疗很快会痊愈。没事儿。"

水波还想说什么，马院长说："好，就这样吧。"

习文觉得只能这样了。起身招呼水波："水小姐，你可以回病房休息。"

水波起身，她觉得老教授的话有问题，认定她有精神方面疾病。她觉得应该说些什么，可又一时想不出说什么。若有所失地走出去。

习文关上房门回到座位。

刘教授将水波病历卡交还习文，说："我看这位病人可以定为间歇性精神病，当然，轻度的。"

"我也同样看法。"马院长表态。

"我还是保留我的看法，"习文固执地说，"病人虽然精神一度受过刺激，但我觉得定为间歇性精神病的指征还不充分。某些行为和表现缘于性格。"

"你可以保留看法，"马院长不悦，"但就按照刘教授说的定为间歇性精神病。"

"行。"习文在病历上如实记下。

面对青年主治医生的挑战，刘教授心里不悦，但温文尔雅地说："这种病主要是强烈的精神刺激而引起，对该病人主要刺激来自印度洋海难沉船事件。这是强大的刺激源，尽管病人认为这种刺激影响对她来说已经消失甚至不存在，事实上这不可能，从精神病学角度，这种刺激影响将是长期、潜在的，影响

第十二章 习文得知真相/139

人的情绪、性格甚至为人。会产生易怒、多疑、执拗、诡辩等等自我无意识，病人和医生都可能认为这不是问题，而这正是问题的问题。"

"刘教授分析得对。"马院长赞扬。

习文不以为然。确实，精神病患者都是因强烈精神刺激影响所致；但并非经受过强刺激的人都会得精神病。更重要的是急躁、易怒、多疑、执拗这些表现很难准确区分、认定，这是固有性格还是因受刺激所致，仅凭这些，没有其他更多指征、就认定精神病是不恰当的。但对方毕竟是长者、权威，自己是后生晚辈，再争就不好了。更重要的是他看出院长是无论如何，一定要给水波戴上精神病帽子，所谓会诊不过是做样子。聪明过人的教授心知肚明，顺竿爬，而且选的角度极其刁滑，你很难否定，很难抓住他把柄。他问："刘教授，怎么治疗呢？"

"可按常规服用氯丙嗪，每日剂量300毫克。"刘教授顿一下，"当然更重要的是配合精神治疗也就是心理治疗，心病心治。要热情关心病人，尽可能让她了解自己的疾病，克服焦躁不安、易怒、疑虑等不健康的情绪，促使其早日康复。"

"好，就这样吧，"达到预期目的马院长非常高兴，吩咐习文，"习医生，就按刘教授说的办。"

2

会诊结束后，习文感到郁闷。对院长马平这种做法他颇不以为然。马平是他龙阳医学院同学，比他高三届，是他的学长。这位学长医道不怎么样；但善于交际很会钻营。在学院里他就担任过学生会副主席并且入了党。毕业后去过好几家医院，前年到精神病医院任副院长，去年升为院长并成为市政协委员，跻入社会名流行列。有时为了人情和给院里搞创收,将不是精神病患者作为精神病人收进医院,相反将没钱的真正的精神病人拒之门外。他相信这次院里一定得了好运来公司的好处,不然不会将水波收入院内。尽管事先马平对他作过暗示。但作为医生,基于医德,实事求是,他认为水波未患精神病。为了罩住他,特地请来刘教授会诊,而且第二天《龙阳日报》就刊发消息:"经著名精神病学教授刘文甫会诊,确认印度洋海难幸存者水波因受强烈刺激,患有间歇性精神病"。这就是说给水波的精神病帽子加了保险,而且听院部财务室说,好运来公司又预付了水波一年的住院费。真是一环套一环,环环相扣。这一切证明:这些是有预谋、精心设计的。毫无疑问,马平从中得到了好处。可好运来公司为何这么做?水波身上到底发生了什么事?让他们这样做?

刘教授说心病要用心治,主动热情关心病人,打开他们心结,这话说得对。作为主治医生,他想打开水波心之门,一窥其中秘密。

他决定同她好好谈谈。

其实如果他不找她,水波也要找他。

"习医生,"水波守候在他办公室门口,"我想同你谈谈。"

"欢迎,请进。"

"习医生,"水波注视着他,"我想我们能作一次超出医生和病人的、真诚的朋友之间的谈话。"

"好哟。"习文欢迎。

"谈话不上病历也不作记录。"

"当然。"习文推推眼镜。

"会诊算是结束了?"水波直率地问。

"算是结束了。"习文懂得"算是"含义。

"结论是什么?"

"间歇性精神病。"习文语调平静。

"什么?"水波刷地蹦起来,"真的给我戴上精神病帽子?"

"戴上了,"习文取出一份《龙阳日报》,"不仅我们医院,而且向龙阳市和全社会公布。"

水波看着报纸,面色由白变青,又由青变红。

习文看出她心里的波澜和激动,指着桌上的茶杯、纸张和笔,诙谐地说:

"摔吧,想摔啥就摔啥。"

水波意识到自己失态,反倒不好意思了。抑制住冲动,坐下,愤恨同时幽怨地说:

"终于给我戴上精神病帽子了!"

"这帽子有啥,"习文俏皮地说,"这又不是过去地、富、反、坏、右帽子。"

"可必竟不是好事,人家一听神精病就会另眼相看。"

"人家是人家,重要的是你自己,"习文紧瞅着她,"你认为自己是精神病吗?"

"不是,我不止一次对你说过,我不是精神病,也没有精神病。"

"我知道,"习文神态严肃,"作为你的主治医生,我认为你性格上有缺陷,急躁、易怒,但没说你有精神病。"指指桌上病历,"白纸黑字,我说的这些病历上都写着哩。"

"可刚才会诊时你没说。"

"会诊时当着你的面我不便多说,你退场后我再次陈述了自己观点:你未患精神病。"

"那个刘教授扯蛋!"

"刘教授没有扯蛋。他极其聪明,而且无懈可击。"

"什么?"水波瞪圆眼睛,"你还为他辩护?"

"我不是辩护而是说事实。"

"什么事实,你说说。"

"第一,以前我给你说过,精神疾病,尤其是那些轻度、没有明显指征的,不像肺病、胃病那些病有客观鉴别标准。同一个患者,在不同医生、不同医院鉴定有时也会不一样。"

"是的,你说过。"水波承认。

"第二,所谓反应性间歇性精神病也称心因性精神病,通常是受强烈精神刺激引起的情绪波动。如意外重大灾祸、亲人死亡等重大事故。而你在不久前遭遇印度洋海难,九死一生,这种刺激是深刻、巨大的。"

"对我来说事情已经过去了。"

"事情没这么简单。从心理学和精神病学说这种刺激的影响有时长久甚至终生的。反应性精神病特点是病人大部分时间思维清晰,有条理。但躁狂、急躁、易怒、睡眠不好…"

"我性格生来这样。"

"你无法量化,无法确切证明这与海难精神刺激影响毫无关系。"

"这……"

"刚才刘教授问你你也难以回答。"

"这一点我确实说不清。"

"这一点你永远也无法说清!"习文随手拿起桌上一本《精神病学》打开翻到其中一页,"这种反应性精神病病程多数不长,有的只数周甚至数天,除去那种有突出表现、明显指征如表现木呆,对外界事物反应迟钝,过度兴奋多话,狂喊乱叫,自伤或伤人,抑郁厌世等,大多数轻度病人与人交流良好,思路清楚,有良好的判断力。你很难看出有精神疾病。即使偶有出格表现，你无法理清是固有性格还是因受精神刺激后产生的精神疾病。"

"我明白了，"水波恍然，"教授正是利用这个无法准确区分。好狡猾呀。"

"明白就好。会诊只是表面形式，不管请哪位教授，其结果都一样——给你戴上精神病帽子。"

"为什么？"

"你想想，作为精神病医院，既然将你作为精神病人收进来，不给你戴上顶精神病帽子行吗？"

"这倒是。"

"不仅给你戴上这顶帽子，还要将你长期留在这儿。"

"这……怎么说？"水波皱眉。

"你们公司已经替你预付了一年的住院费。"

"啊……"由于过度惊诧水波一下愣住说不出话。半晌，叫起来，"狠毒，太恨毒啦！"

"别太激动，"习文安慰她，"这对你身体没有好处。"

水波控制住自己。

"有句老话，"习文试探地说，"世上没有无缘无故的爱，也没有无缘无故的恨。我想你们公司这么对待你总有原因。如果可以的话……"

水波望着窗外，少顷转头说："习医生，有一次我听你同护士交谈时发牢骚，骂假药。"

"对呀，我们经常碰到假药，上星期就有一批丙咪嗪是假货。"

"现在我们的生活被弄虚作假包围着。"水波感叹，"假药、假烟、假酒、假证件、假文凭，吃的、穿的、用的，几乎无所不包。"

"你说的很对。"

"这么说，你也痛恨造假？"水波注视着他。

"那当然，"习文也激动起来，"有人统计过，现在我们汉语词汇用得最多的词汇就是'造假'。如果不向造假宣战，如果不改变这种丑恶现象，我们社会就不能前进，我们民族就没有希望。"

"说得好。如果有人弄虚作假坑害27条人命，你会怎样？"

"什么，27条人命？"习文惊骇。

"对，27条人命。"

"那我决不会放过他！"习文举起手似乎想劈下去，但在半空停住，"我……"

"现在我就面临这样的事情。"

"你……"

"你想听吗？"

"当然，作为你的精神科医生我非常想知道。"

水波讲了"罗马人"在印度洋上一分为二、断裂沉没的情况。

习文大惊，双手一拗："一艘万吨巨轮像根脆麻花、刹那间就这么一拗两断沉没了？"

"那可不。"水波心有余悸，"连发SOS求救信号的时间都来不及。"

"这条船也太差劲了。"

"那原本就是一条不能航行的报废船。"

"什么？"习文一惊，"既然不能航行，为啥行驶印度洋？"

"是呀，这样的船按理是应进拆船厂拆废铜烂铁。在国内我们公司老板经常将这种船以极低价钱作废铜烂铁买进，然后修修弄弄，投入运营，就这样赚了不少钱。这次他也如法炮制。

第一关是要过船长那一关，买通船长，验收时篡改'罗马人'的资料，骗取准航证。"

"船长答应了？"习文惊问。

"老船长罗全布是个老实人，退休多年，养老金很少，他知道这样做不对，心里犹豫，但他妻子长年卧病，家里经济十分困难，他抵不过老板 30 000 美金的诱惑，同时怀有侥幸心理，就答应了。"

"可悲！"习文拍一下桌子。

"尽管这样做了，老船长心里一直不安，他将自己与辛运的电话通话，辛运如何指使、收买他，以及自己的忏悔全都详详细细记在一个笔记本上，捆绑在腰间。临终前在救生筏上他坦白了事情经过。他说他是罪人，他对不起死去的船员兄弟。大家都震惊。尤其是我更是痛心疾首无地自容。"水波说着脸色骤变。

"你……"习文诧异，"怎么回事？"

"同罗船长一样，我也是罪人。我对不起死去的人。"水波眼角溢出泪水。

"你又有什么罪呢？"

"就像汽车有行驶证一样，按规定还得给'罗马人'弄一张一次性准航证，老板辛运将这个任务交给我，允诺事成之后给我 10 000 美金。以前在国内我们也经常这么做，不把这种作假当回事。我贿赂当地航管部门，取得准航行证——一张死亡通行证。你说……你说……"说着，她伏在桌上呜呜地哭起来。

习文想不到事情竟然会如此，一时怔住。

"后来怎样？"水波停止哭泣，习文关切地问。他好似听了一个曲折、惊心动魄的故事，然而这不是故事，而是血淋淋的事实。

"老船长临终前解下绑在腰间的笔记本,交给轮机长,让他带回去告诉大家'罗马人'沉没真相。后来轮机长不行了,临终前交给水手长,最后水手长也不行了,交给我。我用鲜血写了誓言:一定将笔记本带回去,将沉船真相公诸于众。为死者讨回公道。"

"回来后你同你们老板谈了?"

"谈了。我诚恳地希望他面对这件事,承认错误我们一起去自首。他根本听不进,要我保密,将笔记本交给他,许诺给我100万元、一套海边别墅还有公司百分之五股份。习医生,说实话,我心里斗争过。但我想我已经犯过一次错误,我活下来了,我不能再对不起死去的人,我不能违背在印度洋上,面对死者我用血写的誓言,我拒绝了辛运。"她顿一下,"以后我家里遭窃,窃贼目的是那个笔记本。"

"有没有偷走?"习文十分关切。

"没有,事先我估计到这一手。我复印了几份,将原件藏好。再以后我就被送进了精神病院。"

习文没说话,将手里一支圆珠笔啪地折断。

3

"水小姐,昨天听了你讲的、作为你的主治医生我深为震撼。昨儿一晚上我想了很多,几乎没睡好觉。"性格沉稳,极少流露自己思想和感情的习文坦率地说。

"是吗?"作为主治医生,能理解并这样说,水波异常高兴。

"27条人命呀,这件事太重大了!"习文愤忿道,"而且我想不到为了掩盖事情真相,竟然将你打成'精神病'关进来。我们精神病院真成监狱了。你们公司这个唯利是图、草菅人命的老板太可恶、太狠毒了。"

"你知道我们老板是什么人吗?"

"听说是龙阳市商会会长,数亿资产的大企业家。"

"还是市政协常委,市委领导的红人。"

"我钦佩你。"

"在这次事故中我犯了严重错误,有什么好钦佩的。"

"犯了错误是不好。可是认识错误,勇于承担责任,并且能不顾威胁,拒绝利诱,同有钱有势的老板斗争,这很不容易呵。"

"我不得不这样做。"水波朴实地说,"现在就我活着,在印度洋上我对死者发誓承诺,我得给他们一个交待。"

"俗话说一诺千金,诚信是社会的基础,如今社会诚信严重缺失,诚信成了稀罕物。你一个女孩子,而且在事故中犯有错误,需要承担责任的人,能在死无对证,无人知晓的情况下,信守诺言,这样做委实不容易。"习文感慨同时鼓励她,"既然跨出这一步,你就得走到底。"

"那当然。"

"我认为,"习文分析,"你们老板将你送精神病院这只是第一步,凭他的地位权势,你若是不投降,斗下去,他会采取更凶狠的措施。"

"你说得对,我也这样想。"

"下一步你打算怎么办?"

"我……"水波怯懦地,"不瞒你说,有时我真害怕。"

"我能想象到。"习文理解,"我觉得目前你可以说是孤军奋斗。"

"你说得对。"水波叫起来,这话说到她心里,苦恼地,"除了我母亲没人可商量。"

"现在增加我一个。"

"你……"水波激动地望着他，"谢谢！"

"你想改变这种情况，俗话说，人多力量大。你想想有什么人可以……"

"我想联络那些受害的船员家属。"

"对呀！"习文兴奋，"这办法好，作为受害者家属，他们的亲人葬身鱼腹，一旦知道真相，一定会同仇敌忾，支持你。"

"我想也是。"

"具体你想怎么进行？"

"我有他们地址、电话，我已让我母亲先去与他们联系。"

"好！"习文赞同，"我认为首先你得让他们帮助你离开这儿。"

"帮我离开这儿？"

"从医学上说，你的精神病帽子戴上了。"习文分析，"从经济上说，你们公司已经替你预付一年的住院费，而且是他们将你送进来的。因此若按正常途径你是出不去的。"习文加重语气，"不仅现在出不去，将来很长时间都可能出不去。"

"他们是想将我永远关下去。"

"你明白就好。这儿既能像监狱一样限制剥夺你的人身自由，又无需法律判决。比监狱还监狱。"

"是呀，"水波忧虑。"这一手实在狠毒。"

"只有想法自己离开这里。"

"我是想，可是……"

"什么？"

"会不会有什么问题？"

"你指哪方面？"

"譬如……譬如法律方面。"

"法律方面？"习文笑起来，"他们将这儿当做监狱，可这儿

第十二章 习文得知真相/149

毕竟是医院,不是监狱。监狱里犯人逃跑要通缉,你不是犯人,不可能通缉你。"

"你们医院会怎样?"

"这种事有的是。只要你不欠医院费用,你跑就跑,医院才不管你呢。我想唯一不会放过你的是你们公司老板。"

"这我知道。我出去的目的就是要同他算账。"

"好!"习文从袋里摸出一只新手机,"给你。"

"这……"水波意外。

"你没手机不行。"习文谨慎地瞅一眼门外,提醒她,"藏好,白天尽量不要使用,要通话晚上9点以后,在房间里,紧闭房门,说话声音小些。"

水波接过手机藏好。

习文又取出一把钥匙:"这是走廊铁栅栏门的钥匙,到时候好开门。"

"习医生,我该怎样感谢你呢?"水波眼角漾起热泪。

"别这样说。"习文摇头,"你一个人不容易。我不过帮点小忙,有什么困难告诉我。"

第十三章　冲出精神病院

1

33岁的朱小云是轮机长朱海根的独生女儿。黝黑的皮肤，浓黑的眉毛和一双闪亮的大眼睛，再加上像男孩子似的短发，看上去很酷。小云酷爱体育运动，曾是跆拳道专业运动员，两次获得过省跆拳道比赛女子组冠军。如今在龙阳市郊天平镇开设了一家武馆，教授跆拳道，有80多名学生，生意挺不错。这天上午她正在给学员授课，课间休息时门口前台当班小姐向她报告：“朱姐，有个阿姨找你。”

"什么人？"她问。

"不认识。"

"有啥事？"

"她说有很重要的事，一定要同你当面谈。"

"好吧，"朱小云很爽快，"还有10分钟，我这一节课上完，你让她在小会客室等等。"

授课结束，朱小云也顾不上休息，擦擦额上的汗，来到小会客室，只见小沙发上坐着一个身材瘦削，头发灰白，眼角布满皱纹但看上去非常整洁和有教养的老阿姨。

"你是……"她迟疑地问。

"我姓李,"李素琴站起来,"我是水波的母亲。"

"水波?"朱小云沉吟,"这名字挺熟。"

"就是印度洋海难幸存者。"

"噢,"朱小云叫一声,"想起来了,你是她母亲?"

"是的。"

"你女儿命大,一船的人就她活下来。"

"那也是九死一生,"李素琴哀叹,"靠喝自己的尿,生吃海鸟、鱼肉,茹毛饮血。"

"听说因强烈精神刺激,她变成精神病住进精神病院。"

"是进了精神病院,可她没有精神病。"李素琴苍白多皱的脸上泛起激动的红晕。

"怎么回事?"朱小云瞪大眼睛。

"那是迫害。"

"谁迫害她?"

"好运来航运公司老板辛运。"

"辛老板为啥要迫害她呢?"朱小云不明白。

李素琴讲了"罗马人"沉没的真相和船长罗全布笔记本的事:

"这不是普通的海难,而是好运来公司老板为赚钱弄虚作假造成的一次严重责任事故,包括你父亲在内,27条人命啊!呶,这是证据。"她取出船长笔记本复印件给她。

"怎么是复印的?"朱小云翻看。

"辛运知道这份资料重要,千方百计想弄到手,向我女儿要,我女儿没给。派人到我家来偷,没偷到。我女儿怕丢失,复印后将原件藏好,将来到法庭上再出示。"

"原来这样!"朱小云看了笔记,原以为父亲的船是普通海难，想不到竟然如此，气得怒目圆睁，面孔变色。

"我女儿是唯一幸存者，"李素琴眼角泛起泪花，"她向你父亲和所有死者发誓一定将笔记本带回去，将"罗马人"沉没真相公诸于众，为死者讨回公道。你想辛运怎能不慌，他威胁利诱收买我女儿，我女儿不答应，辛运想出这恶毒一手，诬陷她是精神病，窜通精神病院头头，将她绑送到精神病院。"

"岂有此理！"朱小云一拳擂在桌子上。

"她爸早年交通事故死了，我俩相依为命。我一个退休老太婆一点办法也没有，"李素琴噙着泪，"只能请求你们帮助。"

"阿姨，你别这么说，"朱小云宽慰她，"这不仅是你女儿，也是我和其他受害者家属共同的事。我娘死得早，从小我父亲将我带大。我想挣些钱，让他跑完这个航次就别再跑了，享福养老，想不到……"说着抹眼泪。

"这个老板太可恶了，酿成多少家庭悲剧。"

"我会同你女儿一起，共同战斗，将沉船真相揭露出来，给死者讨个公道。"朱小云严肃表明态度。

"这就好，"李素琴欣喜，"朱馆长……"

"阿姨，别这么叫，"朱小云打断她，"你就叫我小云。"

"好，小云，"李素琴改口，"有了你，小波就不会孤军奋斗。在精神病院，她被管得很紧，眼下首先想办法将她救出来。"

"我知道。"朱小云点头，"俗话说人多力量大，我认识罗船长和好几个死难船员家属，我同他们商量商量，我想他们一定会支持。"

"众人拾柴火焰高，有他们参与就更好。"李素琴取出写好的两个手机电话号码，告知朱小云，一个是水波的，一个是自己的。水波电话晚上9点以后才能打。她嘱咐道："我等你电话。"

2

朱小云是个嫉恶如仇、有侠义心肠的女人,她被好运来老板辛运只顾赚钱,罔顾人命,弄虚作假,而且迫害水波的无法无天行为深深激怒了。她决心支持水波,为冤死的父亲和其他遇难船员讨回公道。说干就干,李素琴走后她撂下手里的工作,立刻给熟悉的船长罗全布儿子罗根兴,二副迟天来弟弟迟伟,水手长欣荣弟弟欣跃和木匠邱金火妻子许飞飞等几个人打电话。告诉他们真相。听了电话,一个个都很震惊,当晚聚集到武馆。

"姓辛的太狠毒了。"朱小云讲了"罗马人"沉没的真相和辛运害怕水波揭露,诬陷她是精神病、将她关进精神病医院的情况。将笔记本复印件递给罗根兴:"阿兴,看看,这字是你爸写的吗?"

罗根兴剃光头,长得膀粗腰圆,身上穿件蓝条子冒牌耐克T恤衫,上面沾满污渍。他开了爿小水果店,外号水果阿兴。他接过复印件,歪着头,眯细着眼睛翻看。

"是你老爸写的吗?"朱小云问。

"嗯,是他的字。"罗根兴点头。

"阿兴,你老爸也有责任呀。"水手长欣荣弟弟欣跃侧视水果阿兴。

"是呀,"水果阿兴有点闷,可他毕竟做生意的,脑子快,立马转过来,"不过主要责任在辛运,他是老板,他指使我爸中了他的糖衣炮弹。"

"阿兴说得对,"朱小云说,"主要责任在辛老板,咱们要团结一致。"

"妈的!"罗根兴发泄心头的压抑,大喝一声,"姓辛的心太黑了，咱们要他加倍赔偿。"

"对，"许飞飞尖声附和。她刀条脸，乌黑的长发垂肩。脸上涂脂抹粉，打扮艳丽，特别是一双手引人注目。十脂纤纤，指甲上涂了一层粉肤色脂甲油，指甲底部半月形周围粘贴着白色和金色小圆珠装饰，非常吸引人眼球。这是她的商标，她是指甲店美甲师。他尖叫着："我活蹦乱跳的男人就这么走了，咱们一定要让好运来好好赔偿损失。"

"咱们饭得一口口吃，"欣跃说。他开出租车，见多识广，头脑灵活，"赔偿是第二步。"

"啥叫一口口吃？"许飞飞一面摆弄她引人注目的指甲，一面问。

"所谓饭一口口吃是咱们得一步步走。"欣跃解释，"现在咱们首先得证明'罗马人'沉没不是普通海难，而是辛老板弄虚作假造成的重大责任事故，这样咱们才能要求不同于一般事故的特殊赔偿。"

"小欣说得对。"朱小云赞同，她觉得小欣有脑子。

"阿欣说得对。"罗根兴也赞成，"你说说具体咱们怎么做。"

"水波是这次海难唯一幸存者，而且她握有唯一证据，你爸的笔记本，因此咱们要想法将水波从精神病院救出来，然后控告姓辛的，法律上定他罪，咱们才能要求赔偿。"

"说得是。"许飞飞挥着漂亮的纤手，"你说怎么救吧。"

"这，我倒没干过，"欣跃撇撇嘴。

"很简单，"朱小云说，"就像电视剧一样，晚上将她偷出来。"

"好呀，我去。"罗根兴捋捋袖子。

"还有我。"欣跃举手。

"我说一句。"这时墙角一个男中音冷冷地冒出来。说话的是二副迟天来的弟弟迟伟。小伙子圆团脸，皮肤白净，长得不错，就是下巴上长一颗黄豆大的黑痣，痣上有一撮显眼的黑毛。有人就喊他一撮毛。一撮毛在区政府乡镇办任办事员，是当下最吃香的国家公务员，也是他们当中唯一吃皇粮的。如果将公务员视为一座宝塔，那一撮毛迟伟垫底，在最低层。尽管如此他引以为傲，而且说话做事都比较注意，像个吃皇粮的。了解事情经过，听了众人的谈话，此时他觉得自己应该有所表示。他用那种领导级的语气和语速说："我同意大家看法，这是一次重大责任事故，好运来公司老板负有不可推卸的责任。咱们应予追究。"停顿一下，然后说，"但是对像电视剧那样，派人将水波劫出来我不赞成。"

爽朗的朱小云对"一撮毛"这种拿腔捏调，装腔作势非常讨厌。心想你不过是个小办事员，鼻子里插葱装相（象）。听到他反对救水波，不禁意外，皱眉问：

"为什么不能救她出来？"

"报上登了，她是精神病。"迟伟一字一句。

"精神病各式各样，多得是，"罗根兴说，"有的是一般的，不严重。"

"我认为水波精神病的认定有问题，"朱小云说，"听她妈说水波获救后就是身体虚弱，思维、反应同以前一样，一切正常，辛运知道她要揭发他，收买不成诬陷她是精神病，将她绑送到精神病医院。"

"可报上登了，经著名精神科专家刘文甫教授鉴定她属于间歇性精神病。"

"你别信那些专家，"许飞飞不屑，"有些是卖狗皮膏药，唬弄人的。"

"嗨，美甲，你可不能这么说，"迟伟警告许飞飞，"专家终究是专家。"

"得了吧。"欣跃声援许飞飞,"现在专家太多了,专家满天飞。而且专家也自相矛盾,各说各话。就拿精神病鉴定来说,前几天电视台不是报道过,有个病人咱们市精神病院专家鉴定说是有精神病,市医学院附属医院专家鉴定说是没有。"

"这种事有的是。"罗根兴附和。

"好吧,这事儿我们再合计合计。"朱小云觉着再争论下去毫无意义。

3

"水波,你怎么啦?"习文看到水波缩在房间里暗自垂泪,不由奇怪。

"昨天夜里和我妈通话,她已经和轮机长朱海根女儿朱小云接上头,说了我的情况。小云很仗义,想帮助我,将我救出去,她找了其他几个遇难家属,可有些人有顾虑,不同意。"

"为啥?"

"说我是精神病。"

习文推推鼻梁上的眼镜,不吭声。

"你说精神病帽子不同于地、富、反、坏、右的帽子,没啥了不起。"

"我那是说俏皮话,安慰你。"习文解释。

"这顶帽子对我来说太沉重了。有了这顶帽子我就成为异类,人们就会对我另眼相看,不相信我。"

"这正是你们老板将你打成精神病,送你来精神病院的最终目的。现在达到了。"习文面色凝重,"有了这顶帽子,你的为人、行为、你说的话,包括你对辛运的检举揭发人们都会打问号,在法律上谓之无民事行为能力。"

"那怎么办?"泪水在水波眼里打转。

习文不说话,双手绞扭,将手指关节扳得格格响。他在思考一个重大决定。

"好吧,这件事我来处理。"他下定决心。

"你处理?"水波以为听错了。

"对,我处理。"

"你怎么处理?"

"我去找那些人,作为你的主治医生,我向他们说明情况。我想他们会明白。"

"你……"水波瞅着他。

"我怎么啦?"

"你们院里会找你麻烦。"

"我想过了,会的,"习文泰然,"大不了走人。"

"我不想你为我作牺牲。"

"何谈牺牲,医院多的是,此地不留爷,自有留爷处。现在我是该出手时就出手。我不能让你孤军战斗。"

"你……"水波心里涌起一种难以言说的甜蜜和温暖,这种甜蜜和温暖在印度洋救生筏里当他沮丧和绝望时,欣荣曾给过她,让她点燃希望和活下去的信心。现在她又感觉到了。

习文也在注视她,两人的目光交织在一起。习文心里不由动了一下。习文曾经有过一次婚姻,因双方感情不合,三年前分手。他考虑过再婚,以他的条件找个老婆非常容易;但找到理想的人不容易。也许是天意,见到水波后他被她的美所吸引,而且惋惜:这么年轻漂亮的姑娘怎会患精神病。通过各种检查他确认水波思维清晰,精神正常,根本没有精神病。听了水波的叙述,了解"罗马人"沉没真相后,他才知道事情原委。激起了他的同情和愤怒,他赞赏她面对巨额利诱不动心,信守诚诺的高尚品质,佩服她的斗争勇气。他怜悯她,她太孤单了。作为一个有正义感和同情心的男人他觉得他应该帮助她。虽说不上是英雄救美,但在此关键时刻,应助她一臂之力。此时他真想说:"水波,我爱你。为了你,我什么都愿做。"但话到嘴边咽回去了,淡淡地说,

"这是我应该做的。"

"你找到小云就行,"水波给他朱小云武馆的地址和电话,想起什么,"还有我曾用微型录音机,录下那天辛运在我家同我谈话,对我威胁利诱的情况。"

"对呀,"习文高兴,"必要时我放给他们听。录音机在哪?"

"我母亲保存着,你去找她,"水波说,"我这就给她打电话。"

习文驱车,先到水波家,取了录音机,然后去武馆找朱小云。他说明来意,朱小云大为意外,她想不到作为主治医生的习文会亲自前来。

"朱小姐,水波没有精神病。"习文开门见山。

"我相信,"朱小云点头,"这是老板为堵她的嘴,使的一着毒招。"

"说得对!"对这位武馆馆长的豁达和清醒习文非常满意,"作为受害者家属,我们应该支持她。"

"我完全赞同,可有些人还有些顾虑和想法。"

"那你将他们请来,我听听他们意见,也谈谈我的看法。"

"那最好。"

朱小云立即打电话,听说是水波的主治医生来了,人们立即赶来,除原来几位还增加了水手徐明的父亲徐长万和二管轮方群的妻子王文英。

"我姓习,我是水波的主治医生。"习文自我介绍,"经过各方面的检查、检验,水波小姐身体健康,思维正常,作为主治医生我可以负责任地说,水波一切正常,没有患精神病。"

"可报上登了,"迟伟打断他,"经刘文甫教授检查她有间歇性精神病。"

"刘文甫可是咱龙阳市数一数二的精神科专家。"罗根兴呼一口烟。

习文知道背后潜台词,他早有准备,沉着地说:"不错,刘教授是专家,可专家说的不一定都对。"

"你根据什么?"迟伟问。

"我根据几方面。首先,精神方面毛病不像胃病、肺病、心脏病有统一客观标准,容易认定。同一个人这家医院专家鉴定,说是有精神病,另一家医院专家鉴定认为不是。"

"这种情况倒是有。"正在欣赏自己指甲的许飞飞尖声叫一声,"电视上报道过。"

"对,这就说明专家看法也会有差异。而水波的情况更为特殊。"习文越说越有劲,"你们是否知道水波是怎么进的我们精神病院?"

"不知道。"几个人齐声说。

"好,我说给你们听,"习文好似在说书,有声有色,"她是和《龙阳日报》记者在波特曼咖啡厅交谈时被好运来公司的人突然袭击、绑架送到精神病院的。"

"是吗?"许飞飞瞪大眼睛。

"当然是了。好运来公司说水波是精神病的理由是她说过,要放火烧公司,并且要公司赔偿她2 000万元,这些全都是诬陷和捏造。根本没这回事。"

"就凭好运来这一面之辞,你们医院就收了?"欣跃问。

"你个傻蛋,"罗根兴嘲笑,"这种事还用问,明摆着,事先和医院窜通好的。"

"就这么回事,"二管轮方群的妻子、秀气的小学教师王文英附和,"大家心里有数。"

"说得对,"习文继续,"这肯定事先和医方有沟通,不然医院不会收。既然作为精神病人收进来,医院就得给个说法。作为主治医生,经检查我认为水波没有精神病,这当然不行。于是请来刘教授所谓会诊,刘教授是我的老师,我尊重他。但我坦率说,他知道院领导为啥请他来和他该怎么做,其中情形不用我说,大家可以想象。"

"这有啥说的,"许飞飞撇撇嘴,"现在社会就这样。"

"就这么回事!"头发花白,面色黧黑的老工人徐长万厌恶地哼一声。

"辛运原本不想走这一步,想高价收买她。"习文说,"除100万现金,还答应给她一套海滨紫荆别墅,和好运来公司百分之五的股份。"

"紫荆别墅?"许飞飞眼睛一亮,"那可是龙阳最好、最贵的房子,听说每平米卖20 000。"

"这价钱已经落后了,"消息灵通的"的哥"欣跃说,"昨儿我载个客人去那儿看房子,他说每平米已经涨到22 000元。"

"即使照每平米20 000算,一幢房子也要卖到500多万。"小学教师王文英咋舌。

"那可不。"罗根兴说,"对咱们来说这真是天文数字。还有好运来公司百分之五股份是多少?"

习文说:

"大概4 000万。"

"哇!"人们齐声叫起来。

"水波都拒绝了?"水果阿兴有点不信,这是多么巨大的一笔财富呀!竟然放弃了。

"对啊,她拒绝了。"习文肯定。

"你怎么知道?"迟伟问。

"我听了录音。"

"录音?"迟伟疑惑。

"这是前不久辛运到水波家同水波谈判,水波悄悄录下的。"习文从包里取出一台微型索尼录音机,"大家听听。"

习文按下放音键,录音机清晰传出水波和辛运的对话。水波断然拒绝辛运提出的100万元、紫荆别墅和好运来公司百分之五的股份。习文关上录音机,众人一下静场,说不出话。半晌,水手徐明父亲徐长万感叹:"这样大的诱惑都不动心,这姑娘不容易!"

徐长万说出人们的心里话。

"对呀,"习文接口,"这么多的钱都收买不了她,辛老板无计可施,想出精神病这一招,将她关进精神病院,戴上精神病帽子。限制她的自由,使她不能揭露沉船真相。退一步,即使她揭露了,人家也不会信,很简单,一个精神病说的话没人相信。"

"这一手太厉害了!"水果阿兴死劲揿灭烟头。

"也太狠毒了!"朱小云接口。

"这确实是个歹毒的主意,"习文忿忿,"我还可以告诉大家,为了将水波困在精神病院,将她憋死,好运来公司已经为她预付了一年的住院费,而且会一直付下去。也就是说要将她在精神病院关一辈子。"

"啊!"人们忍不住叫起来。

"现在你们明白怎么回事了吧?"习文动情地说,"我与水波素不相识，没有任何关系。但我确实被她的事感动了。大家想想，在这虚假盛行，诚信丧失的今天，她，一个弱女子，而且在这件事上她也犯有严重错误，可她不回避，愿意承担自己应承担的责任，拒绝老板巨大的金钱诱惑，信守对死者的承诺，要为死者讨回公道，作为遇害人家属，我们应该怎样？"

"习医生，没说的。"罗根兴一拳擂在桌上，"我们支持她。要为死难船员讨回公道。"

"再不支持她就不是人了。"许飞飞说。

"咱们将她救回来。"朱小云和欣跃同声。

4

习文按捺住激动，关照水波："咱们走吧。"

"现在走？"水波看看表，"才2点钟。"

"那你想什么时候走？"

"我想是天黑了。"她原以为是夜深人静接她，就像电影和电视剧那样，来几个彪形大汉。

"不，咱们不偷偷摸摸，咱们要在大白天，光明正大，理直气壮地走。你看这个。"习文给她一张纸头。

"这啥？"

"你看嘛。"

水波一看，是张打印的出院证，姓名一栏清晰地写着：水波。

"呵，这是……"

"这是我在住院处弄来的。"

"马院长知道吗？"

"目前还不晓得，但很快会知道。"

"那你……"水波望着他。

"你不用为我担心。"习文安慰她,"留给院长的信你写好了吗?"

"写好了,"水波从包里取出一个未封口的信。

"我也写了一封,待会儿一起给他。"习文胸有成竹。

"你……"水波有点不安。

"没事,走吧,你母亲和朱小云在下面等着哩。"

水波提起小旅行袋跟在习文后面。走过阴森、长长的走廊,只见有的病人被绑在床上踢打挣扎;有的面壁呆坐,目光阴沉;有的发出让人不寒而栗的嗷嗷叫声。别了!她在心里呐喊,上帝呀,我终于离开这恐怖的地方。有的病人羡慕地看着她。

她取出铁栅栏门钥匙给习文,习文打开门。她沿着楼梯一级级走下去。也许是许久没下楼,也许因为兴奋,她觉得双腿发软。习文理解她心情,嘱咐她:"小心慢慢走。"

"没事。"

来到楼下值班室门口,正好是进院时接待她的光头值班。他非常惊异:"水小姐你出院啦?"

"对!"水波昂着头。

光头还想说什么,习文从袋里摸出一张纸头塞给他:

"噢,这是出院条。"

光头接过来睁大眼睛仔细辨认,确是院办开的出院证。但他仍不放心,迟疑地说:

"院,院长知道吗?"

"你这什么话?"习文火了,"病人出院有出院证就行了,哪还要麻烦院长。"

确实,病人出院只要有出院证就行了,用不着经过院长的,这点光头知道;不过他在精神病院工作多年,这儿与一般医院不同，有些事情很复杂、很古怪。对这位水小姐详细情况他不清楚，但凭他的嗅觉，似乎有点不一般。这位小姐看上去文文雅雅，蛮有教养，不是那种行为怪异，有暴力倾向的神经病人，却将她安置在有最多危险因素、管理最严的6病区，因此他多个心眼儿。但习文是主治医生，亲自陪来。他是院里的少壮派，他光头得罪不起。见习文发火，忙说："呵，习医生，我这是随便问问。"

"快，"习文命令，"将进院时暂存的她的个人物品还给她。"

"是。"光头打开一只放寄存物的橱柜，取出一个贴有标签的袋子，里面正是水波被暂存的手机和一些零星物品。

水波懒得细看，拿起袋子迫不及待地冲出院门。门外停着一辆红色夏利出租车。她首先看到母亲。

"妈！"她扑上去抱住母亲，泪水止不住夺眶而出。

母女俩紧紧搂抱在一起。

激动了一会，李素琴想起身旁同来的人，指着一身英气、酷似男人的朱小云给水波介绍：

"这是小云，朱小云。"

水波知道是轮机长朱海根开武馆的女儿，两人已通过电话。她知道好多事靠她。"你好！"她握着小云厚实有力的手。

"这是欣师傅，"母亲又给她介绍旁边一个脸色白净，长相英俊的青年，"这出租车就是他的。"

"你……"水波像是被人施了魔法似的，全身血液刹那间凝固。张大嘴巴，两只眼睛定定地瞅着对方。

"你怎么啦？"李素琴奇怪。

"你……你是阿欣？"水波颤抖，她眼前浮现出印度洋的惊涛骇浪，那逐浪沉浮的救生筏，阿欣矫健的身影，那深情的拥抱，那刻骨铭心、永生难忘的爱。"你不是……"

"呵，那是我哥哥欣荣。"欣跃明白了，"我俩是双胞胎、孪生兄弟，他比我早出世几分钟。"

"这样！"水波返回现实，感到一种说不出的失落。

"水波，小云，你们快走吧。"习文提醒。

"习医生等等！"这时光头追出来。

"干吗？"习文问。

"院长吩咐水小姐不能走。"光头心里犯疑，刚才他电话请示了院长。

"院长那儿我会去的。"习文愠怒，"水波，你们走吧。"

水波拉开车门刚要抬腿上车，光头上来伸开双手，拦在她面前。没等她说话，一旁的朱小云拽住光头一只胳膊，略一使劲，光头踉踉跄跄摔出两三米。差点跌倒。

"你……"光头捋袖子撸胳膊一副拼命架势。

"我提醒你，"习文说，"那是跆拳道女子冠军。"

"……"光头张口结舌。

水波的汽车疾驰而去。

"走吧，"习文拍拍光头肩膀，"咱们一起去院长那儿。"

"我才不去呢，"光头惧怕院长，"要去你自己去。"

"好，我去，"习文坦然道，"放心，所有责任我承担，不会落在你这光头上。"

习文径直来到二楼院长办公室。院长马平正在气头上。刚才听了门卫光头的报告习文放走水波，他万分恼火。水波的事他曾不止一次暗示习文，原以为他会明白该怎么做。想不到他却对着干，说水波未患精神病，他不得不请来刘文甫罩住他。想不到他不禁不买账，而且明目张胆地放走水波。

"你放走了水波？"他使全力压住心里的怒气恶狠狠地问。

"是的。"习文坐在他对面椅子上，习惯地抬抬鼻梁上的眼

镜，口气平静。

"你有什么权力？"院长两只眼睛像尖刀似的犀利。

"我以医德的权力，"习文针锋相对，"作为主治医生，我诊断她不是精神病患者，既然如此就应该出院。"

"你认为不是，可刘教授认为是。"马平几乎叫起来，"你只是个主治医生，讲师级的，刘文甫是著名教授。"

"我没忘记我和刘教授在年龄和级别上的差别。可不一定教授说的都对。而且某些教授在某种情况下也会做出违心判断。"

"你胡说！"

"我说的是事实。"

"什么事实？"

"马院长，咱俩共事多年，不妨打开天窗说亮话。扪心自问，你未经检查和必要的程序，将水波作为重症精神病人收入医院，是完全从疾病角度考虑，而没有其他因素吗？"习文平静但尖锐地问。

"什么其他因素？"马平避开习文的目光，"我不知道。"

"不，你知道，非常知道。"

"红口白牙，你瞎说。"

"我请你看封信。"习文取出水波的信。

马平打开，信上写着：

马院长：

  首先我郑重声明：我不是神精病患者，我是个正常人。但是我却被好运来航运公司老板辛运作为"精神病"强行绑送至你们医院。你们未经任何检查，不分青红皂白就收下并且将我安置在重症病房，严加看管，限制我的自由，侵犯了我的公民权利。在此我提出强烈抗议，同时保留诉诸法律的权利。

辛运之所以不择手段将我"打成精神病"、关进精神病医院，原因是他为谋利、弄虚作假，致使"罗马人"号在印度洋沉没。这是一起严重责任事故，27名海员丧命。我是唯一幸存者并且握有辛运指使他人作假的证据。他惧怕我揭露，用这种卑劣手法对我进行诬陷和迫害。作为精神病院院长，不管出于何种原因，你配合辛运这样做就是犯罪。现在我走了，希望你今后不要再干这种有违医德、违法乱纪的事。

水波于即日

看了信，精神抖擞、气宇轩昂的马院长像只泄了气的皮球，身上冒汗，脸色骤变。当初辛运找他，告诉他公司职员水波患精神病，让他收进院里，严加看管。通常医院接收病患该了解一下：病人到底怎么回事？病情如何？怎么得精神病的？但辛运是市政协常委、市著名企业家、大老板再加上50万元捐助。他也就啥也没问，应承下来。想不到竟然这么回事。严重责任事故，27条人命啊！他心口隐隐作跳，全身血液流速加快。

聪明的习文看透院长的心思，悠悠地说：

"院长，你也晓得社会上对咱们院接收精神病人有不少非议，不过那都是个人恩怨、是是非非，这次可不一样，这牵涉一起重大责任事故，27条人命啊！"

马平心里已经五味杂陈，积满怒气、怨气不知如何发泄。习文这种不阴不阳、富有威胁性的提醒将他彻底激怒。一个小医生竟敢如此藐视他。他以院长的威严，厉声说："这些不用你说，该怎么做我知道。"顿一下，"现在的问题是你只是个主治医生，你有什么权力让病人出院？"

"我说过，我认为她没有精神病。没病就不该呆在医院里。"

"可你只是个普通医生，上面还有教授和院部，论不到你做决定。"

"说句老实话。"习文抬抬眼镜，眯着眼睛，无限轻蔑地说，"我根本不信任你们。"

"放肆！"马平猛拍桌子，"这，这饭你不想吃了？"

"你说对了，"习文从袋里摸出一张纸，递给马平，"这是我的辞职报告。"说罢，转身扬长而去。

第十四章　上访被截

1

马平既感窝囊但又无可奈何。他觉得辛运不仗义，不该对他隐瞒真相。若是一般人他早就冲上门去，兴师问罪；可姓辛的不是一般人。那一大堆头衔摆着，他得罪不起，更重要的是收了他50万元。再有预收水波一年的住院费和医药费20万元，合计人民币70万元。其中50万元给院里，20万元进了他口袋。真是吃人嘴软，拿人手短，他想发飙也没力气。现在水波走了，辛运早晚会晓得，肯定得找他。他该如何应对？

他想能拖则拖，谁料，第二天上午辛运就来电话。

"我辛运，"从那冰冷、坚硬的口气里，马平能想象出大老板的脸色，他若无其事般、亲切地说，"呵，辛总呀，你好。"

"好个屁呀！"辛运突然暴了句粗口。骂人说粗话是他由小的习惯，尽管现在地位有别往昔，但这习惯改不了，特别是遇上不顺心事儿。他厉声喝问："我问你，水波怎么出院了？"

"呵，这……"

"啥这呀那的，有话就说，有屁就放，咋回事？说！"大老板压根儿没将他这个院长放在眼里，一迭声责问。

"是这样的，"马平想象得出辛运那地包天的大下巴暴怒的样子，他缓声讨好地说，"有些话电话里也不好说，还是我当面给你报告吧。"

"那好，你快来。"辛运"咚"掼了电话。

马平不敢怠慢，立即赶到好运来公司大楼、豪华的董事长办公室。

辛运脸上像是刮了糨糊，紧绷着，那地包天的大下巴显得更为突出。

"辛总，你好。"马平谦卑地鞠了个躬，不敢看辛运的脸。

往常辛运总是客客气气既让座又倒水，今天全免了，大下巴抖了抖，气呼呼地责问："马平，我问你，你这个院长怎么当的，为啥让水波跑了？"

"这……"

"你说过，你们那儿管得很严的，不仅有专人看管，楼道里铁门日夜上锁。"

"是的。"

"可人还是跑了。"

"虽说管得严，可毕竟不是监狱。"

"你？"辛运被呛，张大嘴巴。

"而且她不是夜深人静，偷偷潜逃。"

"她怎么走的？"

"大白天，她拿着出院证。"

"你开给她的？"辛运瞪眼。

"我怎会给她。"

"那是谁？"

"是她的主治医生习文。我曾明确告诉他，给水波戴上精神病帽子，这家伙阳奉阴违，同我唱反调，认定构不成，我请来刘教授也罩不住他。你知道,主治医生有权……"

"你这个院长怎么当的!"辛运喝断马平,"这样的人一脚踢出去。"

"我是想踢,狠狠踢。可他自己先溜了。"马平从公文包里取出一张纸。

"这啥?"辛运接过。

"习文的辞职报告。"

辛运瞥一眼,随手扔在地上。

马平弯腰捡了起来。

"你去将水波给我抓回来。"辛运命令。

马平迟疑道:"辛总,我想过,这怕不行。"

"为啥,你怕什么?"

"刚才我说了,咱们毕竟不是监狱,水波也不是逃犯,咱们不能抓人。"

"明里不抓暗里抓,派几个人悄悄的。"

"也不行。"马平拒绝。

"为啥,你胆这么小?"

"不是我胆小,"马平推心置腹地,"辛总,说心里话,我这是为你着想。"

"为我着想?嘿……"辛运大下巴动了动,"为我想什么?"

"是这样的……"马平欲言又止,从皮包里取出水波的信,递给他。

"这啥?"

"你看看。"

辛运看信,马平则看他的脸。就像他当初看信一样,辛运的脸由红转青,再由青变白,而且大下巴微微颤动。他知道,这一枪起作用了。

"这，这信你没给别人看？"辛运问。声音已不像刚才那般气势逼人，而有点有气无力。

"我怎会给别人看呢，"马平十分知己并且讨好地说，"我也不晓得其中怎么回事，而且我也不想知道。可我想别把事儿闹大了，这丫头性子烈，你把她逼急了，对你反而不好，辛总，你说是吗？"

辛运不说话。他的大下巴乃至全身肌肉、细胞都在不可抑制、神经质地微微抖动。他知道这种貌似关切、实际上是姓马的为自己的畏怯、惧怕所找的遁词。虽然如此，你也不能说他不对。再说自己也没有好办法。半响，他镇静下来，问：

"你们精神病院真没办法？不能将她弄回来？"

"没有，"马平缓缓摇头。说罢又强调一句："真的没有。"

"可我给你们付了一年的住院费呀！"辛运突然叫起来。

"……"马平一吓，随后说，"这钱我们会退还给你。"

辛运挥挥手：

"算了，你以为我在乎这几个钱吗？"

"我明白。"马平理解大下巴的心情，安慰他说，"其实水波跑了没啥了不起，咱们目的已经达到。"

"怎么说？"辛运不明白。

"你想咱们医院和精神病学权威刘文甫教授已经给她定了性，戴上精神病的帽子，《龙阳日报》上也登了，昭告天下，无论到哪，这顶帽子她是去不掉的。"

"嗯，"辛运哼一声。

"在法律上精神病人是无民事行为能力的人，不管她如何诋毁你、找你麻烦，你想一个精神病人说的话人们怎会相信。辛总，你放心吧。"

辛运心想：这倒是，我怎么没想到呢？灰暗的心里好似射进一丝阳光，又亮堂起来。

2

水波受到遇难船员家属的热烈欢迎。有握手，有拥抱，有热情慰问，还有人表示乐意为她效劳，可以为她做任何事情。

水果阿兴慷慨地说："水小姐，今儿个起，你吃水果我包了。"

欣跃说："你只要招呼一声，出门用车我负责。"

许飞飞抓住她的手亲热地说："水姐，让我看看你的手。"

水波不明原因，抬起手，许飞飞看了叫起来：

"呵，水姐，你这手太美了。瞧，十指尖尖，修长秀气，像纤纤嫩笋。不过就是这指甲不行，得美化一下。"说着抬起自己经过美甲的手，"你看，如果你这双纤手再美甲一下那就精美绝伦。"

水波忙说："谢谢，我不习惯弄指甲。"

许飞飞以为她怕花钱，忙说："我给你免费，不用你花钱。"

"飞飞，我谢谢你，"水波真诚地说，"不是钱，而是我不习惯弄手指甲。"

"水波终于被救回来了，"朱小云拉开大嗓门，"以后咱们就是一家人。水波，你放心，咱们会保护你。"

"朱姐，我谢谢你，也谢谢大家，我……"水波说着啜泣起来。

"你怎么啦？"朱小云诧异。

"我有罪，我对不起大家。'罗马人'那张一次性适航证是我弄来的。我对不起大家。"说着向众人深深一鞠躬。这是她的肺腑之言。海难发生后她一直为此内疚和自责。原以为见面后家属会责难，想不到如此大度和热情。她深为感动，同时更感内疚。

"这事主要责任在老板，"朱小云说，"你能认识到自己错误就好。"

"嗨，"水果阿兴挥挥大手，"人吃五谷的哪有不犯错。朱姐说得对，认识到就好。"

"知耻近乎勇。"迟伟文绉绉。

"水波，你别再为这事背包袱，"欣跃劝她，"现在重要的是咱们团结起来，找黑心老板算账。你是唯一幸存者，主要证人，好多事儿靠你哩。"

许飞飞、徐长万和王文英都异口同声："水波，我们相信你，也佩服你，振作起来。"

"我感谢大家对我的宽容和信任，"水波噙着泪水，神色庄严，"请相信，我会用行动来改正自己的错误。无论怎样阻拦迫害，我决不做逃兵，一定为大家讨回公道。"

"好！"朱小云昂扬，"我做东，现在咱们去聚丰楼，为水波接风。"

众人来到酒楼，围坐一桌，边吃边商讨下一步行动计划。

水波说："我已经去市公安局报过案。刑队队长亲自接待。"

"结果如何？"水果阿兴问。

"我拿去的是罗船长笔记本复印件，队长说，复印件不行，得是原件。"

迟伟说："对，法律规定，作为证据必须是原件。"

"原件不能轻易给他们。"欣跃大声说。

"是呀，"水波说，"我说原件将来我要到法庭上才能出示。"

"他怎么说？"许飞飞问。

"他说没有证据原件就不能立案。"

"这明摆着是帮老板辛运的忙。"许飞飞说。

"我也没办法,"水波摇头,"没几天,我就被好运来的人绑送到精神病院。"

"这都是串通好的!"朱小云将手中的杯子撂在桌上。

"对,这里面有鬼。"水果阿兴说。

"你们想想辛老板是什么人呀,"不太说话的徐长万说,"市政协常委。"

"还有市企业家协会会长、商会会长。"王文英接口。

"这就是权大于法,官官相护。"水果阿兴总结。

"除这条路,我还想了其他办法。"水波说。

"啥办法?"迟伟摸着下巴上的一撮毛。

"我给《龙阳日报》以及省里和北京的报纸都写了材料。"

"结果呢?"迟伟瞅着她。

"全都石沉大海。"水波苦笑。

"我说嘛,"迟伟一副三年早知道样子,"像辛运这样身份和地位的人,未经高层批准,这种反面材料,报纸是绝对不敢登的。"

饭桌上一时窒息。

娇小的王文英轻叹一声:"这就是大家常说的老百姓告状难。"

"妈的!"欣跃猛地一拍桌子,桌上碗筷都跳起来。

"你干吗?"朱小云扭头。

"咱们去北京上访,"欣跃说,"我拉过好几个乘客,去北京告过状,有的成功了。"

"对,上访,"水果阿兴赞同,"咱们到北京去,直接向中央反映。"

"现在上访的人多了,"许飞飞尖声地说,"我认识一个客户，家里被强迫拆迁，老公被打伤，还将粪便倒在人家家里，气得婆婆上吊自杀。在龙阳告状无门，到北京上访，中央批下来，严肃查处。"

"你说的是不是城西元芳街？"欣跃问。

"正是。"许飞飞点头。

"那家拆迁公司雇用的都是些小混混。有好几个被抓起来了。"

"对呀，"许飞飞昂起脑袋，好像告状胜利的是她，"正因为她到北京告状成功。"

"我赞成，"王文英像在课堂上讲课，一字一句清晰地说，"向党和政府反映情况是公民的权利。"

"该，我看就这么的，"徐长万哑哑嘴，"上面还是清明的。"

就剩下迟伟了。他踌躇该怎么表态。从道理上说，正如王文英所言，上访反映情况是公民的权利。也正如许飞飞所说，眼下到省里和北京上访的人很多，但这有碍稳定和安定团结。为此市委三令五申各单位严格掌控和杜绝上访，明确规定公务员一律不得参与上访。他和水果阿兴、许飞飞和欣跃这些人不一样，他是公务员，正宗公务员。若是参与上访饭碗很可能砸了。这可是金饭碗呵，报考的上千人中才录取一个。哥哥的不幸去世是该讨个说法；可不能为此丢了金饭碗。问题是如何表态，若当大家面，明确表示不参加，一定落下个孬种的名声。不能这样，只能耍两面派了，好在说谎像吃饭一样便当。于是慷慨地说："我赞成。"说罢又加重一句，"王老师说得对，这是咱们公民的权利。"

"到时候你可得来呵。"朱小云似乎看穿他。

"当然。"迟伟非常爽快，他明白武馆馆长的意思，心想，届时我找个借口来不了，你也没法子。你们又不是我上司，奈何不了我。

"好吧，就说定了，咱们去北京上访讨个说法。"朱小云像个指挥员似的豪迈地挥挥手。

"啥时候动身？"水波问。

"越快越好。"朱小云说。

"对，快去快回。"众人同意。

"趁热打铁，我看就明天去，"朱小云说，"下午1点有趟快车，直达北京，我这就找人去买票。"

"可以。"众人赞同。

"还有个问题，"水果阿兴说，"上访材料可准备好了？"

"我早已写好，"水波从包里取出一份材料，"请大家看看，如同意就签名。"

水果阿兴首先接过，看一遍，刷刷签上名字，然后传下去，都同意。

"就这么定了，明儿中午12点30分在火车站碰头，"朱小云总结，严肃地说，"这事儿咱们要保密。"

"知道。"人们答应。

3

车站广场大钟指着12点。约定12点30分集合，水波提前到达。她提个红色拉杆箱，戴副墨镜，伫立在火车站广场边上，望着熙熙攘攘的人群，心里有着说不出的期盼和不安。她没去北京上访过；但听上访的人说，各地赴京上访的人很多。党中央、国务院、全国人大和公安部的信访接待处都排长队。轮到了，出示身份证、填个表，收下上诉材料。随之面无表情的接待员通常一句话："回去等着吧。"就这样打发你走了。那就等吧，有时会等来你期望的好消息。但大多数是将材料转回属地，让有关部门处理。这也难怪，中国这么大，事情那么多，所有的事情让中央直接、亲自处理是不可能的，必须发挥基层各级组织的作用。问题是有些组织依法办事；有些就权大于法，踢皮球甚至官官相护。龙阳市的情况就如此。从她报案公安局不予立案，她"被精神病"，这一系列情况说明，辛运背后有强大的后台，有顶保护伞罩着他。

"老天保佑，别将咱们的材料转回来。"她在心里祈祷。

大钟默默走着，12点20分，她注视着进站检票口。看到像平时一样身穿墨绿色、臂膀上镶嵌白色条纹运动衫，身材健壮的朱小云出现，随后是肥胖的水果阿兴和身材矫健的欣跃。进出站的旅客很多。也许是敏感，她觉得有几个人有些异样。通常出门的人手里多多少少会拿点行李、包裹，那些人却空着手，东张西望。她觉着不对劲，可又不知如何是好，硬着头皮向朱小云一伙走去。

"你们好。"她和朱小云等招呼。

"都到了，就缺迟伟。"水果阿兴点了点数。

"他刚才给我打了个电话，"朱小云说，"下午单位里有个非常重要的会议，请不出假，不能来了。"

"吹他妈牛！"欣跃啐一口，"害怕了，临阵脱逃。"

"我看也是。"水果阿兴附和。

"人家是国家公务员嘛。"王文英说。

虽然接触不多，但水波觉得这位区府乡镇办办事员岁数不大，却颇有心机，不像其他人透明、爽快。她说："既然这样咱们走吧。"

"对，咱们走，"朱小云取出车票分发，"5号车箱，对号入座。"

水波拿着票,来到检票口,将票交给一个穿铁路制服的女检票员,这时旁边一个瘦高个、穿衬衫的男青年突然一把夺过她车票。

"你?"水波心里格登一下,本能地问,"干吗?"

"请你出来一下。"那人勾勾手指。

"为啥出来?"蓦然想起刚才在朱小云附近转悠的那些人。

"有事同你谈。"

"对不起,我没时间,我要上火车。"

"你不能上车。"对方态度强硬。

"为什么?"她愠怒,"你是谁?你有什么权力?"

"我是警察。"对方掏出警证。

水波这才明白附近那些空手晃悠的人真的是便衣警察。只得退出来。这时又来了一批穿制服的警察,加强便衣的力量,他们将朱小云、水果阿兴、王文英等统统拦了下来。

"我抗议!"水果阿兴拉开大嗓门,"随便拦人,限制公民的行动自由是违法的。"

"对,我们抗议。"朱小云也吼叫。

对方不管他们吼叫和抗议,将他们推上面包车,带到附近派出所。

水波想不到还没出龙阳火车站就给拦下了。窝囊!昨天朱小云再三关照,要保密,上访事儿不能泄露。警方怎会这么快知道?谁告的密?

到派出所,几个人被分别谈话。同水波谈话的是一个肩上两杠一星的矮个子中年警察,态度还比较和蔼。他记下水波的姓名、住址、工作单位。想起什么,说:"呵,你就是那个在海上漂流60多天的印度洋幸存者?"

"是的。"

"你不是……"话说半句他突然刹住。

水波明白他想说但没说出来的:"你是想说我是神精病对吗?"

"呵……"他没料到这女人会如此坦率。

"警察同志,我可以明确告诉你,"水波义正词严,"我是正常人,我没有精神病,说我是精神病,那是别有用心,是诬陷!"

"好,好,"警司没料到会引来这一大串话,这不是他管的事儿,忙收场,"咱们不谈这个。"

"那谈啥?"水波紧逼。

"谈今天上访的事儿,你是领头?"

"是的,我领头,"水波坦承,"你们拦截我们上访,这样做违法!"

"我们执行上级指示,违什么法?"

"上级指示有正确和错误之分,正确要执行,错误的就不该执行。"

"嘿,"警司笑笑,"啥正确,啥错误?"

"很简单,符合国家法律就是正确,不符合就错误,"水波越说越来劲,"你们拦截我们去北京上访就是违法和错误。"

"咱们违什么法?"

"上访申诉是宪法赋予的公民权利,你们阻挠限制岂不违法?"

"我们这样做是为维护社会稳定,你看报吗?报上说了稳定高于一切。你们一伙人这样乱哄哄闯到北京去,就是破坏稳定。"

"稳定不等于掩盖错误和矛盾,"水波毫不示弱,"只有纠正错误,化解矛盾,老百姓心里舒畅了才能稳定。"

"你?"他瞪着水波。通常被弄到派出所来的人,不管有理无理,有事没事,都要低头矮三分,很少有这样无所顾忌、志高气昂、理直气壮的。他一时倒怔住了，愣一会儿问："你要告谁？你有啥不舒畅的？"

"我要告我们公司老板辛运。"

"辛运？"

"辛运你不知道？市政协常委，市商会会长，还有……"

"呵，知道，"警司拦住她，"他怎么啦？你告他什么？"

"为赚钱他指使船长弄虚造假，致使船沉没，船员全都丧生，我是唯一的幸存者。27条人命呀！"

"呵？"他微张嘴巴。

"这是一次重大责任事故，我到你们公安局报案，至今未曾立案，我还被打成精神病，关进精神病院。你说我心里会舒畅吗？"她愈说愈激动，及至哭起来。

"你有上访上诉材料？"警司问。

"当然有。"水波拭去眼角泪水。

"将材料给我。"

水波迟疑。

"你不是说，光明正大嘛。"他激她。

"给你。"水波从包里取出原本上访的材料，交给警司，心想本来就光明正大。

"你稍等。"事情重大，警司接过材料，哪敢怠慢，立即转身去找所长。听了回报，所长也不敢擅自处理，立即向上面报告。听完电话，他吩咐警司："将这些材料封存，不许阅看，立即送市局领导。"

"是。那些上访人呢？"

"放了。"所长挥挥手，"安抚一下，同时让他们相信党的政策，有问题找市里就地解决，别涌到北京去。"

"水小姐，你请回吧。"警司回到接待室语气、态度都比刚才更客气了。

"不让我留在这儿?"水波挑衅地问。

"留这儿?"他明白她的意思,幽默地,"这儿没适合你住的房间。"

"哼!"水波轻哼一声,拉着拉杆箱,昂扬地走出去。

他望着水波的背影,他并未为她的傲慢和轻蔑生气;反之,心里暗暗佩服。他钦佩这个印度洋海难的幸存者。他不知道事情详情;但从她简单述说,凭他的直觉和多年公安工作的经验,他看出这是一件大案。市政协常委,著名企业家辛运有问题。上面有这个大老板的保护伞。

水波走出派出所,朱小云等人在马路对面等候,见她出来,忙向她招手。她忙奔过去。个把钟头不见,真好似隔了一年、一个世纪。轮着同她握手。路边正好有家茶馆,大家进去。

"警察怎么说?"她问朱小云。

"问我们为啥去北京上访?还说有问题应就地解决,不要这么多人上访,这样不利安定团结。"朱小云介绍。

"我们也一样,"水果阿兴不屑,"就这几句话。我不客气地说,你们不依法办事,官官相护,包庇坏人,咱们只能到北京上访。"

"我也一样,就这几句话。我说上访申诉是宪法赋予我们公民的权利。"水波说。

"我还担心他们会拘留你呢,"王文英说,"枪打出头鸟。"

"是呀,我也想过,"水波说,"走时我问,不将我留下来?"

"警察怎么说?"朱小云感兴趣。

"那个警官说,这儿没适合我住的房子。"

"有意思。"朱小云点头。

"这是幽默,"欣跃说,"现在不像过去,警察抓人要有法律依据,不能随便抓。上访没犯法,也就是说没适合住的房子。"

"我有个问题想不通,"水果阿兴说,"咱们上访的事儿警察咋会这么快晓得?"

"我也在想这个问题。"水波说。

"这还用说,"欣跃说,"肯定是一撮毛那小子告的密。"

"我看也是,"王文英赞同,"昨天他说今天一定来,可没来。"

"他同咱们不一样,"欣跃分析,"国家公务员嘛,保饭碗第一。"

水波眼前浮现出那张下巴上有一撮毛的脸。对此人她了解很少,只知道他是二副迟天来弟弟,讲起话来有点小官腔,想不到还是个告密者。面对死亡和不公,想到的不是为自己的兄长伸张正义,而是个人的得失利益。她鄙视这样的人!

就在人们议论谴责的同时,区府乡镇办干事迟伟正在接受顶头上司室主任的嘉奖。长着一双小眼睛的主任说:"小迟,刚才区委王书记来电话表扬你了。那批上访的人一个不漏,全都拦了下来。"

"呵。"迟伟哼一声,耳朵听到的是赞扬,但心里却像偷了东西的窃贼似的不安和慌张。

此刻他的那伙家属难友正在派出所接受问话和训诫;他却在此接受区委书记的褒奖。惭愧呀!原谅我吧。他在心里说,我姓迟的这样做也是为了生存。不得已。龙阳到省里和北京上访的人很多。对市的形象不利。为此市委有指示:为稳定和维护龙阳形象,各单位、各部门有矛盾要就地解决,要劝导阻止赴京上访。而且规定:公务员不得参与上访,一经发现,情节轻者处分;严重者除名。他心里斗争得厉害:去,还是不去?去,那是应该的。"罗马人"沉没是一次严重责任事故,哥哥和同船海员死得冤。龙阳有人捂盖子，不让揭露。只能向上申诉。应该去！但若是去，明显违反市里指示，他这个旱涝保收的铁饭碗很可能砸了。孰轻孰重思来想去，最后他决定抽身。请求在天之灵的哥哥原谅。按说不去就行了；可他再细细一想不对。他们一群人赴京上访属群体事件，事情必然会暴露，上面肯定会追查。他虽然没去，但那天讨论上访，他在座表示赞同。作为公务员支持鼓动上访、知情不报也是个错误，也会影响今后的发展和前途。想到这些他坐不住了。怎么办？心想已做了逃兵，索性一不做二不休，一"逃"到底了。他给新成立的区"综合治理维稳办"打了举报电话。

其实高尚和卑鄙只一步之隔，他轻易地就迈过了。

第十五章　两个求婚者

1

水波坐在新居窗前。这是幢 20 世纪 80 年代造的筒子楼。灰暗的墙面，几十年的风雨浸蚀更显陈旧。屋里的家具也都是旧的。这房子是朱小云替她找的，昨天才搬来。她原住在朱小云武馆旁边一幢房子里。房子只一小间，比较挤，转不开身。更重要的是很多人都知道她的住处，不安全。火车站被截访拦回来更觉如此。她决定换个地方。除朱小云和母亲没人知道这儿。搬家时按说可用欣跃的出租车；但看到欣跃她就会想起欣荣，她那刻骨铭心的爱人。欣跃似乎知道这些，每次见面都向她亲热示好，见不着面就给她打电话，嘘寒问暖、十分热情。显然的想代替他哥哥。这让她不安。现在她全部思想、全部生活，一句话，就是为"罗马人"遇难的海员讨个公道。已经有这么多艰难险阻，未来不知还会遇上什么？她不想、也没有心情和精力想个人感情方面的事。还是少接触为好。为此她叫了一辆素不相识的出租车，将简单的物品搬来这儿。

母亲住在市里，路远不常来。为了替她解除寂寞，朱小云送给她一只名叫华华、全身乌黑、身材瘦削、矫健的拉布拉多犬。华华似乎和她有缘分，对她十分亲热。此刻，华华默默匍伏在她脚边。

她望着外面鳞次栉比的房屋和远处的农田。这是城郊结合部，街面兴旺而杂乱。没有太阳，天灰蒙蒙，空气温暖潮湿，像是要下雨。她的心情就好似这天空，阴郁灰暗。

掐指算算，从印度洋获救回来已经20多天。身体日渐康复，但承诺之路遥远甚至看不到头。窃贼光顾、报案遭拒、被绑送精神病院、上访火车站遭拦截，这一次又一次的遭遇，使她想起辛运对她说的"你该知道我是什么人"。那时体会不深，现在真正知道他是什么人。不，他不是一个人，更不是普通人。他是一股看不见、摸不着，但实实在在存在，而且强大无比的力量。他那看不见的权力之手，遮挡龙阳的天空和大地，遍布每个角落。她一个无权、无势的弱女子同他斗，的确是鸡蛋碰石头。这一切比她当初想象的不知困难多少。

我怎么办？她仰问灰暗的苍天，苍天沉默。

像每次痛苦、忧伤、绝望时一样，她打开胸前鸡心挂件，看着欣荣的照片。欣荣含着微笑，深情地凝视着她。她不由悲从中来，哽咽呼唤："阿欣，我的爱，我该怎么办？我该怎么办呀？"

欣荣深情的目光。

"阿欣，你说话呀。"她喃喃。

蓦然她听到咚咚的响声。阿欣来了？他来了？

"咚，咚，"声音轻柔、温情但坚定。

华华也站起来，竖起耳朵，瞪大眼睛望着她，似乎问她：谁？

"阿欣！"她霍地跳起来，冲过去拉开房门。

"你……"门外人也觉意外，那不是欣荣是医生习文。

"对不起,我……"她避开习文的目光。

习文听水波讲过她和水手长欣荣的事。他被那浪漫、与死亡为伴,但挑战死亡、真诚的爱情所感动。作为精神科医生,从水波眼角的泪痕和刚才那声突发、忘情的呼喊,他知道在痛苦的旋涡中,她又在从逝去的水手长身上寻找力量。

"呵,你搬家为啥不告诉我?"习文跨进门。

"汪!"华华突然叫一声,习文吓一跳。

"别叫,"水波告诉华华,"是朋友、客人。"

华华似乎领会,摇摇短尾巴。

"呵,搬了家还养了狗。"

"都是临时决定。"

"为啥搬家?"

"为了安全,"水波给他倒一杯水,"原来那地方太杂。"

"这倒也是,"习文赞同,"我想打电话向你问问,可你一直关机。"

"这两天心里烦,不想听电话。"

"可找不到你我急死了。"

"有啥好急的。"水波随口。

"那……"习文咽住,看水波。水波也正注视着他。四目相对,无需任何言语,水波读懂精神医生习文想说未曾说出的话。

"那后来你咋找到的呢?"水波岔开话题。

"刚才我去武馆找了朱小云。"

"对了,这房子她替我找的,这狗也是她给我的。她怎么说?"

"开始她不肯说。还说你们讲好的,这新地址保密,不告诉任何人。"

"是呀,是这么说的。"水波承认。

"我急了,"习文说,"我不得不抬出我的身份。我说,小云,你知道的,我是水波的医生,是我帮她逃出精神病院,而且往后还有许多事我要和你们一起做。她被我说服,告诉我这儿地址,但关照我:保密,不能对别人说。我说,你放一百个心。"

"小云这人真不错。"水波感叹。

"听小云讲了你们被截访的事。"

"是呀,"水波叹气,"我想不到会这样,路都堵死了。"

"其实当初你和我谈上访计划时我就估计会遭遇这一步。"

"为啥?"

"报上不是说了吗,现在有些地方官僚主义严重,加之以权谋私,贪污腐败,权大于法,执法不公等造成的矛盾很多。这些地方领导人不是实事求是,依法办事,处理、解决矛盾,改进自己工作,而是本末倒置,不让老百姓说话,以维稳为借口,阻挡拦截群众上访,咱们龙阳就这样。"

"那咋办?"水波抬眼望着习文。

"只有坚持,"习文捏紧拳头,"同辛运和他的后台保护伞的斗争不那么容易。"

"这道理我懂,"水波沮丧,"可我觉得自己实在孱弱。我怀疑自己能不能顶得住。"

"看上去弱小,骨子里你是坚强的。"习文鼓励,"而且你不是一个人孤军作战,还有那些遇难者家属。"

"这些人未必都靠得住,"水波摇头,"这次被截访就是二副迟天来的弟弟迟伟告的密。"

"我听小云说了。人都受利益驱使。姓迟的作为公务员当然要考虑自己的饭碗、前途。"习文挥挥手,"这样的人不值得与之为伍,暴露了也好。"

"少一个迟伟倒无所谓,"水波忧心,"我担心会有第二、第三个。"

"这……"习文顿了一下,然后幽幽地说,"这要看各人的人品、价值取向。在现今这利益至上,人欲横流的社会,完全有可能出现第二、第三,甚至第四个。"

"那就太可怕了,"水波身体抖一下。

习文沉默,似乎思索什么,少顷,抬抬眼镜,肃穆地说:

"即使所有的人都背离,可有一个人永远和你在一起。"

"谁?"

"我。"

"你?"水波嘴唇微微颤栗,眼角泛起泪花。

"对,我。"习文庄严地说,"请相信,不管有多少困难,哪怕倾家荡产、坐牢、杀头我都会和你在一起。"

"你!"水波无言以对,猛地抱住习文,像个迷路的孩子找到家人似的扑在他怀里呜呜哭起来。

习文像哄孩子似的轻轻在她背上抚慰。

"呵,对不起。"像大海激荡的潮水很快退去,水波清醒过来,她推开习文连声致歉。

"我很高兴你能信任我。"习文郑重地说,"小波,我想送给你一样东西。"

"什么?"

习文从袋里摸出一只绸缎面袖珍小盒子。

"这啥?"

"你看看。"

水波掀开盒盖,里面是一只闪亮的白金钻戒。

"这……"

"这给你。"习文神色极为庄严。眼睛在镜片后面盯着她。

"我……"水波不知如何是好。

"我这不是一时之兴，而是经过极其慎重的考虑。"习文推推鼻梁上眼镜，双手紧握，面对她，涨红脸、缓慢、沉重地说："三年前，离婚后我一直在寻觅，有一个人能戴上这枚戒指，可是没找到。上帝将你送到我面前。"

水波心跳得厉害，这是医生向她求婚啊。以前辛运也说要和老婆离婚，然后同她结婚。她知道那是欺骗，目的是玩弄她。在印度洋救生筏上，欣荣也说过他爱她，获救上岸后同她结婚，可那只是一种美好向往，最终被印度洋吞噬了。如今一个男人，手捧钻戒，站在她面前，向她求婚。她该怎么办。习文热情、正直，为了她，不惜得罪上司甚至丢了工作，这些她铭记在心。但是对爱和婚姻，她从未想过。她的爱已经给了欣荣，随他而去。

"习医生，谢谢你对我的信任，"她将钻戒还给习文，"这个我不能接受。"

"为……为什么？"

"因为……因为我不值得你爱。"

"为什么？"习文找不出别的语言。

"我犯有严重错误，我有罪。"她避开他灼热的目光。

"你有什么罪？"习文不明白。

"'罗马人'那张一次性适航证是我通过不正当手段弄来的，这不是犯罪是什么？"

"这……"习文顿住，然后满怀激情地说，"这个我知道，大家也都晓得。你能认识自己的错误，不逃避、不推卸，勇敢承担责任，这是最宝贵的，也是我爱你的原因。"

"不，我不适合你，我不会给你带来幸福，相反会带来痛苦和麻烦。"

"麻烦，有啥麻烦？"

"你也知道，我正同辛运斗，不晓得结果如何。整天提心吊胆的，为了我你连工作都丢了，这只是开始，以后麻烦会更多。你还是离开我好。"

"不，"习文诚挚地说，"你抛开利诱，信守诺言，为死难者讨公道，同邪恶势力斗，我打心眼里钦佩。帮助你是应该的，别说这点小麻烦，再大我也不怕。"

"谢谢你，"水波握住习文手，真诚地说，"能有你这样的朋友我很高兴。但是我不能……再见。"

习文明白她想说的："我等着你，永远！"

华华向他摇摇尾巴，似乎说：朋友，你该走了。

2

咚！咚……

送走习文没多久，就响起咚咚敲门声。声音很有力度，说明是男性，而且同样男性，刚才习文敲击声文雅适度；此刻莽撞甚至有点粗鲁。肯定不是朱小云和母亲。水波奇怪：会是谁呢？

咚咚地敲得更响，也更粗鲁了。

水波不由紧张。会不会是辛运的手下？来袭击、绑架？华华似乎知道她想的。守在她脚边，耳朵竖起，双眼警惕地望着房门。一副听候命令，随时扑上去抗击入侵者的样子。

"水姐……"伴随敲门声有人呼喊。

声音挺耳熟，是的哥欣跃。她只得打开门。就在她开门的同时，"哇！"华华狂吠一声，吓得门外的欣跃魂飞魄散，连连后退，差点摔倒。

"华华，别叫。"水波发令。华华遵从地退到一旁，但仍警惕地注视来客。

"哇，吓死我了，"欣跃拎着一袋水果进来，将水果袋放在桌上，"这是水果阿兴托我带给你的。"

"真谢谢他了，"水波给欣跃倒水，"这样白吃他的不好意思。"

"这有啥，"欣跃掏出香烟，"咱们是一条战壕里的战友，你现在做的事也是为我们大家。"

"这是我应该的。"

"嗳，水姐，你干吗搬家？"欣跃喷一口烟。

"那天火车站截访回来觉着不太平，再说原来小云武馆那儿的那间房子也太小、太差，我决定换个地方，挪到这儿。"

"嗨，你挪地方也该告诉我。"欣跃在烟缸里掸掸烟灰，"再说你得用车，我好替你拉呀。"

"我想我就不影响你生意，叫个车很容易。"

"你这啥话？"欣跃不悦，同时表忠心，"别的生意做不做无所谓，你的事儿是头等的。我愿意为你做任何事情。水姐，以后可别这样呵。"

"晓得了，我谢谢你。"水波看着他的动作、说话姿态乃至声音，想起欣荣，真是一个模子铸出来，一式一样。但细细品味，在酷似中两者之间又有所不同。也许由于环境因素，大海的熏陶，欣荣不仅热情豪放，而且纯净甚至透明；而眼前这位可能在车轮的滚动中，吸附了过多尘埃有点俗气。

"为了问你这地址，刚才我和小云还弄得不愉快。"欣跃表白。这确是真心话，也不知怎的，现在水姐在他心目中已经占有重要位置，一天不看到好似缺了什么似的。他没结过婚，但有过几次恋爱经验，有一个还同居过，差点结婚。虽然自己只是个"的哥",但他对婚姻要求还是比较高的。那几个女人他都不太满意,"档次"太低。见到水波后他被她的俊美和高雅气质所吸引。

"同小云怎么啦?"水波问。

"我到武馆去你不在,小云说你搬家了,我问地址她不告诉我,说是你关照的。"

"是我关照的,一般人不要说。"

"可我不是一般人呀,"欣跃结巴地说,"我和你……还有你同我哥……"

水波明白他的意思,心想:我和你有啥?你那是剃头挑子一头热。至于你哥,那是另一回事。但不想扫他兴,含混地说:

"是不一般。"

"当时我问她,她就是不肯说,我火了,骂了她。"

"骂她也不对。"

"我是急着找到你呀。"

"后来呢?"她知道小云对他的评价:聪明、能干、活络,就是有点"活络"得过分。

"我只得走了。说实话当时我心里真急呀,我觉得我一下失去了你。"说着深情地望着她。

水波想起相同的另一双眼睛,同样是爱,不过那双眼睛清澈透明;这双却浑浊陌生。她知道的哥的心思,不动声色地问:"最后你又怎么找到这儿?"

"我下决心:一定要找到你。我分析,你应该不会搬得太远。我驾车在街上转悠。兴许老天保佑,咱们确有缘分,刚才看到习医生从这楼里出来。心想,他一准是来找你的。"说到这儿微带不满地说:"水姐,你告诉习医生地址却不告诉我。"

"我也没告诉他,"水波看出他的妒忌,"他找小云,小云告诉他的。"

"于是我就上来。不晓得几室,我一家家敲门。"

"难为你了。"水波提醒他,"不过你知道就行,也不要对别人说。我不希望有多少人知道我住儿,我想安静。"

"我晓得。"欣跃兴奋,涨红脸,"水姐,我发誓,我要做你的守护神。保护你,就像保护自己的眼睛。"这是他勇敢的爱的宣示,此前一直想说,但没勇气,现在终于说出来了。原以为水波会感动;谁知她似乎不太乐意:"快别这样说,我受用不起。"

"有啥受用不起?"他大声,"说真的,水姐,我崇拜你。"

"崇拜?"水波一吓,"有啥好崇拜的?"

"怎么没有好崇拜的。"他说,"首先,你承认'罗马人'那张一次性适航证是你开后门弄来的。"

"这是应该的,"水波不以为然,"这是我的错,我应该承担责任。"

"可这需要勇气呀,要承担责任,可能会受处分。"

"我想好了,该承担的就承担,吃官事坐牢没说的。"

"这就是你了不起的地方,"欣跃总结道,"还有,海难只有你一个人活着回来,你是唯一幸存者。辛老板给你那么多钱,换成一般人,就会接受辛运的条件,千万钞票到手,将事情捂掉。俗话说死无对证。既拿钱,也不得罪姓辛的,可你不这样。"

"我向你哥和死难的船员发过誓,而且是血誓,"她严肃地说,"我不能违背承诺。"

"承诺有啥用?"

"什么叫有啥用?一诺千金,做人怎能不讲诚信?"

欣跃嘲笑:"眼下社会有多少人讲诚信?"

"是呀,"水波感慨,"过去认为正常、应该的事情如今成了希罕物。"

"这正是社会的大问题。"欣跃激动地站起来,"根本无所谓诚信,你去看看,弄虚作假多少。什么大公司、小公司,知名、不知名的,能假则假,能骗就骗,一句话,赚钱第一。"

"这样下去怎么得了?"

"咱们小老百姓有啥办法?"欣跃耸耸肩,"跟着混呗。"

"如果是你,你选择哪一种?"水波突然尖锐地问。

"我?"欣跃没料到她会这么问,一愣。他明白水波所问,但假装没听懂,"你指什么?"

"诚信和不诚信,你选哪一种?"水波目不转睛地注视着他。

"我……"欣跃下意识地避开那如电的目光,顿了一下,说,"我当然选诚信,做人应该讲诚信。"

水波笑笑。从那不自主避开的眼神,和迟缓无力、言不由衷的语言,水波明白他在说谎。此刻,她真正明白了,这是这个阿欣和那个阿欣最重要、最本质的差别。不过话说回来,也不能要求所有人都如此。他也就是他所谓的"一般人"吧。

欣跃也意识到水波似乎看出什么,为掩饰,说:"刚才我的话随便说说,说真心话,我真觉得你了不起,我崇拜你。"

水波明白他想什么,装得无所谓的样子,说:"闲聊,无所谓,说啥都行。"

"说心里话,我崇拜你,我……"

"别说了!"水波想不到还是这一套,举手打断,极为严肃地说,"阿欣,我希望你别再用这个词。"

"这确是我真心话。"欣跃表白。

"真心话也不行,我不想再听到。"

"好,好,"欣跃点头,"我不用这个词,换个词。"

"换什么词?"

"换……"欣跃偏着脑袋,"换成佩服、钦佩。"

"不行,"水波厌烦,"我不要听这些肉麻的恭维话,不要听!"

"那你要听什么呢?"

"说点有用、务实的话,譬如你帮我出出主意。"

"出啥主意?"

"你看我外表挺硬,其实内心很软弱,"水波坦诚,"自从上次被绑送到精神病院以及这次遭截访,我心里一直害怕,我担心被辛运手下人或是警方抓去。"

欣跃又点上一支烟,喷着烟雾、皱眉思索,一副老成持重、足智多谋的样子:"我觉得警方逮你去的可能性不大,甚至没有。"

"为啥?"

"警方不同黑社会,抓人得有个名目。你说他们用啥名目抓你?"

"他们……可以用我以不正当手段非法取得'罗马人'一次性适航证的罪名。"

"嘿,不可能。"欣跃否定。

"为啥?"

"以这条罪名拘捕你当然可以,"欣跃分析道,"但你是执行老板辛运的指示,办你必定要将辛运拖出来。现在上头是尽力保护姓辛的,所以尽管心里恨你,也不会碰你。"

"我也想到这点;可我担心会不会只办我不碰辛运。冤假错案有的是。"

"这不可能,"欣跃摇手,"公安司法虽然问题不少,可还没到这种程度。"

"你能保证?"

"当然能保证，"欣跃自信地说，"若要拘捕你，那天在火车站截访就是最好机会。当时我确实为你担心，结果放了。我和小云他们分析就是由于我刚才说的原因。总之为了保辛运，他们不会办你。"

"警察也许不会动我。"水波承认欣跃说得有道理。"可辛运那伙人就难说，上次绑送我至精神病院，我担心又会使出啥恶招。"

"这倒是，"欣跃赞同，"这帮家伙黑得很，啥事儿都干得出来。"

"那咋办？"水波不安，"我就担心这个。"

"首先注意自我保护，这儿地址电话保密，一般人别告诉。"

"这方面我已经注意，这儿地址除我母亲、小云现在还有你和习医生没人知道。"

"少外出。若出去也要提高警惕，注意是否有人盯梢或者跟踪。"

"我很少出去，"水波指着匍匐脚边的华华，"即使出去我也带着这个小保镖。"

"汪汪，"华华似乎响应，叫两声。

"好！"欣跃赞扬，"还有我和小云他们都会保护你。我每天都会来。"

"每天来就不必要了，你还要干活挣钱。"

"那些都不重要，"欣跃忘了刚才水波的厌烦，老调重弹，"你的事最重要，我说过我要像保护眼睛似的保护你。"

"好了，不说这些，"水波心想又来了，忙刹车，转换话题，"你刚才说的有关安全方面事项都对。可我不能成天龟缩在家里。总得让辛运给个说法，你想想，下一步怎么走？"

"我想过了，接下去咱们可以做两件事。"欣跃跷起腿，微微摇晃。

"哪两件?"

"首先咱们组织一批遇难家属到好运来公司示威。"

"游行?"

"不是游行,游行得要公安局批准。咱们在'好运来'公司门口阶沿上静坐。"

"这是个办法。这样做的有吗?"

"有,"欣跃摆手,"在街上我常看到,有民工索要拖欠工资;有抗议强迫拆迁;还有因为医疗事故等等形形式式。除去咱们几个,再找几个遇害家属中上年纪的老头老太。"说到这儿他激动地站起来,双手比划,"每人胸口挂个牌子,上写:'黑心老板还我亲人'。那儿是龙阳市最热闹的地方,你想这影响有多大。"

"这……"水波想象现场场景,异常兴奋。这对辛运来说无疑是一枚重磅炸弹。不过仍有些疑虑,问,"这样做有问题吗?"

"有啥问题?"欣跃反问,"咱们是静坐不是游行,静坐是不用申请和批准的;更重要的是咱们矛头是对黑心老板,不是共产党。咱们是维护自己合法权利,怕啥?"

"对!"水波握拳,"就这么干,我找小云商量一下。"她提醒他,"没有行动之前,注意保密。"

"放心,我不是一撮毛,口子紧得很。"

"这是个好主意。你刚才说还有个办法?"

"很简单,上网发帖子呀,"欣跃大声,"他们管得住《龙阳日报》、《龙阳电视台》,管不住网络。"

"这我倒也想过。"

"那为啥不行动?"

"我总有点怕。"

"怕啥？"欣跃追问。

"怕……"水波涨红脸，"怕把事情闹大，我也说不清。"

"水姐！"欣跃喊，"现在就是要把事情闹大，越大越好。大了惊动上面，就有戏了。"

"我明白。"水波不得不承认他说得对，相比之下，自己太懦弱、太保守了。从这场谈话中她深感这是个人物。他身上有着世俗尘埃和俗气。但他聪颖、智慧，还有着与他年龄不相称的世故和老练。对这个世界、这个社会，他比她了解得深刻和多得多。

3

好运来航运股份有限公司所在的好运来大厦是龙阳市标志性建筑。位于海滨大道和红星路的交界处。这是龙阳市最热闹、最繁华、最漂亮的地段。大楼门前有一小块场地，门厅呈弧形，正面有五级大理石阶梯，两旁有车道汽车可以直驶上去，十分气派。早晨8点钟，正值上班时间，男女20多人，其中一半是上年纪的老人，出现在公司大门口。他们面色凝重、神情激兴。好几个人胸前挂着纸牌，有的上书："'罗马人'海难真相"，有写："还我亲人"。这平常不多见的热烈场面立即吸引路人。人们停下脚步，纷纷前来观看。人越聚越多，从几十人到上百人。很快门前场地上站满人，有的站到马路边和马路对面。

一些看了宣传牌的路人纷纷议论。

有的说："啊！'罗马人'原来是这样沉没的。27条人命呀！"

有的骂："这个老板太黑心了！"

有人呼喊："该枪毙！"

……

几个身穿黑制服、酷似警察的公司保安进行驱赶，嚷嚷："走开，走开，这儿门口不许待。"

"小兄第，别这么凶，"水波对一个凶狠、像是领班的保安说，"我们是遇难家属，我们这是维护自己权利。"

"啥权利不权利咱不知道。走，这儿不许待。"保安说着，凶狠地将水波猛推一把。

"你？"水波一个趔趄差点摔倒。

"妈的，你敢打人？"一旁的欣跃叫起来，要冲上去。

"别动。"朱小云拉住他，走向那个凶狠的保安。

"嘿，"保安耻笑，"小娘，你骨头痒痒？"说着挥拳，朱小云头一歪，但脚下却轻轻一扫，保安扑通摔在地上，引来一阵哄笑。

欣跃拍拍爬起来的保安肩膀："省跆拳道冠军，还想试试吗？"

保安不吭声，揉着摔痛的屁股。

朱小云对另几个虎视眈眈、跃跃欲试的保安说："还有谁想过招？来吧。"他指着坐在阶沿上一些上年纪的遇难家属，"关照你们，这些大爷、大妈可别乱碰，要不有个脑震荡、骨折什么的，你们可赔不起。"

保安都灰溜溜地走开。

这时来了一伙警察。一个胖胖两杠一星的警司神色严峻："你们干吗聚在这儿？"

"干吗？"欣跃指着身边一块牌子，"请你看看这个。"

水果阿兴说："警官同志，咱们这是维权。维权知道吗？"

"维权也不能在这儿。"

"那在哪？"水波问，"你给咱们找个地方。"

"……"警司一下说不上,少顷说,"你们这样影响交通,你们看这么多人围观。"

欣跃指指脚下同时用脚蹬蹬:"我们这是在公司大楼,不是在马路上,怎么妨碍交通了?"

"可这么多人围观,"警司手一指,"看,这许多人,有的已经站到马路上。"

"老百姓围观很正常,"欣跃说,"不能不让他们看。"

"你们警察可以维持秩序,"水波说,"让站在马路上的走开,不要影响交通。"

胖警司见自己话不起作用,使出杀手锏:

"你们这是破坏稳定,破坏安定团结。"

从交通上升到稳定和安定团结,这是个重大政治问题,事情性质一下变了。通常老百姓都畏惧这种吓人的政治大帽子;但如今这些遇难家属却吓不倒。亲人都死了,为亲人讨个说法总该可以吧。

王文英像在课堂授课,慢条斯理、有板有眼地说:"稳定和安定团结当然重要;可中央领导也强调,不能以稳定和安定团结为借口掩盖矛盾,更不能作为阻止群众揭露贪污腐败和重大责任事故的借口。"

"警察同志,"须发花白,胡子拉碴的徐长万叫起来,"安定不是不让咱老百姓说话,也不是保护这些贪得无厌的黑心老板。"手指宣传牌,"我唯一的儿子阿明就在这船上送的命。如果是你,你的亲人就这么不明不白地死了,你会怎样?"

胖警司被问住了。他想起什么,转移视线,指挥身旁警员:"将马路上人赶开,不要妨碍交通。"同时用对讲机向上报告。

4

此时在大楼 28 楼董事长豪华的办公室里,辛运像俗话说的热锅上蚂蚁,急得团团转,大下巴上下颤动。虽然中央空调室温在摄氏 22 度,但身上止不住冒汗。他想不到逃出精神病院、稚嫩的水波会来这一手,厉害呵!纵然不上电视、不登报(他相信对此市里会控制),但俗话说,好事不出门,坏事传千里,顷刻间,龙阳市三百万人就全知道了。他感到一种前所未有的恐惧。

"辛总,照片来了。"暴眼施云龙手捧一叠刚印出的照片进来,毕恭毕敬地放在桌上。

辛运忙翻看。除水波,照片上人他都没见过。他指着一个醒目的大块头,问:"这胖子是谁?"

"这是船长罗全布的儿子罗根兴。"施云龙介绍。

"他干啥活?"辛运问。

"摆水果摊,外号水果阿兴。"

"呵,"辛运点点头。作为他左膀右臂的办公室主住,施云龙就有这点本事。他知道他啥时需要知道什么,所以事先将各方面情况都摸清。他又指着一个身穿红 T 恤衫,同警察争辩的青年,问:"这个呢?"

"这是水手长欣荣的兄弟欣跃,开出租车的。"

"瞧他同警察说话的这副样子,"辛运点着照片,"多嚣张。"

"他是今天的领队和现场指挥。"

"嘀铃铃……"桌上电话刺耳地响起来。

"喂!"施云龙拿起听筒,喂后,说声是,立即毕恭毕敬地将听筒交给辛运,"周书记。"

"是我。"辛运接过听筒,大下巴抖动着,"好,我马上来。"

第十六章　网络混战

1

作为市政法委书记兼公安局局长的周涛深感此事棘手。当初听说"罗马人"沉没真相后，他也很震惊。以前他曾听说好运来公司倒腾废船的事，他从未过问，想不到这次出这么大事情。毫无疑问，这是一次重大责任事故。他很清楚，他之所以能有今天，除自身努力，很大程度上靠辛运，得了他巨大的好处，他欠他一份厚重的人情。面对辛运的恳求，在情和法的天平上，他倒向情。但他有个原则，手下公安系统少介入，适可而止，不要做得太出格。为此他想出让好运来公司将水波送精神病院。应该说这是步好棋，想不到一个主治医生搅和，将事情搞砸。水波逃出精神病院，而且走群众路线，与死难者家属相结合，形成合力，制造群体事件。对一个城市治安负责人来说这是最头痛、最可怕的事情。

"周书记，好运来的辛总来了。"秘书报告。

"请他进来。"

辛运惶恐地走进书记办公室，关上身后房门。

"辛总，请坐。"政法委书记指着沙发。

辛运心里动了一下。以前周涛总是喊他"辛叔",今天却称"辛总",显得生分。为什么?

"情况你知道了?"他问。

"知道。"周涛颔首,心想,作为公安局局长、市政法委书记,这种事我还能不知道?问,"你打算怎么办?"这是他找辛运来的目的。

"我……"辛运的大下巴张开又合拢,"我想只有靠市里了。"

"靠市里?"周涛随意地转着手里的金笔,反问,"你说我们公安该怎么办?"

"抓人嘛!"辛运张开大下巴,同时将手一按,做了个抓的动作。

"抓人得有个名目,你说我们以什么理由去抓他们?"

"啥理由?"辛运未免激动起来,他觉得这个精心培养的接班人胆子太小、太右倾了。大下巴一张一合,"理由多得很,首先一条破坏治安,扰乱公共秩序。"

周涛知道他的想法,说:"我也想过,可破坏治安,扰乱秩序只是帽子,得有具体事实,怎么破坏?怎么扰乱?"

"事实?"辛运愈来愈激动,涨红脸,昂着头,"那么多人游行、聚众闹事不是事实?"

"注意,"周涛纠正他,"人家可没上街游行。"

"没上街游行,可那么多人挂着牌子坐在我公司门口。"

"法律也没规定坐在公司门口犯法。"

"……"辛运语塞。

"辛总,我知道你希望我们抓人,可我们不能随便抓。"周涛解释,"现在不同过去了,说实话,以前比较随便,一个派出所所长,就可以抓你、关你几个月,局长更不得了。现在上面管得很严。拘传持续时间不得超过12小时。抓人得有确切证据,犯罪嫌疑人逮捕后羁押期限不得超过两个月。另一方面，老百姓的公民意识比以前强多了，敢于表达自己意见，而且很注意法律策略，譬如水波一伙，他们不上街游行，而是在你公司门口静坐，这不犯法，警方就不能随便抓。"

辛运知道他不肯采取措施是给自己留后路，避免卷入太深。心里不禁骂：滑头！但嘴里又不好说，只能愁眉苦脸地问："那咋办呢？"

周涛仰靠在老板椅高高的椅背上，半晌，抬起身子，说："解决这个问题有两个途径。一是硬的，警察抓人，刚才我说了，不行。另一条途径是软的。"

"怎么软法？"

"钱能通神，用钱来解决。"

"我在英国一家保险公司为'罗马人'投了保，每名遇难者家属可以拿到一笔可观赔偿。目前还未下来，可能还需要一段时间。"

辛运只说了一半，他担心的不是时间，而是保险公司若查实"罗马人"投保资料有造假行为，赔偿金就成问题。对死难者的赔偿费用就得由投保造假人承担。

"先不谈保险赔偿事，我是说你们公司。公司先拿出一笔钱来，抚慰遇难家属，缓和化解矛盾。"

"可以呀，我也想过这样做；不过怕不行。"辛运否定。

"为啥？"

"现在他们是要追究事故责任，不是钞票。"

"归根结底是钞票。"周涛大声，"世界上所有事故，空难、海难、各种交通事故，最后还不都落实到钱。"

"恐怕不行，"辛运没信心。

"我认为可以，"周涛分析，"人是世俗的，只要你钱给得到位，我可以肯定目前这伙人中除极少数顽固分子，不少人在钱的面前会转向。"

"有些人会，"辛运大下巴微微抖动，"水波不会，我试过了，再多钱不能打动她。"

"那你就用别的办法。"

"我还能有啥办法？"辛运苦着脸。

"你要充分利用精神病这一条。"周涛从椅子上站起来，郑重地说，"尽管她现在人不在精神病医院，可她神精病帽子戴上了，而且是神经科权威刘文甫教授给戴的，她翻不了。"

"嗯，"辛运哼一声。

"我知道你最害怕的是她对你的揭露举报。"

"对呀，"辛运大下巴一抖，"不怕这个我还怕啥？"

"精神病人在法律上是无民事行为能力人。公安、检察，对神精病人的举报是要打问号的，不会轻易立案，"周涛坐回椅子上，"这件事我向文书记也汇报了。"

文书记是龙阳一把手，听说向文书记汇报了，辛运忙问："文书记怎么说？"

"文书记很关心，指示对神精病人要给予治疗，同时要注意舆论导向。要正面引导，负面、消极东西不要见报。"

"对呀，"辛运欣喜同时关切地问，"那今天的事情不会上报？"

"当然不会。"

"这就好。"

"不过你不要太高兴，"周涛泼冷水，"龙阳咱们可以管住，可管不了全国。"

"全国一样。我看报上中央领导讲话，都要抓舆论导向。"

"是这样。平面媒体好管，网络可麻烦。"周涛一副谈虎色变样子,"网络威力大呀,渎职、腐败、好多事儿都是在网上捅开的。你没听说,现在一些干部不怕上级就怕网络。"

"这我听说。"

"我想这事儿水波迟早会捅到网上。"

"我也担心,"辛运忧心,"听说你们有网警,你们能管住吗?"

"互联网全国、全世界互联。咱们即使能管住龙阳的网站,别处网站罩不住。"

"那咋办?"

"言论自由。她说,你也说,你可以组织一批人。"

"我明白。"

"你要抓住要害。首先,精神病,要抓住不放,你想,一个精神病说的谁会相信?再有,她的为人。"含蓄地,"你对她很了解,她也很贪财?"

"以前是这样。"

"这些都要摸准、挖深、写透,让人们知道这是个什么样的人。"

"有道理。"辛运若有所悟。

"还有更重要的是证据。"

"证据?"

"法律是讲证据的,水波指控你的唯一证据就是船长罗全布的那个笔记本对吗?"

"对,对。"辛运连连点头。

"那个笔记本你还没拿到?"

"我找了很多地方,至今没拿到。这丫头,不知她藏在哪?"

"总有一天会露头,"周涛自信,"你要严密监控。"

"是。"辛运像一个接受任务的警察。

"现在她用的是复印件。人们有理由怀疑,这是不是出自罗全布之手。"

"我明白,明白!"好似黑屋打开一扇窗子,辛运豁然开朗,想起什么,试探地说,"不过仅靠我手下监控怕还不行。你是不是……"

"咱们的事你不用操心。"周涛摆摆手。

"谢谢!"辛运感激。

"辛叔,"周涛改口换成原来称呼,显示亲热。启发地说,"你有很多事情好做呵。"

辛运真明白了,这是政法委书记对他的又一种帮助。他不能躺在他身上,他真有许多事情好做。为示感激,他取出一张银行卡:"阿涛,这是30万元。"

"不用,"周涛拒绝,"你用钱的地方很多,留着吧。"

"我有。"

"不行。"周涛态度坚决。

辛运还想说什么,周涛用手指指指房门、再点点自己的嘴唇。他觉得不能再说什么,只得告辞。

送走辛运,政法委书记兼公安局局长周涛陷入沉思。"罗马人"事故是无论如何包不住的。但辛运必须要帮,而且已经帮了。帮他也就是帮自己。他已经陷进去了;但不能陷得太深,他只能这样做了。看来刚才一番话,姓辛的是领会了。为了保自己,他会不遗余力去做。他相信会有一场网络大战,他就等着看结果了。若辛运胜,水波就会被搞臭,这件案子就不成立,那最好;若水波胜了,面对舆论,作为公安他可以适时介入,立案侦查,为时也不晚。

这就叫进可以攻,退可以守。

2

在好运来公司门口的静坐示威,引来老百姓的围观,产生很大影响。如此大事,龙阳市的报纸、电视、电台竟然都熟视无睹,没有记者来采访,更没有报道,好像压根儿没有这回事。美其名曰"稳定"。这是水波预料到的,辛运的后台太强大了,他们不仅控制上访,而且控制舆论。但真的这样,仍感沮丧。她不知道下一步该怎么走?就在这时朱小云来电话:

"刚才接到'好运来'公司通知,明天上午10时召开'罗马人'遇难海员家属座谈会。"

"我不知道嘛,"水波意外,"其他人知不知道?"

"我问了欣跃和王文英,他们都收到了。"

"就不告诉我?"

"很明显,"朱小云拉开大嗓门,"他们就是想避开你,你得去。"

"我当然去!"

这是海难发生后好运来公司第一次正式召开遇难家属会议。避开她,不让她参加,说明他们心里虚。这无疑也是一场战斗,她倒要看看他们要弄什么花招。她刚想拨欣跃电话,"的哥"却打进来:

"水姐,明天上午公司开会你知道吗?"

"知道,刚才小云告诉我。"

"你去不去?"

"当然去。"

"好,我明天来接你。"

第二天上午9点欣跃就驾着他的夏利来了,三刻钟后来到海滨大道好运来公司。

水波和欣跃走进位于大厦 27 层的公司第二会议室。对这里她太熟悉了。窗帘的色彩、房间当中那巨大、椭圆形仿红木会议桌和座椅,以及四壁墙上的绘画,都是她亲自设计挑选的。曾几何时,作为公司总经理助理、办公室主任,她在这儿召开会议,发号施令。如今却是个被拒之门外、不受欢迎的"危险人物"。

与会者陆续到来,该到的都到了,独不见水果阿兴。

"阿兴怎么没来?"水波问朱小云。

"听说他有事昨天到外地去了。"朱小云说。

水波也就没在意。这时一个穿制服的保安来到她面前,说:

"水小姐,请你出去。"

"为啥?"她问。

"今天开的是遇难家属会议,"保安板着脸,凶狠地说,"你不是遇难家属,请你出去。"

"你这什么话?"水波大声,"我不是遇难家属可我是海难的受害人。"

"对呀,"旁边的朱小云声援,"她是唯一幸存者,这会怎能不让她参加?"

"你算什么?"欣跃跳起来,一副英雄护美的架势,"你有什么权力不让她参加会议?"

"我……"保安涨红脸,转头望着前面,此时接替水波位置的总经理助理、公司办公室主任暴眼施云龙走了进来。大家都知道,保安是根据他的指示。

"如果不让水波参加会议我们都退出。"朱小云大声声明。

"对,我们退出。"

"我们退出。"

第十六章 网络混战/211

欣跃、许飞飞、王文英、徐长万等十几个人齐声喊叫,有的甚至站起来准备出去。

"好,好,请大家坐下。"施云龙摆手,他只得让步,心里却说,看你神气,有你倒霉的日子。

水波感激这些失去亲人的人,他们给予她信心和力量。

施云龙撸撸稀疏的头发,用暴眼扫视一下众人,清清嗓子说:"辛总因有要事委托我和大家见面。首先我代表辛总和公司全体员工向诸位家属表示最诚挚的慰问,同时向'罗马人'号遇难海员致哀。"说着,他低下半光秃的脑袋。

水波默默看着他的表演。对此人她颇为了解。当初他是她的副手办公室副主任;但他不甘心,一心想取而代之。当面阿谀奉承,说好话;背地里却使坏、搞小动作。如今他终于如愿以偿坐上她的位置。

"今天请诸位来主要是发放一些抚恤金。"施云龙继续说。

"多少钱?"欣跃打断他。

"10万,每人10万。"施云龙从包里取出一袋卡片,"这里是银行卡,会后来领取。"

人们议论。

"一条人命只10万?"许飞飞责问。

"现在煤矿矿难死亡的矿工每人都有三四十万。"徐长万说,"咱们的人可是跑远洋的呀。"

"对,对!"家属们齐声。

会场立时哄起来。

"你们听我说,听我说。"施云龙边喊边用双手往下压。

"好吧,大家听他说。"朱小云起身维持秩序。

人们静下来,视线聚焦施云龙。

"大家误会了,"施云龙抹抹额上沁出的汗水,"这10万块钱是公司临时提前发给大家的。"

"啥叫临时提前？"许飞飞问。

"'罗马人'号是在国外保险公司保的险，赔偿金也由国外保险公司支付。大家知道，保险公司办理赔是需要一段时间的。辛总考虑到大家家里的困难，决定先由公司垫付一笔钱。"

"将来保险公司会赔偿多少？"欣跃问。

"这个还不清楚。"施云龙说。

"国外保险公司赔偿总比国内高了。"许飞飞尖声。

"那肯定。"王文英说。

"是的，"施云龙也点头，但讳莫如深地说，"不过有一个重要情况我必须给大家说一下。"

"啥情况？你说。"许飞飞说。

"是这样的。"施云龙瞥一眼水波，"现在有个别别有用心的人，散布谣言，说'罗马人'是因作假而沉没。"

"这怎么是谣言？"水波忍不住责问，"这是铁的事实，我就是当事人。"

"对不起我不和你争论，"施云龙显得很有风度，"尽人皆知，你是精神病患者，我不想和精神病人说话。"

"我没有精神病，这是你们对我的诬陷。"水波厉声。

"这不是我们今天讨论的话题，"施云龙不屑，"请别打断，听我说下去。"

"你说，但我声明，对你所讲的诬陷和歪曲事实的地方我有权驳斥。"

"听便。"

家属们在感情上都站在水波一边；但他们也想听听反面说词。会场气氛原本就不轻松，如此更显得紧张。

"刚才我说了，"施云龙展开他的巧舌，"大家不要相信造假谣言，更不要再传播。我这样说，你们可能会认为我这是包庇公司的错误。其实不是，我是为你们，为全体遇难的船员家属。"

"别花言巧语，"朱小云说，"说说理由。"

"理由很简单，"施云龙暴眼圆睁，振振有词，"现在正处于理赔调查阶段，一旦保险公司知道'罗马人'数据有造假，就会拒绝赔偿，到时候倒霉受损失的还不是大家？"

施云龙的话像一颗炸弹在会场上爆炸。说一千、道一万，死者家属目前最关心的是赔偿。外国保险公司若知道"罗马人"有数据造假，肯定拒绝赔偿，国外的大笔赔偿金岂不泡汤？人们激动地议论。水波看出这是今天这个所谓恳谈会的真正目的。就是要在家属们最关心的保险公司赔偿问题制造混乱，蛊惑人心，让人们放弃追究造假的责任。形势严峻。

"施云龙，你造谣！"她大吼。

"大家听水波说。"朱小云帮着维持秩序。

会场重新静下来，目光聚焦水波。

"保险公司一旦听说并且核实'罗马人'资料有造假行为，赔偿确实会有问题，"水波承认，"但是决不会影响死难者应得的赔偿金，从法律上说，赔偿责任就由造假者承担。"

"打个比方，"朱小云插话，"就好比我们买了一台机器，这台机器是名牌，而且在保险公司保过险，可用不多久就坏了而且伤了人，去找保险公司。保险公司审查后发现是冒牌货，最后追究造假的人，由造假者赔偿并且罚款。"

"这个道理是一样的，"水波接着说，"如果保险公司查出'罗马人'有造假，不给赔偿，那这个赔偿责任就要由造假的好运来公司承担。赔偿不仅不能少，作为受害者，我们还可以要求加重处罚，加倍赔偿。"

"对，"人们兴奋，"我们可以要求加倍赔偿。"

"她骗你们！"施云龙喊叫，"大家不要上她当，别听她的。如果国外保险公司不赔，国内公司是不会赔的。到时候你们的赔偿就泡汤。"

"赔不赔由不得你们，有法律。"水波针锋相对，"施云龙，我可以告诉你，不管你和辛运用什么手法，耍什么花招，我水波铁了心，一定要将这次海难真相揭露，为遇难的海员讨回公道！"

3

在遇难家属座谈会上，揭露了施云龙企图利用保险理赔、分化遇难家属的阴谋。水波并不高兴。她觉得这件事的是非曲直，应该让更多人知道。她希望获得社会舆论的支持；但现在没有舆论支持她。好似被关在一个无门无窗、不见天日的黑房子里，憋得透不过气来。她要开个透气孔、凿个窗户，将新鲜空气和灿烂阳光引进来。这个窗户就是网络。以前她常上网。她知道网络是把双刃剑，是个开放的世界。她可以揭露、呐喊；但也会遭来怀疑和攻击。这件事一旦上网，肯定会获得众多网友的支持；也会遭到对立面辛运一伙人的反击。不知会有多少污水泼在她身上。她犹豫、踌躇，但她相信真的假不了；假的再怎么着也不会变成真的。为欣荣和"罗马人"遇难的海员，现在她只有拿起这一武器，投入战斗。

在大大小小、成百上千的网站中她选了一个名不见经传的良心网。她希望就像网名一样，讲良心。花一个通宵，反复修改，她用实名写成《27条人命呀》的帖子：

我是个造假的罪人，也是个造假的受害者。

我是龙阳市好运来航运公司职员。公司在国外低价购买了一艘万吨货轮"罗马人"。该船是一条报废船，应进拆船厂，是不能营运航行的。老板辛运为利润，许诺船长罗全布以重金，让他造假修改"罗马人"有关数据，取得适航证。将船开回国。同时给我高额奖金，让我到当地通路子取得一次性适航证。我见钱眼开，而且此前在国内不止一次这样干过，从未出过事，因此我不当回事。老天爷是公正的，上帝惩罚了造假者。今年3月3日"罗马人"在印度洋遇上风暴，不幸沉没。我和船长、水手长、轮机长三人爬上一个救生筏。在筏上船长死前讲了他怀着侥幸心，接受老板的钱，篡改船的数据的情况。他捶胸顿足、懊恨不该贪财，不该造假。他拿出一个珍藏的笔记本，他说他将事情经过都记在上面。大家都十分震惊，我也讲了根据老板的要求，用篡改的资料，通路子取得适航证的事。我也痛恨自己，我对不起大家。

船长临终前希望活着的人将笔记本带回去，将"罗马人"遇难真相公诸于众。轮机长和水手长相继死去，就剩下我。笔记本到我手里。他们是不相信我是否会按老船长说的做。我发誓：如果我活着，我一定将笔记本带回去，为遇难海员讨个说法。

经过64天的漂流，我侥幸活了下来。回来后的第一件事我找老板辛运，希望他能面对这次事件，我表示我愿意同他一起去自首。他说我是神经有毛病。我是唯一幸存者，死无对证。只要我不说，这世上谁也不知道。为封我的嘴，他愿给我公司百分之五的股份，还有100万元现金和一套别墅。说实话，我也喜欢钱；但我在印度洋上发过血誓，我不能对不起那些死去的人。

以后情况可以想象,我被绑送至精神病院,强行戴上精神病帽子。我的行动都受到监视。我向公安局报案至今未曾立案。我和遇难家属赴京上访遭拦截。给报社反映也石沉大海。辛运是著名企业家,身价过亿的大老板,还是市政协常委。我是一个平头百姓,无权无势的弱女子。他说过,我同他斗那是鸡蛋碰石头。确实如此,可我能收手吗?不,那是27条人命呀!

我有罪;可我想赎罪,做个好人。我想信守承诺,可诚实守信为何这么难呵?

一石激起千层浪,27条人命的帖子引起巨大、强烈反响,被很多有影响的网站转帖,跟帖像雪片似的飞来。网友热血沸腾,情绪激烈。

署名"小老百姓"者写道:"读了《27条人命呀》,一时间全身的血都凝固了,震惊,实在震惊!哀悼27条鲜活的生命,庆贺唯一幸存者,若不是她,我们永远不知道'罗马人'沉没真相。"

署名"天上的鹰"说:"'罗马人'不是被印度洋的风浪击沉,而是毁于利欲熏心,脑袋瓜子里只有钞票,无视人生命的奸商之手。严惩黑心老板!"

"守望正义"哀叹:"我们有假烟、假酒、假药、假文凭、假证件、假名牌、假……如今冒出万吨轮造假,假,假,还有多少假?这实在是我们民族的悲哀。是时候了,我们必须向假宣战。"

"太阳黑子"分析:"造假老板毫无疑问,有一顶遮天蔽日的保护伞,否则他不会如此猖狂。"

"照妖镜"指出:"绝对权力绝对腐败。权力需要监督,媒体舆论监督是一柄有用的照妖镜,可以照出贪赃枉法者的嘴脸。中央也强调舆论监督,奇怪的是在龙阳市、这柄照妖镜被当权者藏进'稳定的保险箱',是时候了,该拿出来晒晒太阳。"

"长夜明月"感慨:"诚实守信是中华民族的美德,一诺千金是老祖宗的遗训。可如今信守承诺却成了傻逼、奢侈品、希罕物。要抗争,要冒着生命危险。我不懂,这个社会怎么啦?"

……

读着这一篇篇热情的跟帖,水波激动不已。她看不见这一个个热情的人;但感受到一股正义的力量,正是这力量支撑、推动着她。她也知道,这只是开始,对方必然反击,狂风暴雨,雷霆万钧,该来的都来吧。我等着。

4

"这个婊子!"看到网上的帖子辛运暴跳如雷,而且忍不住用粗话骂出来。他知道网络的厉害,也知道水波会借助网络。可事情真的上网公诸于众,他说不出的恐惧和紧张。"小施,你怎么样?"他问施云龙。

"我已经组织了一批水军。"施云龙报告。

"啥水军?"辛运不懂。

"水军就是……"施云龙一时想不出恰当的解释,想了想,说,"就是网络作战部队,也可以说是雇佣军,他们根据我们的要求上网发帖子。现在有人专干这一行。"

"要钱吗?"

"当然要。"

"钱不在乎,"辛运摆摆手,"要多少给多少。文章要泼辣、锐厉,要揭她老底,要铺天盖地,在气势上压过她。"

"是,"施云龙保证,"辛总,你放心,除了大批水军,我还会亲自写帖子,在数量和气势上一定压过她。"

"好,就看你的。"

施云龙找了一家熟悉、名为"通天"的网站,表示"资助",条件是支持好运来。有些网站本就唯利是图,认钱不认人,何况"罗马人"事件是最热门、最卖座的话题,何乐而不为。网络是个自由世界。大批帖子就像大批炮弹,从这个自由世界发出。

"手术刀"的"精神病说的话你能相信",说:

"水波27条人命的帖子着实耸人听闻。可这完全是一个精神病人的臆想和胡言乱语。由于受强烈刺激,经龙阳市精神病院和著名精神科专家、刘文甫教授鉴定,水波患有反应型间歇性精神病。"为证实所言不虚,还公布了病史资料和专家会诊记录。

看了这条帖子,习文挺身而出,以实名而且是主治医生名义发帖指出:"水波虽然受过强烈刺激,但未患精神病,是个正常人。"

帖子一出立即召来围攻甚至人身攻击。

"打鬼"说:"水波反复说自己不是精神病。这不奇怪,几乎所有精神病人都说自己没有精神病。这的确说明她有精神病。奇怪的是身为精神病医生的习某也竟然同唱一个调,而且公然和精神科专家权威唱反调,说她未患精神病。这就不能不令人奇怪了。据知情人透露,原来习某是醉倒在水小姐迷人的石榴裙下。此人对漂亮的女病人向来有些不清不楚。为此三年前老婆同他离婚。这次他又和水波上床并利用主治医生权力为其摘去精神病帽子。"

"夜行人"说:"尽人皆知,法律上精神病人是无民事行为能力的人。一个精神病的胡言乱语我们有理由怀疑其真实性。"

还有更厉害的。"揭画皮"的《水波是什么人》中写道:"水波出身工人家庭,父亲是机工,她上小学三年级时父亲因车祸丧身。母亲是小学教师,工资微薄,可以说她是在贫困中长大。看着别的有钱人的生活她非常羡慕,并在心中立下誓言:将来要多挣钱、挣大钱,要出人头地!高中毕业后她考入外语学院英语系,同时自学日语和法语。2003 年毕业,进入好运来航运公司。在公司里她是著名钱袋子,财迷心窍,认钱不认人。

"她长得漂亮而且会三国外语,深得总经理辛运的青睐。她知道,即使自己再聪明、再能干、懂再多外语,靠打工发财、挣大钱是不可能的。只有依靠跳板。而老板辛运是现成、也是最好的跳板。辛老板喜欢她,她正中下怀,上了辛老板的床,成为小三。辛老板其貌不扬,而且比她大 18 岁。其实她爱的不是辛老板其人,而是他的亿万资产。她要求辛运离婚,将她扶正。辛老板窥探到他的心机,敷衍搪塞。她深为不满。

"以前她一直想乘船游历。这次她赴欧州出差,正好'罗马人'回国,要经过黑海、地中海、苏伊士运河和印度洋,这是个好机会,便决定随船回国,作一次免费旅游,谁料在印度洋遭遇风暴,'罗马人'不幸沉没,船员全部遇难,她侥幸活了下来。但精神受到强烈刺激,但她觉得这是个不容错过、发大财的好机会。反正死无对证,精心编造了一个所谓辛运指使船长作假篡改'罗马人'数据,和指使她走门路骗取船舶适航证,致使'罗马人'在印度洋沉没的重大事故的故事。以此要挟辛运,最初要求赔偿 2 000 万元,仍不满足,进而要求分得公司百分之三十的股份,否则就告发他。辛老板断然拒绝。于是遭来厄运。这就是举着诚信大旗、行诈骗之实的水波小姐。"

辛运妻子毛琴也以受害者身份发帖大骂水波是"看中他们亿万家财,破坏他们家庭,勾引她老公的狐狸精"。并说:"我曾经当面骂过她，让她滚，离开公司。这无耻的狐狸精就是赖着不走。现在又编造所谓'造假'的故事，企图勒索、陷害我们。"

第十七章　阿兴反水

1

水波尽管有思想准备，辛运一方会反扑；但看了"水波是什么人"和辛运老婆的帖子她不由气得浑身发抖。

"流氓、无耻、造谣……"她恶狠狠咒骂。也许因为激动，她觉得胸口隐隐作痛，胃也不舒服。

相依作伴的华华看出主人的不舒服，在她脚边来回转悠，似乎想帮她忙。

"咚，咚，"有人敲门。

"汪，汪，"华华叫了两声。

水波打开房门，是习文。她也不说话，默默让习文进来，关好门。

习文看她一脸怒气，问：

"怎么啦？"

"你看看网上这些帖子。"她指着桌上打开的电脑。

"我看了，"习文说，"我正是为这而来。"

"你相信这帖子上说的吗？"水波凝视着他。

"我怎会相信。"习文抬抬眼镜。

"我相信你会判断。"水波怂怂,"造谣也造得太离奇了。这个什么辛运的老婆,我从未见过面,根本不认识,却说她骂过我,同我谈过话。"

"他们就是靠造谣取胜,目的是搞臭你。"

"对我个人诬陷、诽谤倒也罢了,"水波不无歉意,"而且连累了你。"

"这有啥,"习文不以为然,深情地瞅着她。

水波避开习文灼热的目光:

"更可恶的是竟然造谣说'罗马人'造假是我编造的。"

"网络世界就这样,"习文一副过来人样子,"很可爱,也很混蛋;有正义,也有邪恶。"

"可也不能公然造谣。"

"造谣又不要纳税,"习文笑笑,"有些人就靠造谣来支撑。"

"这是铁的事实,"水波昂着头,"谁也否认不了。"

"我相信这是事实。可又有谁能证明?"

"证明?这要啥证明?'罗马人'沉没难不成是假的?"

"'罗马人'沉没是事实;可什么原因沉没,是正常事故,还是因为数据造假造成的责任事故?"

"当然是造假造成的。"

"那你得拿出证据来。"

"证据?"水波拿出船长罗全布的笔记本复印件,"这是罗全布亲笔,上面详细记载着他和辛运的卫星电话通话内容。辛运答应给他 30 000 美金,让他造假篡改'罗马人'数据,骗取适航证。这是最有力的证据。"

"应该是很有力,"习文拍拍,"可这是复印的,在法律上作为证据必须是原件,复印件是不行的。"

"我有原件哟。"

"为啥不拿出来?"

"现在这副样子,对龙阳的公安我哪能相信?"

"这倒是,"习文赞同,"你一定要藏好。"

"我知道,这好似我的生命。"水波说着用手按住胃部。

"你怎么啦?"习文看她不舒服的样子,关切地问。

"我也不知道,"水波摇头,"有点反胃。"

"是不是吃了什么不洁净的东西?"

"没有哟,现在我生活极简单,中午就吃了点泡面。"

"你体质虚弱,要注意营养。"

"我知道,"水波洒脱地说,"不说这个。我想将船长这笔记本内容发到网上,给造谣的家伙一个回击,你说行不行?"

"当然可以,不过那些人也会说这是你伪造的。"

"让他们说去,"水波不以为意,"都这个时候了,反正我该说的就说。"

"现在网上是混战状态,"习文剖析,"很多人赞扬、同情、支持你;也有许多人质疑,根据这种情况,我认为你需要做两件事。"

"哪两件?"水波信任地望着他。

"第一件,首先要想法摘下头上精神病帽子。据我所知,这对你很不利。"

"我知道,精神病无民事行为能力,精神病说的话要打问号。"

"对呀,这是社会现实,也是人们的习惯思维。本来我是想帮助你的,现在看来不行了。"

"我知道,这事儿还给你带来麻烦。"

"我不在乎。问题是如何帮你摘掉这顶帽子,现在看来仅仅是我不行了,我力度不够。"

"那你打算怎么办?"

"中国人崇拜权威。我有同学在北京一家著名精神病医院工作,那是国内最权威的精神疾病鉴定机构,我想请他们给你做个鉴定。"

水波说:"行。第二件呢?"

"第二件就是藏好你的宝贝笔记本,找机会用证据说话。"

2

习文和水波来到北京。

这是一家被认定有司法鉴定资质的著名精神病医院。习文通过同学找到著名精神病专家应向前教授。应教授听说水波是印度洋幸存者而且饱受争议,非常重视,亲自给她检查和鉴定。首先做了头颅CT、脑电图、共济运动障碍、平衡试验等多项检查。这些检查在龙阳都做过,但各家有各家的规矩。检查结果一切正常,排除因脑部器质性病变引发的精神病。然后做了智商测定。测得智商为:110—120,不仅不傻,而且属于优秀的智力。最后按照精神病学的要求,细致观察与之对话。除一般精神病院通常考察询问病人的200道答题,应教授还提出一些别说有思维精神障碍,就是一般知识贫乏,不太注重学习的正常人也很难准确回答的问题。譬如教授问:"现代社会健康的标准是什么?"

水波毫不犹豫地说:"完美的健康标准应是躯体无疾病困扰,体格健壮,而且要心理健康、健全,适应环境,与社会相协调。"

"好,"教授又问,"现在大家都在说要建设和谐社会。请你说说,如何建设和谐社会?"

"和谐社会一定是法制社会。要加强法制建设,彻底铲除权大于法,实现社会的公平正义,解决老百姓的生存之忧,让人民活得有盼头,有尊严。"

"好!"应教授赞许地点点头,并写下鉴定语,"受鉴定者经检查身体健康,脑部无器质性病变。家族和本人均无精神病史。接受过高等教育,有较高智商,思维正常、敏捷,有逻辑性,而且富有道德感、理智感、责任感和洞察力。不存在任何精神障碍。"他感慨地对习文说,"这样健康、正常的人也会诊断为精神病,真不晓得你们龙阳精神病院怎么搞的。"

习文也不知该怎么说,就和水波一起向教授表示真诚感谢,两人走出了医院。

"这下你头上这顶精神病帽子可以摘下来了。"习文高兴地边走边说。

"应该是没问题了,"可因为遭遇打击和曲折太多,水波仍然免不了担心,"不过龙阳那帮人可能仍然不认账。"

"不认账也没用,"习文用手指弹弹鉴定书,"这上面大红图章敲着哩,谁不认咱们就同他打官司。"

"打官司也没用,"水波摇头,"你不是说精神病不同于一般常见病,对精神病鉴定没有统一标准。刘文甫也是教授权威。"

"这倒是。"习文未免有点泄气。

水波不说话,站住,用手捂着胃部,面色发青,似乎很难受。

"你怎么啦?"习文关切地问。

"胃里难受,想吐。"水波走到路边,张大嘴巴弯腰想吐,但只吐了几口酸水。

"去看看。"习文提议。

"不用了。"

"反正就在医院里，去挂个号很方便。"

两人来到门诊部。挂了西医内科。中年女医生给她量了血压、检查了腹部，然后问："你呕吐反胃感觉有多久？"

"没多久，就最近。"

"想吃酸的东西吗，譬如话梅？"

"有一点。"

"结婚了吗？"

"没有。"

女医生下意识地瞥一眼旁边的习文，又转脸问水波："平常例假准不准？"

"还可以。"她意识到这个问题的意思，心想这不可能。

"那最近这次来了没有？"女医生盯着问。

"没有。"

"过多少天了？"

"大概……"她沉吟，"大概一个多星期。"

女医生迅速开了一张化验单："去验验小便。"

水波接过化验单，不由看了一眼习文。她觉得此时习文真不该在身边，后悔不该听他的话，来这儿看病。习文也意识到，但他认为这不可能，水波没结过婚，为人也比较严肃正派，没有相恋的男友，也没啥乱七八糟的关系，不可能怀孕。好在化验单也开了，最能证明的是科学。他说："走吧，去化验一下。"

"你走吧，"水波绷着脸，"我自己会去。"

"你？"习文一愣。

"不用你陪，"她大声说，"我自己会去。"说着扭头疾步走去。

她将尿样交给化验室，然后坐在旁边长椅上等待结果。她心里翻腾得厉害。她没料到会有这样的事，怎么可能呢？但是反过来又觉得完全有可能。她眼前浮现出印度洋救生筏上那疯狂、难忘的日日夜夜。那是她最真诚、最刻骨铭心的爱人给她播下的爱的种子，现在发芽结果了。他不在了，但她有一个新的、流淌着他的血液，蕴涵着他的基因的新的生命。这是上天的恩赐，也是他生命的延续。要做母亲了！她兴奋、激动，同时又惶惑、不安。她从未做过母亲，她知道抚育孩子不是件易事，尤其她现在的处境。眼下她和好运来公司的斗争正处在最关键阶段，她有很多事情要做。一个襁褓中的孩子将会给她带来许许多多、意想不到的困难和麻烦。

心乱如麻！

"水波！"忽听得有人喊。

声音是化验室里发出的，告之她取化验报告。她抖抖索索站起来。从座位到取报告窗口只两步之遥；她却觉得有百米长。她迟疑地走到窗口，接过化验单，妊娠反应明白无误地显示：阳性。

真的，她要做母亲了，一个孤独、困难重重的母亲。

"怎么样？"习文走了过来，关切地问。

她不吭声，将化验单默默递给他，然后静静观察他。

听了刚才女医生的询问，习文已经有预感，但看到化验单上显示的妊娠阳性，他心里还是"格登"挨了重重一击。刹那间，一种混合着惊诧、受辱、恼怒和无以名状的复杂情绪拥塞在他脑海中。男人都有妒忌，他也不例外，他无法想象自己钟爱的女人，突然怀孕了。有人抢了他的先，而且他不知道此人是谁。

"他……"习文涨红脸，他想问：他是谁？你为啥不告诉我？又觉得不恰当。是呀，他爱她；可她并未接受他的爱。因此他也无权提出这样的问题，提了她也无义务回答，而且那很蠢。

"他在天上,"水波知道他想问什么,指指天空,然后严肃地说,"我说过,我不适合你。但是我不会忘记我们的友谊,再见。"说完就飘然而去。

在天上?他是谁?又怎么会在天上呢?习文觉得这是一种托辞甚至是戏弄。想起网上的一些非议,难道她真的不检点?习文满腹狐疑地望着水波远去的背影,一种难以言说的迷惘、失败、屈辱和苦涩的情绪弥漫在他心头。

3

"呵,阿欣,我的爱,"水波望着挂件中欣荣的照片,喃喃自语,"你赋予我新的生命,新的希望,新的未来。我们有孩子了!"她想象着不知男孩还是女孩?男孩、女孩都一样。她要将她和他的爱,糅合一起,给予他(她),将他(她)培养成人。她想象着小生命给她带来的欢乐。想着给他(她)起名字,买玩具、买衣服……她忘了现实的烦恼、忧愁,沉浸在做母亲的喜悦中。

但是网上一个新帖子,却似重磅炸弹将她的憧憬、喜悦和一切的一切炸得粉碎。帖子是船长罗全布的儿子罗根兴所发,题目是"决不允许玷污我的父亲",其中写道:"网上盛传有关好运来航运公司'罗马人'号沉没事件、水波所发'27条人命'的贴子,引起巨大的关注和轰动。我仔细阅读和研究了水波披露的所谓'船长的笔记本'复印件,我非常愤怒。这完全是对我父亲的污蔑。我父亲18岁上船,勤勤恳恳,为人正直,从不偷懒耍奸。我母亲长年患病,经济条件不好;但他一直教育我们要本分做人。这些与他共事的同事和左邻右舍都有目共睹、有口皆碑。凭他对船舶性能和安全的了解，他不可能为钱，拿自己和众多船员的生命作儿戏，篡改造假'罗马人'的数据，骗取适航证。正如'水波是什么人'帖子揭露的，这完全是水波为达到自己不可告人的目的，编造的一个故事。为此我仔细研究了笔记本复印件上的字，虽然刻意模仿，但绝对不是我父亲的笔迹。作为遇难家属，我要求对这种别有用心，弄虚作假，诋毁、玷污他人的人绳之以法。"

水波真是目瞪口呆，她怀疑自己眼睛，以为眼花看走眼。睁大眼睛，屏住呼吸再看。帖子上清清楚楚写着："我是'罗马人'号船长罗全布的儿子罗根兴。"眼前不由浮现出那个挺着肚子、性情豪爽，热情正直，支持她，发誓做她坚强后盾，共同战斗，要为冤死的父亲和"罗马人"遇难船员伸张正义的水果阿兴。怎么会这样？他不是一般遇难者家属，他是船长罗全布儿子，他的话不仅会制造混乱，而且会产生很大影响。怎么办？她首先想到给朱小云打电话。

"帖子我看了。"朱小云也很气愤。

"做人怎么可以这样？"她声音带哭。

"这家伙是个财迷，"朱小云分析，"一定是被辛运收买了。"

"我也这样想，"她气愤，"我想去找找他，当面问问他。"

"可以呀，"朱小云赞成，"你再联系一下欣跃，多几个人一起去。"

"行，"她当接打电话给欣跃、许飞飞和王文英。许飞飞美甲店活忙走不开，王文英要上课也没空。只有欣跃，立即驾着他的小夏利赶来，拉上她和朱小云，三人驱车来到青山路罗根兴水果店。这里街道狭窄，两旁是一些两三层楼的房子，大多年久失修，显得陈旧。阿兴的水果店在路拐角处。单开间、门面不大。门楣上悬着一块牌子："阿兴水果店"。旁边还画着西瓜、苹果、香蕉、菠萝等五颜六色的水果。但卷帘门却拉了下来。

"大叔,"水波问隔壁烟杂店老人,"看见阿兴吗?"

"没有,"老人摇头,"好几天没看见这胖子了。"

"你知道他去了哪?"朱小云问。

"不晓得。"

"我来过,"欣跃说,"他就住后面,即使他不在,他老娘瘫痪在床,天天在家。"

"对,去看看。"水波和小云赞同。

在欣跃的引领下绕到后面。房门虚掩着。

"笃,笃,"水波勾起手指,轻敲两下。没人应。

"你太文雅了,"欣跃说,"敲重些。"说着用拳头"咚,咚"擂了两下,果然有效。

"谁呀?"从里面传出一个女人虚弱、黯哑的声音。

"我们是阿兴的朋友。"水波和朱小云、欣跃进入室内。房子低矮,窗户很小,且拉上窗帘,里面光线昏。由于不见阳光,有一股潮湿的霉味。里面家具也很破旧。一个瘦弱、面容憔悴的老妇斜躺在床上。这是阿兴的母亲。

"阿姨,"欣跃走到床边,亲热地说,"我姓欣,是阿兴的朋友,曾来看过你。"

"呵,呵,"老太太连声呵呵,像是记得又好似不记得。

"伯母,我们来看看你。"水波说。

"谢谢!"老太动动身子,抱歉地说,"我也没法招待你们。"

"不客气。"水波切入正题,"阿兴的水果店卷帘门怎么拉上了?"

"他不做了。"老人回答。

"不做了?"水波看一眼朱小云和欣跃,"那他做啥?"

"哪晓得，"老太气愤，"原本蛮好的家，被他赌输了。"

"他赌博？"水波意外。

"早先朋友间玩玩，输赢不大。去年鬼迷心窍，想发财，进赌场。"

"赌场就没底了。"朱小云说。

"可不，"老人叹气，"开始还赢，后来输了，输了想翻本，越输越多，家里一点积蓄全输光，最后借高利贷。"

"还借高利贷？"水波惊问。

"借了，听说借了七八万，具体数目我也不清楚。"

"放贷的都是些狠角色。"欣跃说，"到期不还，不会放过他。"

"正是。"老人谈虎色变，"有一天那些讨债的人拿着刀子上门，说是不清债就卸他腿和胳膊。吓得我呀……"说着啜泣起来。

水波和朱小云想不到竟然这样，非常同情。

"这么说，他是临时出去躲债了？"朱小云问。

"也不是，"老人摇头，"最近他好像发了财。"

"发财？"水波奇怪。

"欠的那个高利贷赌债好像还了，"老人抹抹眼角的泪痕，"而且还买了房子。"

"还买房子？"水波更惊异。

"老婆孩子一起搬走了，没有房子住哪？"老人反问。

"这倒是，"朱小云说，"你知道他搬哪儿？"

"不晓得，我问他、他也没说。"

"他为啥不将你带走？"欣跃问。

"我是个累赘，他怎会带。"老人显然不满，但随即转口，"他要带我也不会去。这老屋住了几十年，我死也要死在这儿。"

"那你生活咋办？"水波不由同情。

"我有退休工资，每月900元，我请个人帮我烧点饭，饿不死就行。"说着哭起来，"老头子不死就好了。"

水波安慰她："阿姨，你别伤心。"

"听阿兴说，外面有人议论，说那条船沉的原因是我们家老头子造假，"说到这儿，她支撑着抬起身子，"我同他结婚30多年，全布是个老实人，那种弄虚作假的事儿他是不会做的。"

水波看看小云和欣跃，说："阿姨，我知道罗船长是好人。你放心，这事儿会弄清楚的。"

"我也晓得你们是好人，"老太满怀期望，"你们可要主持公道，说公道话呵。"

"你放心。"水波答应。

走出阿兴家，望着街上熙熙攘攘的人群和阿兴水果店紧闭的卷帘门，水波心里不仅说："阿兴，你在哪儿呢？"

第十八章　龙阳市公安局通告

1

此时水果阿兴正蜗居在距离龙阳60公里、一个名叫林水的小镇上。阿兴今年36岁，初中毕业。小时候他也曾经很聪明。当海员的父亲成年漂泊在外，只有每年公休时回来一两个月。平常不在家，对他无暇顾及。母亲是纱厂工人，活儿累，身体不好，加之文化程度不高，除去供他吃穿，别的事很少管。他基本处于放任自流状态。凭着聪慧，小学成绩还不错，进中学后由于贪玩，逃学，成绩日渐不行，好容易熬到初中毕业，他再也不想读了。罗全布和妻子无可奈何，听之任之。他闲荡在社会上。他进钢铁厂，当过炉前工，高温烘烤，他嫌苦怕累，干了两年，不干了。罗全布想让他继承自己衣钵，当海员。他觉得漂洋过海，周游四方，很不错，可踩上船甲板，晕船。还没去太平洋、印度洋，只在国内近海，青岛、大连跑跑，他晕得不行，不能吃东西，反胃呕吐，连黄水都吐出来。两个月不到，肚子瘦了一大圈。罗全布让他坚持，说晕几次会好的。他受不了，弃船上岸，当了逃兵。改行做小生意，到浙江义乌贩卖小商品。来回倒腾，赚头微薄，但很辛苦。四年前改行做水果生意,开一爿小水果店,赚不到大钱;但马马虎虎也过得去。麻烦的是他迷上赌博。像所有赌客一样,最初只是小来来,不知不觉上瘾。赢了喜不自胜,还想赢;输了不服气,想翻本。越输越多,不仅将几年来水果店赚的一点积蓄输光,还借了8万元高利贷,如今利滚利,已欠下整整10万元。他根本无力偿还。债主黑鱼头的人拿着欠条和砍刀,一次次上门讨债。正当他惶惶不可终日,四处躲债时,他接到一个电话:

"你是罗根兴,水果阿兴?"男人的声音,口气有点严厉,但不是太凶,不像讨债的。

"我,我是,请问……"

"最近一直在躲黑鱼头的债吧?"男人问。

"呵,呵……"他不知如何回答。

"我知道有人出了价,"声音冷冷的,"一条胳膊一万元,一条腿一万元,你总共欠10万,胳膊、腿都算上,还欠6万。"

"啊!"他叫起来,"别,别,我会想办法还钱。"

"你哪来钱?"声音严厉,"将你那破店里的西瓜、苹果全都卖了也抵不上个零头。"

"我……"他语塞。

"你怎么样?"

他看到一张铁板脸和一双严厉的眼睛。

"我……"他还是答不上。

"这样吧,"电话里似乎换了个人,语气由严厉转成平和,甚至还带点亲切,"我来替你还。"

"你……"阿兴以为听错了,"你是谁?"

"别多问,"电话里声音又变得严厉,"告诉我,你想不想保住你的胳膊和腿?"

"想,当然想。"

"那好,今晚7点你到人民路天庆楼大酒店3楼芙蓉厅包房来。"说完,警告道,"你一个人来,这事儿不许对别人说。"

"是,你放心。"

挂上电话,他反复寻思:这会是谁呢?难道是黑鱼头那帮家伙?但想想又不像。天庆楼大酒店位处市中心,是一家高级酒店。那儿人来人往,生意兴隆,黑鱼头想要卸他胳膊斩他腿,应该将他绑到荒郊野外,人迹罕见处,不可能选那个地方。

那么这又是谁?他为啥说帮我还赌债?

去,还是不去?他犹豫不决。去,可能有风险;不去又止不住诱惑。他决定猜一元硬币,数字的一面去;花的一面不去。抛了三次,两次数字,去!为防不测,他口袋里藏了一把锋利的新疆英吉沙匕首,必要时拼一下。天庆楼是高级场所,该穿得像样些。他脱下身上油腻的T恤衫,换上一件服装摊上买的化纤西装。

6点钟就来到天庆大酒楼附近,站在马路对面,监视着那座10层高的建筑,想看看有什么异样。夜幕降临,华灯初上,正是用晚餐的时候。马路上车来人往,酒店里客人出出进进,十分热闹。观察了半小时,没看出任何异样。而且也没人注意到他。再看看,他心里说。换个位置继续注视,又过了20分钟,仍然没有任何引人注意的地方。

他决定进去,死活就看这一遭了。他下意识摸摸袋里的匕首,穿过马路,来到金碧辉煌的酒楼门口,一个长发垂肩、身穿粉红旗袍,手拿定位簿的小姐欠身问:"先生,定位了吗?"

"三楼,芙蓉厅。"他答,同时环顾左右。

"请上楼。"另一个同样装束的小姐手指电梯。

他走进电梯,按了3。出了电梯。长长、铺着红地毯的走廊两边都是一间间包房。他找到芙蓉厅,走进去,里面一张铺着洁白桌布的圆桌，上面陈列着精美的餐具。旁边放着漂亮的沙发，室内却空无一人。他心里忐忑，坐在沙发上，环顾四周，心想在这种地方动刀子、卸胳膊、斩腿恐怕不适合吧？只有吃饭，难道这神秘家伙真请我吃饭？

"先生，你喝什么茶？"一个服务小姐进来恭敬地问。

"茶？"他顿一下，"随便。"

"那喝铁观音吧。"服务小姐推荐，"咱们这儿的铁观音是上品。"

"行呀。"

服务员送来茶，给他杯子里满上。他呷一口，看手表，7点过5分，怎么还不来？呵，不会是耍我？若耍别说饭菜钱，就这包房和茶钱也得上百元。他想打电话，可不知对方是谁，也不晓得电话号码。决定再等5分钟，若不露面，找个借口滑脚开溜。

5分钟过去，他正欲起身，房门打开，一个身穿笔挺淡灰西装、中等身材、半秃顶、长着一双暴突金鱼眼的男人昂首走了进来，身后跟着一个剃光头、面露凶相的随从，手里提只黑色牛皮公文包。

金鱼眼接过光头手里的公文包，示意他守在门外，光头会意，点点头，转身出去，将门带上。

来人的作派、气势、随从，以及身上笔挺闪亮的西装，都将水果阿兴镇住。这显然是个大阔老，混世道以来从未和这样的人打过交道。他从沙发上站起来，一时不知如何是好。

"你一定想知道我是谁。"金鱼眼的暴眼瞪着他。

"是，是，"他嗫嚅，"先生，你是……"

"你不认识我可我认识你。"金鱼眼打开公文包，从里面取出一张6寸照片，丢给他，"你看看。"

阿兴接过照片，一看怔住，那是他脖子上挂着牌子，在好运来公司门口兴师问罪的照片。

"你是……"他疑惑地看着金鱼眼。

"现在我可以告诉你，"金鱼眼摆谱，"本人是好运来公司办公室主任、总经理助理。"

"呵，你是施主任，久闻大名。"他捧了一句。

"没想到我会找你吧？"施云龙的暴眼斜睨着他。

"没想到。"阿兴承认，"这么说施先生真的愿意替我还赌债了？"

"当然真的。"施云龙打开公文包，"你瞧。"

他迅速地瞥一眼，里面一叠叠簇新百元大钞。想起什么，不屑一笑：

"这些本来就是我的钱。"

"这是你的钱？"施云龙睁大暴眼。

"那天公司招集遇难家属开会我没去，可我听说了，你们发给每个家属10万元。"说着就伸手去拿钱。

"别动！"施云龙大喝一声。

吓得他将手缩了回来，责问："为啥我的钱不给我？"

"听着：这不是你的钱。"施云龙厉声说。

"那我父亲的抚恤金呢？"

"你父亲的抚恤金10万元已经交给你母亲。"

"给我母亲？"

"对，按照法律要给配偶。"

"我就没分了？"

"那是你们家的事，怎么分配，我们不过问。"

他双手抱头觉得晦气。姓施的说得也对，这是他们家庭内部的事。老娘多少会分给他一些；但她长年患病，欠了不少债，需要钱，手头紧，将10万元全都给他，让他还赌债，是不可能的。

"施主任，这么说你是耍我？"

"怎会耍你？"施云龙拍拍公文包，"这钱你也看到了，可是真钞。"

"我明白了，"阿兴恍然大悟，直白地说，"你要同我做交易？"

"没错，"施云龙开诚布公，"大家都是生意人。"

阿兴看着装钱的公文包：

"这里面有10万？"

"一分不少，整10万。"施云龙肯定。

"都给我？"

"当然了。"

"好，你说吧，要我做啥？"

"很简单，只要你在这份资料上签个字。"施云龙从公文包里取出一份打印稿。

阿兴接过，标题是《决不允许玷污我父亲》，看后明白了："你们要我帮你们老板的忙，造假。"

"这不是帮我们老板的忙，"施云龙否定，"是帮你父亲的忙，是维护他的名誉和形象。"

"维护我父亲的名誉？"

"据我们了解，罗船长口碑非常好，是个正派人。"

"我老爹确实不坏。不过正派人有时也会做糊涂事，就像他自己在笔记本上记的，一时鬼迷心窍，再说抱着侥幸心理，闯下大祸。"

"不对，"施云龙连连摇头，"你上当了，这些故事都是水波别有用心编造的，你父亲绝不会那样。"

"可我看了笔记本，字迹是我老爸的。"

"你看的原件还是复印件?"施云龙问。

"复印件，原件从没看到过。"

"阿兴，你上当了，复印件很容易造假。在法律上作为证据一定要原件。那份笔记本复印件是水波模仿你父亲笔迹伪造的。"

"这样?"他倒真有点疑惑了。但再想，父亲的字他很熟悉，那复印件上的字和语气确实是父亲的。再说模仿笔迹少量还可以，多了就不容易。父亲用日记记录，连着好多天，有上万字。造假模仿不太可能。他确信是真的。而且他明白身为公司办公室主任、总经理助理施云龙找他的目的。让他，罗全布的儿子出面，否定水波的指控，这确实是一着好棋。不过这样做，要违背父亲希望揭露"罗马人"遇难真相，惩处黑心老板，为遇难海员讨公道的遗愿。他对不起那些死去的人。而且会受到水波和那些共同战斗的遇难家属的指责和咒骂。但是反过来再想想，船已经沉了，人也死了，都是些普通老百姓，不存在追认英模一类事情。"讨个说法"，不过就是追究责住，惩罚责任人。作为生意人，他敏锐地看到商机——重大商机。对他来说，钱最重要、也最现实。心里有底，他不紧不慢地说：

"施主任，'罗马人'沉没可是件大事，27条人命呀，不仅经济上要赔偿，还要坐班房吃官司呀。"

施云龙听懂，谈价码了。凭着之前对这家伙的了解，他料想会走到这一步。他指着皮包，直截了当地说："这10万元现金只是一部分。"

"还有多少?"阿兴也开门见山地问。

"还有10万。"

他摇摇头，意思是懒得开口。

"再加10万。"

仍然摇头。

"你到底要多少？"施云龙恼怒，但憋住气。

"再加这个数。"他伸出两个手指。

"20万？"

"正确，"他举起一只手，"总共这么多。"

施云龙心里骂一句："混蛋！"嘴里却答应，"行，敲定。"

"还有。"

"还有什么？"施云龙想不到还有问题。

"你们得给我解决房子。"

"给你解决房子？"施云龙想不到会冒出这个问题。

"你想想，我现在住的那地方水波他们都晓得，我这帖子发出后他们一个个来找我，我咋顶得住？"

施云龙想想也是，说："你有钱了，自己去买房子。"

"说得轻巧，"他一拍桌子站起来，"就这50万，还掉10万债，剩下40万，再买房子，我往后生活咋办？"

"你再去摆水果摊、开水果店或是做其他生意，不能一切赖在咱们身上。"

"不行，你们得给我解决房子。"他一口咬定。

"你想要什么样的房子？"施云龙忍住气，退后一步。

"我不要市区也不要太好的。"他明白姓施的心思，"只要乡下马马虎虎，凑合能住的。"

"看样子你已经看好地方，说说看。"

"我想在林水弄一间两居室的旧房子，那儿是乡下，房子尤其是旧房子便宜。"

"多少钱？"

"10多万，最多不超过20万。"

事情到这一步，施云龙也无可奈何，这步棋非走不可，要不老板那儿不好交待。想不到这混蛋签个字要如此大代价,心里骂声:"无赖!"嘴里说,"好,就这么说定了,最多不能超过20万,而且别再有啥新花样。"

"施主任,你放心,就这么定了,"阿兴心花怒放,拉过装钱的皮包,"这10万我先收了。余下60万打到我卡上。"说着写了个卡号。写罢将打印好的《决不允许玷污我父亲》拿过来,"钱全部到账,我立马签字。而且你转告辛老板,以后我就是他的人了,我要和你们并肩战斗!"

施云龙不由在心里狠狠骂一句:无耻!

2

阿兴也觉得自己无耻,不过他需要钱,太需要了!他不能偷,也没本事抢,碰上这种送上门的发财机会他不得不抓住。这许多钱,他卖水果卖到死也赚不到呵。只是良心上过不去,有愧于冤死在印度洋的父亲和那些撑船郎。他只能在心里说声:对不起了。让他惧怕的不是那些死人而是活人,是水波和朱小云他们。他们一定恼怒、气愤,恨他这个叛徒。此时此刻他们一定在四处寻找他,找他算账。他害怕,他要远离他们。除了搬家,他将手机卡也换了,新的号码连老娘也没告诉。但这时手机响了。什么人的电话?他自问,想不出,他没给过任何人这新电话号码?那么这又是谁?看看来电显示号码,不熟悉。他想接可又害怕。手机执拗地响着,而且震动,似乎让他非接听不可。最后几秒钟,他鼓起勇气,拿起电话,按下通话键。

"你终于接电话了?"电话那头的男人似乎看到他的惧怕和犹豫。

"你，你是谁？"

"公安局。"冷峻但清晰的声音。

"公安局？"他一愣，公安局怎会知道我这新电话号码，"我不信。"

"不信？你往外看看，我们警车就停在你楼下。"

"警车？"他探头窗外，果然看见楼下有一辆警车，胸口不由咚一下，"你们要抓我？"

"谁说抓你？"对方反诘。

"那你们干吗？"

"我们请你去局里谈谈。"

"请我？"他将信将疑。

"当然，还派警车接你。别磨蹭了，快下来吧。"

关上电话他仍犹豫。是否真的是警察？会不会黑道放高利贷的冒充？有可能；但不会，前几天他将所欠赌债连本带利都已还清，他们没理由再来找他。那是水波他们？也不会，他们不会冒充警察，而且也弄不到警车。那么找他的会是谁呢？再看一眼下面，确实是辆警车。他这就奇怪了，自己一个卖水果的摊贩，根本不在警察眼里。平常有啥事儿，警察居高临下指示几句，或是通知他，到派出所去，从没派警车接的。愈想愈不对头。他想找个地方藏起来，可就一个房间，屁大的地方，根本无处藏身。想跳窗逃跑警车就在下面。不由急得身上冒汗。就在这时响起咚咚敲门声。

他颤抖着打开房门，两个身穿制服的警察立在门口。

"你怎么回事？"其中一个年纪稍大的问，声音中有点不耐烦。

"呵，我……"一时不知该说什么，"呵，你们咋晓得我这儿？"

"警察嘛，"年轻的不无自豪地说，"随便你去哪，只要在地球上，要找你还不容易。"

"对，"他点头，"可你们真的是警察？"

"怎么，你怀疑？"

"对不起。"他赔笑脸。

"你看看，"年长的掏出警官证。

他看了看，确是真警察，心放下来。

"走吧。"年轻警察摆摆手。

"好，"想起什么，"呵，我要不要换件衣服。"他身上穿件旧T恤衫。

"不用，"年长的说，"又不是去相亲。"

他只得锁好门跟警察下楼。

警车风驰电掣不多会就到了市里，开进气派的龙阳市公安局，他被引进一个像是接待室的小房间，带他来的两个年轻警察说句"会有人接待你的"，将他撂下走了。

房间里很安静，室外有点热，但室内开启中央空调，很舒服。他脑子不由又开始转动。用警车接，而且在这样的房间，看样子是有点规格的。将要会见他的是什么人？又为啥要找他？像电影回忆镜头似的，他捋捋自己的事儿，除去赌博、高利贷，就是上周找发廊里的那个安徽妹嫖过一次。这些事儿通常派出所治安民警管，用不着来此地。那么又是什么事情将他弄来这儿？他实在想不出。

不明不白地等待——尤其是在这种地方等待，是最让人心焦和心慌的。

他觉得等了很久，其实只有10分钟。等待总是感到时间长。他知道有地位、有身份的人都这样。你一个摆水果摊的角色只能等待，等吧。好似考验他的耐心，又过了10分钟。这时房门被推开,一个瘦高、长着一双小眼睛,肩上扛着两杠两花的男警官和一名一杠一花的女警官走了进来。他本能地站起来。

女警官摆摆手,示意他坐下,然后介绍:"这是我们刑侦大队匡队长。"

"你好,匡队长。"阿兴忙欠身。

"坐吧,"匡正随便地说。锐利的小眼睛眯成一条线,注视着水果阿兴。一眼看出这是个认钱不认人的势利小人。不过他们正需要这样的人,尤其是船长罗全布的儿子。对他那个《决不允许玷污我父亲》的帖子局长周涛十分重视,指示要他找罗根兴面谈,将其谈话作为重要证词固定下来。为此这家伙才荣幸地被警车接到这儿。

"你是罗全布儿子?"匡正问,女警官记录。

"是呀,"阿兴强调,"亲生儿子。"

"你母亲叫什么?"

"我母亲姓王,叫王巧珍。"

"她做啥工作?"

"她原来在纱厂工作,因身体不好,早就退休。现在半身不遂,躺在床上。"

"你有几个兄弟姐妹?"

"我曾经有过一个妹妹,我15岁那年她生病死了,现在就我独子。"

"你什么文化程度?"

"我初中毕业,高中读了一年就辍学。"

"你做什么工作?"

"个体户,开水果店。"说完加一句,"小本买卖,混饭吃。"

"网上那篇《决不允许玷污我父亲》的帖子是你写的?"

"是,是我写的。"

"你有没有见过水波说的、你父亲的笔记本原件?"

"没有,从来没有。我只看到复印件。"

"你熟悉你父亲的字?"

"熟悉,从小看到大,太熟悉了。"

"你肯定复印件是伪造的?"

"肯定,百分之百肯定。"

"你这样说是不是因为受到他人威胁?"

"威胁?"他拍拍胸口,"没人敢威胁我。"

"也没受到利诱?"

"利诱?"

"就是给你钱。"匡正小眼睛盯着他。

"没有,"他想起暴眼的嘱咐,摇头,"没人给我钱。"反问,"谁给我钱了?没有。"

匡正心想:演得还不错。不过正需要他这样。他含蓄地说:"既然如此,我们相信你的话。而且你要对自己的话负责。"

"我负责。"他保证,"我不会乱说。"

"你看看这个记录,并且签字。"

女警官递上记录,他看了一遍,签上名。

水果阿兴这才明白,用警车专程将他接来,原来是怕他变卦,要他签字画押,再次确认《决不允许玷污我父亲》帖子出自他之手,是他自愿写的,没人威逼利诱。

公安局和好运来两家配合得真好呀。

第二天,在龙阳市公安局官方网站上,龙阳市公安局发表一份《通告》:

龙阳市好运来航运公司"罗马人"号海轮遇难沉没事件,引起各方面关注。究竟是公司负责人指使船长造假、篡改船舶数据,骗取航行证,致使该船在印度洋沉没;还是某些人别有用心，为图私利编造的故事，各方说法不一，严重对立，致使事情扑朔迷离，真假难辨。我们将本着以事实为依据，以法律为准绳，以证据为重，拨开传言迷雾，公正细致立案侦查。澄清事实真相，给众多网友和关心此事的群众一个交待。并依法惩处违法犯罪分子。

龙阳市公安局《通告》发布后，署名"照妖镜"者在网上发出题为"撕开水果阿兴画皮"的帖子。写道：

"经过人肉搜索，调查摸底，罗根兴嗜赌成性，为赌博将经营的'水果阿兴'水果店也卖了，并且欠下巨额高利贷。在'罗马人'遇难海员家属中，他原本积极支持水波公布'罗马人'海难真相，向好运来公司老板讨说法。此前水波和遇难家属都曾问过他：笔记本复印件上的字是不是你父亲写的？他斩钉截铁说是。如今却180度大转弯，说不是他父亲笔迹，是伪造的，说水波玷污了他父亲。水果阿兴为何出尔反尔？很简单，见利忘义，水果阿兴被银弹击中，玷污了自己父亲。"

帖子再次在网上引起纷争。

遇难家属朱小云和王文英发帖，证明他们亲耳听阿兴说过：

"老爸的字我太熟悉了。"

"这复印件上的字百分之百是我父亲写的。"

阿兴的叔叔和阿姨以及阿兴的一些好友则发帖，说水果阿兴是个正派人，从不嗜赌，更不欠高利贷。最初他受到水波的蒙骗，后认清其真面目，所以写《决不允许玷污我父亲》的帖子。

为证明水果阿兴的品质高尚，不会弄虚作假，网友"以诚待人"发帖称，他是阿兴水果店的老顾客，阿兴做生意规规矩矩，从不以次充好，短斤缺两。而且拾金不昧，有一次一位老人将钱包忘在他店里，里面有一万多块钱。阿兴物归原主，还给人家,受到老人称赞。总之水果阿兴是老实人,不会说谎。

  水波知道,这一切全都是有计划、有预谋、有组织的。但对不明真相的网友来说,孰真孰假?一时确也难以分辨。

第十九章　习文被打

1

　　小阿欣似乎急于来到这个世界，水波感到他日长夜大。原本平坦的肚子一天天鼓起来。天热，衣服单薄，看上去更明显。是的，她要做母亲了。这让她高兴；也让她焦虑。罗根兴的帖子在网上发布后，虽然有"照妖镜"揭他的画皮，朱小云、王文英等作证，但还是产生很大影响。因为他是罗全布的儿子，人们本能地相信他；而且还有众多人帮腔，替他说话，证明他是好人、正派人。这显然是辛运一伙组织的，声势浩大。造谣一万次就变成真理。一些原本支持她的人有的倒戈，对她产生怀疑。遇难海员的家属，除武馆朱小云、欣跃和水手徐明父亲老工人徐长万，二管轮方群妻子王文英等不多的几个人仍然支持她。有的像迟伟公开退出，与她划清界线；还有像美甲店的许飞飞等一些人也疏远了。龙阳市公安局的《通告》貌似公正，却暗藏玄机。他们就是辛运的后台和保护伞。斗争愈来愈尖锐，也愈来愈复杂。小阿欣在此时降生真不是时候呀。

　　下一步该怎么办？一筹莫展，真想找几个人来商量商量。这时响起咚咚敲门声。

"汪，汪，"身边的华华习惯地吠两声。

"谁？"她警惕地问。

"我。"

她听出是欣跃，打开门。

"水姐，"欣跃像以往一样提着一个马甲袋水果兴冲冲进来。"这可不是阿兴水果店的。"欣跃声明。

"当然，你干吗买？"

"没啥，一点香蕉和苹果，都是你爱吃的。"欣跃将马甲袋放在桌上。

"坐吧。"水波倒了一杯水。

"水姐，你脸色好像不太好？"欣跃关注地看着她。

"是吗？"为了不让他看见腹部，水波侧身坐在他对面。

"我知道你心烦。"欣跃善解人意，大骂水果阿兴，"这家伙太卑鄙、太无耻了。再怎么着也不能干这种出卖良心的事。"

"没办法，社会就是这样，"水波感叹，"有些人为了钱一切都可以出卖，啥事儿都干得出来。"

"咱们一定要找到他。"

"不用找了。"水波缓缓摇头。

"为啥？"欣跃奇怪，"前几天你不是还发狠要找到他吗？"

"我想过，没意思，现在我不想找了。"

"为什么？"

"这样的无赖找到了又能怎样？"水波反问。

"怎样？"欣跃想了想，"找几个人将他修理一下。"

"咱们不是地痞流氓，行凶打人不行，也解决不了问题。"

"那咱办？"

"让事实说话。随便怎么说，真的假不了；假的也真不了。"

"事实？"欣跃撇撇嘴，"现在事实是一片混乱，很多人相信罗全布的儿子，不相信你。"

"这不要紧，靠父子关系和嘴里说是不行的，得靠证据。"

"对了，眼下最重要的是罗全布笔记本原件，这是最最重要的证据。只要你亮出来，再让权威部门做笔迹鉴定，他们就傻眼了。"欣跃关切地问，"水姐，你到底有没有原件？"

"当然有了，难道你也怀疑？"水波诧异。

"我不怀疑，只是想看看，"欣跃恳切地说，"水姐，能不能给我看看？"

"现在不在身边。"水波解释，"放心，到时候我一定会拿出来。"

"行呀，"欣跃失望，"现在除了水果阿兴背叛，遇难家属中有些人也动摇了。"

"哪些人？"水波问。

"首先一撮毛迟伟。"

"那个区政府办事员？"水波不屑，"那家伙本来就是两面派，上次上访他就溜了。"

"还有指甲店的许飞飞。"

"那女人也势利。"

"还有以前来开过会的三副的老婆……"

"随便他们。"水波无所谓。

"水姐，无论这些人怎么样，"欣跃一脸严肃，"哪怕他们全都溜号，只剩下我一个人，我也会一如既往支持你，同你并肩战斗。"

"谢谢！"水波感激。起身去卫生间，出来时正面对欣跃。

"你？！"欣跃突然惊愕地睁大眼睛。

"我怎么啦？"水波不解。

"你，肚子？"

水波蓦然想起，顿时脸涨得通红，侧身坐下来，胸口怦怦跳着。

"你……肚子？"欣跃仍然处在惊诧中。太意外了！这对他是个重大打击。尽管他向她作了表白，她未接受；但他认定这女人属于他，是他的。他人不得染指。这就像一个农民相中一块处女地，但犁铧没放进去，还未耕耘下种，地下忽然冒出庄稼。有人悄悄地神不知、鬼不觉地占了先。谁下的种？他是谁？

水波从最初的惊慌和羞怯中回过神来。她知道，这是个无法掩盖和回避的事实，早晚人们都会知道。吁了口气，沉静地说："你想问我肚子？"

"是呀。"

"我怀孕了。"

欣跃被她的坦然和镇静所震惊："你，你怎么可以怀孕？"

"我为什么不可以怀孕？"水波诘问。

"你，你还没结婚。"欣跃实在想不出别的理由。

"你也太落伍了吧？"水波不仅好笑，"现在未婚先孕的多了去了。你管得着吗？"

"他，他是谁？"

水波本想说，他是比你早五分钟来到这个世界、你的孪生哥哥、我刻骨铭心的爱人欣荣。但被他的无礼和傲慢所激怒。冷冷地说："你无权问这个问题，我也不想回答你。"

"水姐！"欣跃高喊一声。

"怎么啦？"水波一吓，怔怔地看着他。

欣跃觉得狼狈，他不甘心，可又不知还该说什么或是怎么说。他知道硬的不行，改换口气，柔声说："你知道你在我心中的位置。"

"我知道。可我认为那是不可能的，我们只是朋友。"

"我爱你,"他举起双手,像舞台上演员表演一样,"非常、非常地爱,我敢说世界上没人像我这样爱你。"

"我谢谢你的爱,可爱是双方的事,不能一厢情愿,更不能强迫对方接受。"水波看出他的不悦,真诚地说,"我知道你对我的好,尽管我们不能成为爱人,但我们可以成为好朋友。为了给你哥和遇难的海员讨说法,过去你帮助过我,今后我还希望得到你的帮助。"

他黯然地点点头。

2

习文心想凭他的学历和履历,自信在龙阳卫生系统不愁找不到一个像样的位置,因此愤然辞职,离开龙阳精神病院。他同学不少,帮忙介绍,几家医院对他很感兴趣,有一家甚至已经敲定,就等着报到上班,可就在这关节眼儿上,却黄了。理由不说,不明不白。介绍的同学委婉告诉他,不是他的学历、能力,问题是对印度洋幸存者那个叫水波的精神病人的认定上。他也猜到了。十分愤怒:"作为医生我要尊重事实,遵守医德,人家没有精神病,我不能硬说她是精神病。"

"问题就在这儿。"同学微笑,"你认为没有,可上面说有,而且这个上面还有上面,你拧得过上面的上面甚至再上面吗?"

"当然拧不过。"他颓唐。

"那就好。你现在找的都是公立医院,这些都被罩住。"同学分析,"你只有屈尊找私人医院或诊所了。"

他哀叹:这是什么世道呀!善恶不辨,忠奸不分,权力,异化的公权力,玷污正义和尊严。

不过现在不像过去,不至于一棵树上吊死人。大路不通走小路，小路不行还有山路。为谋生他找了家私人医院。医院人不多，分科也不像大医院那么细。除了不拿手术刀、不上手术台，神经科、内科他都看，不仅如此连男性阳痿、性障碍也得看。作为讲师，原来摆在面前通向副教授、教授的阶梯垮塌了，成名成家梦想也烟消云散，他成了江湖医生。不过总算有个安身之地。事情源于水波，不过他不怪她。这是他性格使然。以前他一直崇尚正义，但那都是嘴上说说。这次对他为人是一次实际考验。关键时刻，他挺过来了。没有同流合污，没有趋炎附势。在精神上他觉得自己还像个"人"。

他从未想过介入"罗马人"事件；但现在他是实实在介入了，而且竟然为此受害。从这个角度他更体会到水波的不易。他们成了一条战壕里的战友。他钦佩她，爱她，但她拒绝了他的爱，而且她怀孕的事给他意外的打击。男性本能的妒忌甚至让他感到受辱和愤怒。但冷静下来细想，她并不属于他，他俩只是朋友，没有任何其他关系。她有权拥有爱，可以怀孕生子，任何人、包括他在内都无权置喙、干预。而且从交往中他看出，她不是那种水性杨花的放荡女人。在精神病院那段时间，他们天天见面，日日相处，他没看到有异性朋友来探望她，甚至电话都没有。那么她爱上谁？肚子里的孩子又是谁的？他想起她说过她的爱留在了印度洋。印度洋救生筏上经历的那些日日夜夜，那个为了救她，牺牲自己生命的水手。毫无疑问，她肚子里的孩子是他俩爱的结晶。想到这些他心中恍然和释然，不仅不再怨恨而且同情和尊重她。是呀，她的心、她的爱，还留在印度洋，留在那个水手身上。为此，她拒绝他的爱，这正说明她不是个轻浮、轻易移情别恋的女人。说明她对爱的执着和尊重。想到这一点，他更觉得自己没看错人，她值得他爱，他也更爱她了。问题是需要时间。时间的水流可以冲刷她心中凝固、那爱的块垒，让她从痛苦和思念中走出来。时间的印痕也能表明他的心迹，他的真诚和他的爱。

看了网上众多对水波的质疑和非议，尤其是船长罗全布儿子罗根兴《决不允许玷污我父亲》的帖子，他十分气愤。对这个水果阿兴他不了解，听说前段时间他挺积极，口口声声要为父亲申冤。怎么时间不长，竟来了个180度大转弯。世态炎凉，人心叵测。他断定这家伙被人收买了。由于他的身份，这对水波很不利。

他想的是在这困难时刻如何帮助她？翻来覆去，左思右想，他想到一个人：《龙阳日报》记者陆天浩。此人很重要。水波获救后第一个采访的就是他。《印度洋幸存者》报道出自他之手。第二次水波同他见面，谈了没几句，被好运来公司的人强行绑架送到精神病院，未经核实，第二天一早他就发表《印度洋幸存者患有精神病》的报道，给水波戴上精神病帽子，造成极大影响。配合如此紧密，这无疑是有计划的预谋。此人是个关键人物，知道内幕。在精神病院时，他曾提出要找他，同他谈谈，摸摸情况，有可能做做他的工作。水波反对，认为这是个无耻小人，她不想再见到他，不愿同他有任何接触，也不许他找他，只能作罢。现在想想应该进行，至少了解一些情况。

他给陆天浩打电话。

3

陆天浩7年前毕业于一家名牌大学新闻系。出身名门，受过良好的专业训练，澎湃的朝气、远大的理想，他踌躇满志，决心成为一名记者，真正的无冕之王。这几年也确实不错。从最初的见习，转成正式记者。3年前，从处理群众来信来稿的群工部调到要闻部,去年又升为副主任。他具备一个新闻记者最基本、最重要的素质。出手快,交游面广,信息灵通而且思维敏锐。在纷繁复杂的社会现象中不仅能捕捉信息,而且能透过现象,看到本质。"罗马人"事情最早听航运界一个朋友偶然谈起。最初是失踪,以为是落入索马里海盗之手,多方打听,没有。他更好奇,一直跟踪打听,最后写成特写《印度洋幸存者》,引起各方面关注。提升《龙阳日报》知名度,增加发行量,也进一步提高他在领导心目中的位置。不久前被任命为要闻部主任。

培根说过:"作假与掩饰一般总带有某种胆怯的表现,而胆怯在任何事业中都有碍于达到目标。作假与掩饰最大的坏处是,它使一个人丧失了为人处世的最重要的手段——信誉和信念。"在后来那篇《印度洋幸存者因精神病入院》的报道,他作了假。当然,那是为了保全自己名誉、地位,由于胆怯造的假。

但毕竟是造假!而且他知道好运来公司老板造假,将水波这个印度洋唯一幸存者打成精神病的目的。这是一个巨大阴谋,他沦为阴谋的帮凶。他"胆怯"、丧失了一个人珍贵的"信誉和信念"。对不起水波和无数信任他的读者,成了一个卑鄙小人;但作为报社骨干,要闻部主任,还得有模有样,像那么回事。

他就是在这种矛盾痛苦、双重人格阴影下生活。

"滴铃铃……"桌上电话急促地响起来。也许像通常说的,心里有鬼,每次这响亮急促的电话铃声,都会让他心里一紧。总觉得有什么人会找他,或者发生什么事。他看着电话,迟疑着。

"滴铃铃!"铃声执着。

他拿起听筒。

"我找陆天浩。"电话里传来一个男人略显沉闷的声音。

"你哪儿?"他没承认而是先问对方。

"我姓习,习文。"

"习文?"他觉得这名字挺熟。

"原市精神病院医生。"

"呵,"他想起来了。网上看到过,他是水波的主治医生。他敢于同院长和权威刘文甫教授唱反调,认为水波没有精神障碍,不是精神病患者。在权力意志,高压氛围中,这样敢于坚持原则,守护良知的人不多。想不到他会打电话给自己。"我是陆天浩,"他承认,"请问你有什么事?"

"我想同你谈谈。"

"同我谈谈?"

"是的,怎么,不愿意?"

他迟疑。心想,谈什么呢?当然是谈水波的事。他会斥责我吗?可能,那就让他斥责吧。最重要的是通过他,可以了解水波的近况。他很想知道。

"好吧,"他同意,"在哪儿?"

"下午5点在青春公园湖边夜雨亭。"

"行。"

青春公园位于城市东南角城郊结合部,以往要买门票,现在免费开放。平常来的人也不多。陆天浩4点30分就到了,先在公园里兜一圈,5点钟准时来到湖边夜雨亭。远远就看见亭子里有个戴眼镜、看上去儒雅的中年男人坐在里面。

"你好,"他招呼,"你是习先生?"

"是的。"

他坐下来。

"陆记者,很高兴见到你,"习文推推眼镜,开门见山,"其实在你发表水波因患精神病、进精神病医院那篇报道,我就想见你。"

"可你没来找我。"他避开医生的目光。

"水波反对。"

"他恨我?"

"对,他不想看到你,也不让我找你。"

"我明白,"陆天浩低着头,望着亭外的湖水,"那篇报道对她伤害太大了。"

"对呀,老百姓是相信党报的,那篇报道一下就给她戴上精神病帽子,你想,她怎能受得了?"

"那是我的错。"他轻声。

"你?"习文对他的坦诚感到意外。

"那是我的错,"他重复,"方便的话,请转告水波,我的歉意。"

"我一定转告。"习文说,"可有件事我一直奇怪,听水波说,那天晚上你们俩在波特曼咖啡厅见面,说了没几句,她生气地击一下手中的咖啡杯,就被好运来公司的人扭送到我们精神病院。按理说,作为记者,你该到我们医院实地采访一下,听听水波说词。可没见你人影,第二天一早你的文章就见报了,而且在头版显著位置,宣布她是精神病,显然这一切都是预先计划好的,是个阴谋。能不能告诉我这是怎么回事?"

精神科医生的话一下击中他要害,问到点子上。这是他最见不得人、最伤心、最痛苦的事。想起那个可怕、梦魇般的夜晚,他就悔恨交加,无地自容。他是个丧失信誉、胆怯、自私的小人。他忏悔但没勇气说出这一切。他涨红脸,说:

"习医生,你问得有理,可对不起,现在我不能告诉你。"

"你害怕?"

"你怎么想都可以。真相以后有一天你会知道。"

"你不说可以,"习文退一步,"可你知道他们为啥不择手段迫害水波。"

"以前我不知道,现在我明白了,"陆天浩说,"罗马人沉没是一次造假造成的严重责任事故,牵涉 27 条人命。好运来老板惧怕承担责任,所以千方百计掩盖,不择手段迫害她。"

"你知道就好,"习文感慨,"她一个弱女子,能这样做实在不容易,我们应该帮助她。"

"我会帮她的。"

"你怎么帮?"习文不信。

"我在网上发帖子支持声援她。前两天,那篇'照妖镜'写的'撕开水果阿兴画皮'的帖子就是我写的。"

"我看了,可以,"习文点头,"不过以你的身份他位你应该发挥更大作用。"

"你要我干啥?"

"我觉得你应该站出来,真名实姓揭露他们,要阴谋将水波绑送精神病院打成精神病,这对他们来说不是原子弹也是高爆炸弹。"

"你?"

"我怎么啦?"

"这确实是个重磅炸弹。"陆天浩承认,"我也想扔出来,可说心里话,我没你那么大魄力,而且现在还不到时候。"

"这时间由你定。"习文说,"还有个问题。"

"啥问题?"

"党和政府一直强调对贪污腐败、违法乱纪进行舆论监督。'罗马人'事件是件大事,现在网上各执一词,沸沸扬扬,视听混淆,老百姓弄不清怎么一回事。一般老百姓都相信报纸,尤其是党报,我想,作为《龙阳日报》著名记者,你可以将这件事写一写，揭露那些人的阴谋，一定会引起巨大轰动。"

"习医生，"陆天浩诚挚地说，"我知道你的心情，我也想立马写一篇，而且明天就见报，可是……"

"怎么啦？"

"报纸不掌握在我手里。"陆天浩苦笑。

"你虽不是主编可也是要闻部主任。"

"主任管啥用？"陆天浩手指天，"决定权在上面，市里规定重要稿子尤其是反面的，一律要送审。明确规定'罗马人'号事件正反面都不予报道。前几天一些遇难家属在好运来公司大楼门口静坐示威。"

"对呀，我去看了，"习文奇怪，"这么大事，你们报纸只字不提，好像压根没这回事。"

"是呀，这是重要新闻，作为报纸应该有反映。我们部里有个青年记者写了篇不满一百字的稿子，客观报道。可稿子没见报，没几天人被调走，饭碗也丢了。"

"厉害！"习文感慨。

"这不仅是好运来公司的问题。"陆天浩下意识地看看四周，"上面有一顶巨大保护伞，后台硬得很。"

"这我也看出来了。"

"在龙阳是解决不了问题的。"

"那怎么办？"习文忧心。

"只能再想办法。"陆天浩模棱两可。

习文未免失望。

4

这是一家名为仁义的民办医院，由几个退休医生合办，坐落在市郊结合部一座陈旧四层楼房里。

在一楼内科诊室里，身穿白大褂的习文正专注地为一位老人听诊。一个瘦瘦、头发有点卷的青年人走进来，他也没在意。那人二话不说，突然猛地对准他脸上一拳，习文毫无防备，脸上眼镜和扣在耳朵上的听诊器被打飞，人向后一仰，跌坐在地上。旁边撩起衣服接受听诊的老人，也一吓。没等习文起身，老人愤怒指责凶手："你，你怎么动手打人？"

"动手打人，太不像话了。"旁边几个等待看病的人也齐声指责。

听到吵闹声，两个保安冲进来，按住行凶者。

现在医患关系比较紧张，常有病人不满医生诊断、治疗，对医生行凶报复。但习文心想，自己来这家医院不久，没发生过医疗纠纷，什么人对自己行凶？他从地上爬起来，右边面颊和眼眶红肿。他从地上捡起眼镜和听诊器，幸好眼镜未摔坏，他戴上，看凶手，不由一怔："你？"

凶手竟是欣跃。

他和欣跃见过两次面，但素无交往，更说不上恩怨和矛盾，想不到平白无故他会对自己施暴。

"习医生，要不要打110报警？"保安问习文。

"等等，先别报，"他吩咐保安，"你们将他看住，我将这儿病人处理好，同他谈。"

欣跃满不在乎地说："行呀，我等着你。"

保安将欣跃带出诊疗室，来到值班室。

"这小青年看上去就是流氓。"

"现在社会风气太差了，动不动行凶打人。"

"习医生修养真好，要是我的话，立马找110将他带走。"

"……"

第十九章　习文被打／261

几个目睹行凶的病人纷纷议论，为习文鸣不平。

习文也不说话，将几个等待就诊的病人处理好，然后来到值班室，只见欣跃闷头坐在靠门一张椅子上，两个保安看着他。医院负责处理行政事务的王主任也到场。

"习医生，怎么样？"看到面颊红肿的习文，王主任关切地问。他不知道凶手行凶动机；但光天化日之下，冲进医院，殴打正在诊断治病的医生那是无论如何不能允许的。

"脸上有点痛。"习文指着红肿的脸。

"要不要到五官科去看一下，看看是否影响视力？"王主任建议。

"我也这样想，"习文说，"去检查一下，验验伤。"

"好，我陪你去，"王主任关照保安，"看住他，别让他走。"

"是！"保安应声。

"放心，我不会走。"欣跃知道会有些麻烦，但仍然态度强硬。

习文在主任陪同下，到五官科眼科做了检查，结论是眼眶因强力击打红肿，眼球充血，对视力略有影响。

习文回到值班室。将验伤单放在欣跃面前："请看，这是你行凶的结果。"

欣跃看着验伤单。

"凭验伤单，我可以报警和要求你赔偿。"习文说。

"你无缘无故冲进医院殴打工作中的医生并且致伤，凭这一条我们报警，你就可被治安拘留15天。"王主任补充。

"你们报吧。"欣跃心里怯怯但强作镇定。

"不是我不敢报，"习文说，"而是我不想不明不白地送你进拘留所，我想问你为什么？"

"你问吧。"欣跃犟着头。

"我同你既无怨又无仇，井水不犯河水，虽然见过一面，但从来没有矛盾。你为何对我行凶？"

欣跃低着头。

"你说呀。"王主任催促，他也想知道怎么回事。

"你混蛋！"欣跃突然大吼一声。

"我混蛋？"习文奇怪，"我什么地方混蛋？"

"你搞大水姐的肚子。"

"你……你说什么？"习文惊愕，"我搞大水波的肚子？"

"对，"欣跃恶狠狠说，"她怀孕了，就是你搞的。"

"你凭什么认定是我？"习文强压怒火，"有什么证据？"

"我……"欣跃语塞。

"说呀，根据什么？"习文追问。

"这种事不好乱讲，"王主任插话，"牵涉到人家名誉，要负责任的。"

"对呀，"习文紧追不舍，"你根据什么这么说？"

"我猜想。"欣跃嘟囔。

"嘿，"习文忍不住笑起来，"这种事可以猜想？"

"这怎能随意猜想。"王主任也批评。

"我看她没男朋友，肚子却大了，我奇怪，就分析猜测。"

"认为是我？"

"对呀，我看你同他关系比较好，就……"

"就认定是我？"习文打断他，"我觉得你同她关系也不错，整天跟在它后面，水姐、水姐的。按照你的逻辑，我也可以认定是你。"

"我没有。"

"那好，"习文极为严肃，"我也可以告诉你：我和她是好朋友，但我们相互尊重，我们没有任何越轨行为。你这样胡乱猜疑完全是错误、没有根据的。"

"我……"

"你信不信？不信让水波自己跟你说。"习文掏出手机，准备打电话。

"我信，你别打。"欣跃忙拦住。他看出医生讲的是真话，自己分析有误，他和水波之间还不到那一步。水波一旦知道他为此到医院来行凶打人，打伤习文一定十分恼火，不再理睬他。他们的关系也就彻底完蛋，忙说："你别打，我信。"

"好，我不打，"习文知道他的心思，收起电话，"现在事情原因清楚了，你是胡乱猜疑，动手伤人。但事儿得有个了结。"

"怎么了结？"

"两个办法，一是公了；另一个私了，由你选择。"

"怎么公了？"

"公了就是由公安司法机关解决。你看，有这么多目击证人，有验伤报告，由公安机关处理。"

"私了呢？"

"你诚恳道歉，保证不再发生类似事情。"

"我道歉。"欣跃忙表态，"我错了。"

"嘴说不行，得书面。"

"对呀，"王主任支持习文，找来纸和笔，"得书面的。"

"我不勉强你，"习文提醒，"你觉得自己错了，若真心实意道歉就写下来。"

欣跃咬了咬嘴唇，提起笔：

  我因胡乱猜疑，今天在仁义医院打伤习文医生，妨碍他工作，造成很不好的影响。我知道自己错误，向习医生诚恳道歉，请求原谅。

欣跃

习文接过，见字写得歪歪扭扭，但意思表达清楚。

"习医生，我还有个请求。"欣跃脸微红。

"什么？"

"这事儿请别告诉水波。"

习文知道他的心思，他追求水波，想发展同她的关系，如果水波知道今天这事儿，一定不会再理睬他。冤家宜解不宜结，点点头："行哟，我可以不告诉她，但我希望你今后不要再用今天的方法。"

"我知道，我一定改正。"

王主任也认可，放走欣跃。

第二十章　水波被活埋

1

知道女儿怀孕李素琴心情非常复杂。辛运和好运来公司财大气粗，而且有强大的后台，女儿能否斗过他们很难说。而且孩子的父亲那个叫欣荣的水手已经不在人世。一个遭遇强敌、处境艰难的单亲母亲，孤身养育孩子，不言而喻，那将是非常困难。所以她主张做人流将孩子拿掉。水波坚决不同意。她告诉她，这是她和欣荣爱的结晶，是欣荣生命的延续。不管有多少困难，不管处境如何，她都要将孩子生下来，将他抚育成人。她知道女儿的为人性格，重情义，而且觉得她说的也有道理，于是放弃自己意见。现在她想的是帮她调理好，让她将孩子平安生下来。因妊娠反应，水波胃口不好，她想如何烧些对她口味的菜肴。

早晨，她挎着购物袋，向不远处一家大型超市走去。出家门不远，在马路拐角，两个青年男子突然拦住她。

"你，你们干啥？"她惊问。

两人也不说话，将她推进停在路边的一辆黑色小轿车，疾驶而去。

"绑架，你们这是绑架。"李素琴叫着。

"别叫！"坐在她左边剃板刷头、面色黝黑的青年威胁，"再叫就将你嘴封住。"说着拿出一卷胶带。

"别叫，我们不会伤害你，"右首一个身材瘦削、下巴颏上有条刀疤的语气稍许和缓些，"把你手机交出来。"

"你们绑错对象了，我是个退休穷教师，我没钱。"她从口袋里掏出手机。

"我们不要你的钱，"刀疤接过手机并关闭。

"那你们要啥？"李素琴奇怪。

"待会儿你就知道了。"

"别同他废话。"板刷头凶狠地大喝。

刀疤不吭声，李素琴也只得不说话。

小汽车驶出市区，李素琴想辨认是什么地方，板刷头取出一条黑布带将她眼睛蒙上。无奈，她只得忍耐。

又行驶了大约七八分钟。车子停住，李素琴被架下车，进入室内，解下蒙眼布，这才看清是间农村的旧瓦房。屋内灰蒙蒙，除一张旧单人床，几把旧椅子，几乎没啥家具。

李素琴坐下。心想，事已至此，她倒要看看他们究竟要干啥？

这时板刷头走到门外，用手机报告："人已经到了。"

"好，"手机里声音指示，"按计划行事，让她打电话。"

"是！"

"注意，不要伤害她人。"

"是！"

板刷头回到室内，给李素琴倒了杯水。

"我不喝水，"李素琴推开杯子，"说吧，你们到底要什么？"

"我们要的东西很简单。"

"什么?"

"船长罗全布那个笔记本。"

原来绑架她的目的是为这个,李素琴恍然大悟,说:"那你得找我女儿,东西在她那儿,我不知道。"

"是的,你对你女儿说,让她把东西交出来。"板刷头按了电话号码:"你是水小姐吗?我是谁你无需知道,重要的是你母亲在我们这儿。"

刚才水波给家里打电话,长时间铃响没人接,手机也关机。她不免奇怪。通常李素琴外出办事、买东西,都会对她说一声,而且手机也会开着。今天怎么了?正诧异接到这莫名其妙的电话。

"你们什么人?我母亲怎么会在你们那儿?"她急问。

"别急。"

"你让我母亲听电话。"水波焦急。

"你等等。"板刷头将电话给李素琴。

"波儿!"李素琴大叫一声。

"妈!"水波也喊叫,"你在什么地方?"

"我也不认得,刚才我被蒙上眼睛带到这儿。"

"他们是什么人?"

"我也不认识。"

"他们要什么,钱?"

"不,他们要老船长的那个笔记本。"

"啊!"水波惊呼,她明白了。

"水小姐,"板刷头接过手机,提示她,"是你母亲的性命重要,还是那个笔记本重要,我想这你很容易分清。只要你将笔记本交出来,我们立即将你母亲毫发无损地送回去,要不然你给她收尸。"说完将电话关闭。

水波怔怔地坐着，想起年迈的母亲为自己付出的心血和操劳，如今竟被绑架，不禁悲从中来，呜呜大哭起来。哭了一会，心想，光哭没有用，得想办法将母亲救出来。她忍住泪水，立即给朱小云和习文打电话。

小云和习文听了既气愤又惊讶，立即赶来。不一会欣跃、王文英也闻讯来到。

"你这眼睛怎么啦？"水波看到习文红肿的眼睛奇怪地问。

习文瞥一眼欣跃。欣跃脸上的肌肉绷紧。习文转头说："前天不小心摔一跤，撞了一下。"

"有没有影响视力？"水波担心。

"稍许有些，问题不大。"

"眼睛可碰不得。"王文英说。

"要小心呀。"朱小云说。

"行啦，不说这个，"习文说，"言归正传，看看怎么救你母亲。"

欣跃松口气，姓习的还够意思。

大家热烈议论起来。

"辛运太嚣张了，"朱小云气愤，"竟敢绑架。"

"现在到了关键时刻，"王文英分析，"笔记本是唯一证据，他们不顾一切，要弄到手。"

"是这样，"欣跃赞同，"他们猴急了，不顾一切，不择手段。"

"他们不择手段咱们也以牙还牙，"朱小云捋捋袖子，"打听到关人地方，我带些人将阿姨救回来。"

"我同意。"欣跃兴奋。

"可以考虑。"王文英思索，"可不晓得人关在哪？"

"这个可以打听。"水波救母心切。

"我去打听。"欣跃自告奋勇。

"我觉得动武不是个好办法。"习文思索,"可能会影响到伯母的安全。"

"这倒是。"水波也担心。

"那你说怎么办?"朱小云问。

"我认为应该报警。"习文说。

"报警?"朱小云不以为然,"很清楚,警察里面就有他们的人,警方在撑他们的腰。"

"小云说得对,"欣跃说,"正因为有了后台他们才敢这么做。向警方报警正好撞在枪口上。"

"这是个问题。"水波也忧虑。她很清楚,龙阳警方是辛运的后台。要不事情不会发展到这地步。

"你们说得对,"习文说,"警察里面是有他们的人,但不是所有警察都是坏的,再说前不久关于这一事件,警方《通告》中也申明,要公正依法办案。"

"那只是宣传,欺骗舆论,做做样子的,你相信?"朱小云问。

"不错,那是做样子的。"习文肯定,"可我们就要利用这一点,将他们一军。"

"怎么将?"欣跃问。

"绑架是重大刑事案件,不管什么原因,何种目的,绑架都是犯法,作为当事人水波立即向公安局报案,这就是将他们的军。他们不敢不处理。"

"如果他们不积极处理呢?"王文英问。

"上网呀。"习文自信,"如今这件事已经闹得沸沸扬扬。如果上网揭露辛运为取得笔记本,指使手下绑架水波母亲,必然再次掀起轩然大波。貌似公正的公安局也必定惧怕,无论怎么说绑架都犯法,他们会向辛运施压,让他们放人。这比咱们用武力去抢好得多。"说完,补一句,"这样可以最大限度避免阿姨受到伤害。"

水波和众人都在思考医生的意见。

"我看习医生说得有道理。"水波说,"我这就去报案。"

2

水波来到公安局。望着巍峨的建筑和墙上庄严、神圣的"龙阳市公安局"牌子她不由感慨。她想起在报上读到的一篇《神圣的正义之剑》的评论:"公安机关是行使和代表国家权力。它维护法律,捍卫正义,被老百姓视为保护神。这柄神圣的正义之剑必须掌握在正派人手里,决不能让披着神圣外衣的奸诈之徒染指,否则会对国家、对正义、对法律和人民造成难以想象的伤害。无可否认,由于复杂的社会环境,经不起金钱的诱惑。在这支队伍中确有少数人被糖衣炮弹击中,成为黑恶势力的保护伞和代言人。我们必须警惕并清除这些披着神圣外衣的鬼魅魍魉。"她想起一个多月前,她满怀希望和信任来此报案,却未予受理,并且演化出后来一系列事件。如《神圣的正义之剑》所说,在这座巍峨神圣的大楼里,在坚硬的大理石后面隐藏着一些鬼魅魍魉,她相信总有一天他们会现出原型。

她走进接待室。巧的是接待的是她第一次来此报案接待的长条脸、扎马尾辫的女警官。

"呵,你好,水小姐。"长条脸主动招呼。

"你还认识我?"她说。

"怎会不认识。你现在的名气越来越大了。"

"人怕出名猪怕壮,"她苦笑,"今天我来报案。"

"又报案?"

"我母亲被人绑架了。"

"什么?"长条脸一愣,"你母亲被绑架?"

"是的,"她严峻地说,"我要找匡队长。"

长条脸知道事情的重要性,立即接通匡正的电话,并告之她:

"匡队长马上下来,你稍等。"

"谢谢!"

水波走进接待室,想起上次情况。这位刑侦大队长以"作为证据必须是原件",而她未能出示笔记本原件为由不接受她的报案。从法律角度说,无可指责。但她的第六感觉告诉她,这位队长有猫腻。不过他掩饰得很好。这次母亲的被绑架对他是一次试金石。目前有两种可能。一是他们同流合污,这次绑架他们知道、得到他们的认可;另一种是他们不知道。如果是前一种那就太可怕了。

她注视着走廊匡正出现的方向。不一会瘦高的刑侦大队大队长匡正出现了。

"水小姐,什么事找我?"匡正眯细着小眼睛问。

"我母亲被绑架了。"水波大声、并凝视着刑侦队长。

"是吗?"匡正略显惊讶。

"当然是了。"水波从刑侦队长脸上看不出他是真不知道,还是假不知道。

"你接到绑匪电话了?"

"当然接到。"

"什么时候?"

"上午9时半。"

"电话怎么说?"

"让我将罗船长那个笔记本交出来，"水波激动，"威胁我，如果交出来，将我母亲毫发无损送回来。"

"不交呢？"

"那就给我母亲收尸。"

"这样……"匡正沉吟。

"匡队长，"水波逼视，"绑架犯不犯法？"

"当然犯法了。"匡正不假思索地回答。

"那就好，"水波愤怒，"辛运和好运来公司也太嚣张了吧。为了夺取他犯罪证据，光天化日之下竟敢冒天下之大不韪，指使人绑架我母亲。你说这是什么问题？"

"这件事我们会侦查处理。"

"匡队长，我想你也知道，有关'罗马人'沉船案已经沸沸扬扬，广大网民和群众都很关心。现在辛运竟穷凶极恶，不择手段绑架我母亲，这就充分说明问题。他以为我会害怕和屈服，我可以告诉你，我决不会。我会将绑架事上网发帖，公诸于众。现在我母亲的生命就掌握在你们手里。我要求警方能依法办事，迅速采取行动，将我母亲解救出来，并将绑架者绳之以法。"

"我们会依法办事。"

"我等着你们的回音。"说罢，水波刷地站起来，转身而去。

短暂的瞬间，刑侦大队长匡正呆坐着。这件事他确实不知道。他相信水波不会造谣而是确有其事。无论怎么说，绑架犯法。这一手太蠢了。事不宜迟，必须向上报告。他立即拨通周局电话，说有紧急要事报告。周涛一听是急事而且是要事命刑侦大队长立即上来。

匡正不敢怠慢，迅即来到政法委书记兼公安局长周涛办公室。

"有这样的事？"听了匡正的报告身为政法委书记兼公安局

局长的周涛既惊诧又气愤,"蠢,蠢,简直太蠢了!"

"现在'罗马人'案子已经到白热化阶段,"匡正分析,"船长的那个笔记本是唯一、也是最重要的证据。辛运必须拿到手,急了,因此不择手段。"

"急了也不能这么干。"

"他们之所以敢这样,因为有咱们罩着。"

"咱们能罩绑架?"周涛问刑侦队长。

"当然不能。"匡正肯定,"水波说了,她会将此事发帖在网上公布,那将是一条爆炸性消息,咱们必须抢在前头,采取行动,勒令他们立即放人,要不咱们就被动了。"

"行,你给辛运打电话。"

"我看还是你亲自打比较好,辛老板听你的。"

周涛想了想,说:

"好,我打。"

匡正拨通辛运电话,交给周涛。

"辛总,是我,"周涛抑制住不满,开门见山,"为了要那个船长的笔记本,你手下人将水波母亲绑架了?"

"绑架水波母亲?"辛运假痴假呆,"我不知道呀。"辛运说的是真话,此事是暴眼施云龙安排的,事后向他报告,他也觉得不妥,但人已绑了,心想,水波也许救母心切,会将笔记本交出来,便默认。本想同周涛打个招呼,让他想办法罩着点,想不到他这么快兴师问罪。

"这样大的事你能不知道?"周涛控制不住,"水波已经报案。你们绑架的人在电话中说,将笔记本交出来,将她妈送还给她;要不就等着收尸。"

"这……"

"这就明白无误地告诉大家,绑匪不是别人,是你手下人。"

你说这蠢不蠢？"

"蠢，很蠢，"辛运承认，同时叹苦经，"阿涛，事情到这一步，我们也没办法。无论如何咱们得拿到那个笔记本。"

"这我知道，可也不能用这蠢办法。"

"事已至此，能不能……"辛运试探。

"不行！"周涛斩钉截铁，"你们必须立即将人送回去。"说完加一句，"而且要毫发无损。"然后啪地挂了电话。

水波报案后回家。欣跃出租车要拉客做生意先走了。朱小云、王文英和习文等着。

"怎么样？"习文关切地问。

水波讲了刑侦大队长匡正接待的情况。

"刑侦大队长亲自接待？"朱小云问。

"对呀，我第一次到公安局报案就是姓匡的接待的。"

"这是件大事，尽管网上众说纷纭；可是已经引起各方面关注，公安局不敢掉以轻心。"习文说。

"你感觉姓匡的怎么样？"王文英问。

"我仔细观察，我觉得他事先似乎不知道这件事。"

"对嘛。"习文击掌，"再怎么帮忙，警察也不能公然支持绑架。"

"最后怎么说？"朱小云问。

"他说他们会调查，让我回来等消息。"

"等吧。"习文信心满满，"伯母肯定会回来。"

水波将信将疑。时间在等待和不安中度过。水波紧张地守着电话。一小时、两小时、三小时……太阳落山，黄昏来临，天黑了，电话沉默，没有任何动静。

"这怎么回事？"水波焦躁不安。

"沉住气，"习文安慰她。

"水波，你给那个姓匡的打电话问问。"朱小云建议。

"可以。"

水波正要打电话，房门悄然打开，一个人出现在门口。正是李素琴。

众人愣住。

"妈！"水波猛喊一声，冲上去抱住李素琴。

"波儿！"李素琴也紧搂住女儿，泪如雨下。

"让我看看，"水波推开李素琴，"他们有没有伤害你？"

"这倒没有。"李素琴说，"除了威胁，还没行凶。"

"他们到底要啥？"王文英问。

"还不就要那个船长的笔记本。我说，这是我女儿藏的，藏哪儿，我根本不知道。"

"我妈是不知道。"水波说。

"他们将你关在啥地方？"朱小云问。

"不知道，"李素琴说，"他们将我架上一辆面包车，在车上蒙住我眼睛，车子开了大约一个小时，停下来，进了个破屋子，我估计是在郊区，啥地方说不上。"

"回来呢？"

"一样，"李素琴说，"他们啥也不说，蒙住我眼睛，汽车七转八弯，开了约摸一个钟头，停住，解下我蒙眼的黑布，说了声下车吧，你到家了。我下车一看，就在前面路口。"

"这件事说明警方和好运来公司有矛盾。"习文分析。

"当然了，"朱小云说，"警察终究是警察，背后撑腰，表面上也得做做样子，不能公然支持他们绑架。"

"对呀，"习文说，"我们要利用这一点。"

"怎么利用？"水波问。

"现在网上对这件事众说纷纭,"习文说,"有人认为辛运和好运来公司有问题;也有人怀疑你别有用心,是你造假。"

"是这样。"水波承认。

"你发帖子,将今天绑架的事公诸于众,赞扬警方成功解救你母亲。这样做一箭双雕,一方面让一些怀疑你的人转而怀疑辛运。与此同时扩大警方和辛运的矛盾,将警方一军,要求他们缉拿绑架凶手和幕后指使者。"

"可以。"朱小云赞同。

"好吧,我来写。"水波也赞成。

当晚一篇《我母亲被绑架》的帖子帖到网上:

"'罗马人'号在印度洋沉没引起全社会的关注。此事性质如何?是好运来公司老板辛运为赚钱,收买唆使船长造假骗取航行证酿成的重大责任事故;还是我别有用心,捏造的,众说纷纭。焦点集中在船长罗全布那个笔记本上。这是唯一、也是最重要的证据。为取得这个笔记本,辛运曾采取各种办法,逼迫我交给他。我断然拒绝,他恼怒至极。昨天上午,他竟冒天下之大不韪,光天化日之下命令手下人,在街上绑架我母亲,至郊区一秘密处所,逼迫我母亲给我打电话,让我将笔记本交出来,否则就为我母亲收尸,其猖狂和凶狠骇人听闻。我当即向龙阳市公安局报案,警方将我母亲解救出来。目前凶手在逃,我要求警方依法缉拿凶手,同时追查幕后指使者。通过这次绑架人们不难判断'罗马人'案真相。"

帖子引起网民强烈关注,正如习文所预料,一些原来怀疑水波别有用心的网民倒向她一边,觉得好运来公司有问题。

水波再次来到龙阳市公安局,找刑侦大队长匡正。这次辛运愚蠢的绑架行动,尽管给母亲造成惊吓,却在网络舆论上帮了她的忙,让她得分。

"匡队长,我衷心感谢你们将我母亲解救回来。"

"这是我们应该做的。"匡正不动声色。

"我想知道下一步你们怎么办?"

"下一步?"匡正的小眼睛瞅着她。

"绑架是严重犯罪,我母亲虽然被解救,可绑匪不能放过,应该绳之以法。"

"这方面我们会做的。"

"有没有线索?"

"有一些,但对不起,具体的我不能告诉你。"

水波知道他在搪塞,不由提高嗓门:

"谁干的这件事很清楚。"

"怎么个清楚法?"匡正反问。

"绑匪绑架的目的是为了逼迫我交出那个笔记本,你想谁需要那东西?没别人,只有辛运。毫无疑问辛运是黑手,是幕后指使者,应该将他抓起来。"

"你这是推理。"匡正说,"可办案抓人要靠证据,不能靠推理。目前我们还没有证据证明辛运是绑架的幕后指使人。"

"那是谁?"

"这要侦查。"

"那你就慢慢查吧。"水波含蓄地说,"我等着你们的消息。"

3

下午水波感到头隐隐作痛,浑身无力,吃晚饭时体温升高发烧。往常这种情况，吃点退热感冒片，多喝些水。但现在肚子里有一个新的生命，为了孩子的健康，她不敢随意服药。她决定到市妇婴保健医院去看看，顺便做个检查。

正值下班，出租车不好找。李素琴说："还是打个电话给欣跃。"

欣跃好似她的专职司机，每天给她打电话，问她要不要用车，要的话随叫随到。她知道的哥的心思。看到他，她就会想起欣荣。随着交往增多，她发觉这对外貌酷似的孪生兄弟，他和欣荣有着愈来愈多的不同。欣荣纯净透明、一眼看到底。他混浊、世俗、自私，还有点油滑。她不喜欢，不过她也想过，生活是现实的，在这个讲究高学历、大学本科甚至硕士、博士生文凭泛滥，竞争激烈的社会。他一个没有读多少书，出身贫寒的出租车司机，拼搏也不容易。理解可以，但她不喜欢。因而与之保持距离，尽可能不麻烦他。今天情况有点特殊，她只得给他打电话。

"啊，水姐，"接到水波的电话，欣跃非常高兴，"我正在路上。将这个客人送到，我马上来，你等着，很快。"

"不急，你慢慢开，注意安全。"水波叮咛。

"知道，你等着。"

水波等着，半小时后欣跃匆匆赶到。他头上冒汗，左手包着厚厚的纱布，面色憔悴。

"你这手怎么啦？"水波诧异。

"呵……"欣跃嗫嚅，"前天修车子，手指被轧了一下。"

"严重吗？"

"没，没事。咱们走吧。"

"小欣，开慢点，注意安全。"李素琴关照。

"阿姨，知道。"欣跃答应。

"妈，我去了，华华再见。"水波向母亲和在脚边转的华华摇摇手，随欣跃来到楼下。

欣跃打开红色夏利的车门。

水波坐进去，系好安全带。

欣跃发动汽车。

不知为什么，她感觉欣跃有点紧张，手脚微微颤抖。

"你怎么啦？"她问，"哪儿不舒服？"

"没——没有。"欣跃避开她的视线，支支吾吾地说，"就是头有点疼。"

"那你就别开车了，"她说，"你回家休息，我另外叫车。"

"没事，我送你。"

妇婴保健医院在市中心，但欣跃却将车子驶向郊区。

"方向好像不对？"她提醒欣跃。

"没事，"欣跃脸色苍白，"这儿有条近路，一会就到。"

又过了五六分钟，车子驶上一条盘山公路，黄昏来临，天空灰蒙蒙。肯定不对，她不由喊：

"停车！"

欣跃一吓，但没有停车。

"停车！"她喊叫。

欣跃不理睬，继续开车。

"你停车！"她喊叫，同时伸手去抓方向盘。

"别动！"欣跃猛喝，从腰间拔出一把匕首。

"你，你想干什么？"她大惊。

"我叫你别乱动，"欣跃目光狰狞，同往日那个和善、热情的欣跃判若两人，"乱动我就不客气了。"

"你，你想干啥？"说不清是气愤还是恐惧她手脚颤抖。

"待会儿你就知道了，"欣跃脸色铁青，扬扬匕首，"别动，要不我的刀子就不客气了。"

汽车转进旁边一条乡村土路,路面坑坑洼洼。欣跃毕竟是老驾驶员,尽管一只手有伤,但车子仍控制得挺好。天已完全黑了,路上见不到车辆和行人。水波感到一种说不出的恐惧。她想推开身边车门跳下去,但肯定会伤害腹中的孩子,不行。她又想与之搏斗,抢夺方向盘。可欣跃尽管一只手有伤,但毕竟是男性,力气大,弄不好自己吃亏,特别是肚子里的孩子,千万不能受到伤害。只能作罢。

"欣跃,你到底想干什么?"她采取另一种策略,想做欣跃的工作,柔声说。

"别说话!"欣跃喝住她。

只得不吭声。她揣测欣跃的目的,这时腿部发生轻微震动,裤袋里手机响了。一定是母亲打来的。她想接听,想告诉她,她面临的危险。但欣跃一定会阻止,而且会将手机抢去。不能暴露,不能让他抢去手机。她手伸进裤袋,悄悄将手机关闭。

欣跃神情高度紧张,没发现她这个动作。他左转弯,驶进一条林中小路。两旁树木又高又密,光线更暗了。大约行驶了七八十米,路断了。他停住车,挥着匕首,命令水波:

"下车。"

水波只得下车,转头四顾,全是阴森森的树林,阵风掠过树梢,哗哗作响。一只夜鸟在林木深处发出凄厉的鸣叫,令人毛骨悚然。

"走。"欣跃摆摆手。

"去哪?"她问。

"朝前。"

"太黑了,看不清楚。"

"睁大眼睛看,快走。"

月亮掩在云层里。水波只得摸索着往前走。大约又走了近60米,豁然开朗,来到一块狭小的林中空地。地上有个坑,坑边堆着新土,还有一把铁锹,显然坑是新挖的。

"你要活埋我?"水波明白了。

"你说对了。"

"你为啥这样做?谁指使你的?"水波颤栗。

"辛老板要你将罗船长那个笔记本交出来。"

"啊!"水波惊诧和愤怒,"原来你受他的指使。欣跃,记得吗,你说你爱我,发誓与我共同战斗,要为你哥哥和死去的海员讨公道。水果阿兴被他们收买,你大骂他无耻,原来全都是假的,你是辛运的卧底。"

"不,"欣跃表白,"我爱你,我说的那些话都是真的,我没骗你,我不是辛运的卧底。"

"那为什么又来180度大转弯?"

"这……"欣跃欲言又止。

"你如实说,这样我死也死得明白。"

"你看这手。"欣跃将左手包着的纱布去掉。

"这?"昏暗中水波赫然发现欣跃五根手指只剩下三个。小手指和无名指被齐根斩了。"这怎么回事?"

"都是因为你。"欣跃哭丧着脸。

"因为我?"

"他们将我抓去。"

"他们是什么人?"

"我不认识,"欣跃摇头。

"他们为啥抓你?你有啥把柄落在他们手里?"

"我,"欣跃迟延,"我贩毒。"

"你贩毒?"水波惊诧。

"我是第一次，"欣跃辩解，"不知怎的，就被他们知道了。"

"这么说他们是缉毒便衣？"

"不是。"欣跃摇头。

"那是什么人？"

"他们是辛运的人。"

"辛运的人？你根据什么？"

"他们说有两条路让我走，一条是将我送给警察。"

"另一条呢？"

"他们知道我和你关系，让我找你。"

"干啥？"

"让你将罗船长那个笔记本交出来。"

原来如此！水波明白了，这是辛运绑架母亲失败后的又一着，简直肆无忌惮，穷凶极恶。

"水姐，"欣跃哭丧着脸，举起断指的手，"我也实在没办法，他们说了，斩两个手指只是警告，我若不按他们说的办，就将我剁成八块。"

山风呼啸，一只夜鸟在旁边树梢上发出恐怖的呱呱怪叫声。

"水姐，我求求你，将笔记本交出来吧，"欣跃哀求，"咱们斗不过人家。"

"如果我不交呢？"

"那……"欣跃咬牙，"我只能对不起你了。"

水波知道，这个卑鄙的小人，为了保全自己他会这样做。怎么办？她心里展开激烈斗争。笔记本交，还是不交？这将决定她的生死。她不是英雄，是一个弱女子，而且是犯了错误，有污点的人。但是罗全布的这个笔记本——"罗马人"事件的唯一证据，它上面沾有她最挚爱的人欣荣等 27 名海员的鲜血。她发过血誓，要为他们讨说法，将肇事者绳之以法。笔记本是唯一证据。辛运千方百计、不惜一切要得到它。好似两军对垒,到了拼刺刀的时候。事情到了这一步,经过那么多斗争,此时如果她将笔记本交出去,那就意味着她前功尽弃,彻底失败。眼前浮现出辛运那狂妄、傲慢、咄咄逼人的丑恶嘴脸,那抖动的、地包天的大下巴。狞笑着问她:"这是最后关头,怎么样?你投不投降,交不交笔记本?不交就要你的命。"她不由在心里吼叫:"不投降,我死也不会投降!"

"欣跃,"她强抑住胸中怒涛,说,"我可以告诉你,我是不会交出那个笔记本的,我不会投降。我死了,那个笔记本证据还在,辛运逃不了,你也跑不了。"

"那我只能……"欣跃举起匕首。

"慢!"水波喝住他,"你不是一直想知道我肚子里的孩子是谁的吗?"

"对,我想知道。"

"那我告诉你,"水波指着隆起的肚子,"这是你哥欣荣的骨肉,是你的侄儿或侄女。"

"你骗我。"欣跃吼叫。

"我为啥骗你?"水波解下脖子上的锁片,打开来,"你看,这是你哥的照片,我俩在救生筏上生活了一个多月。我们相依为命,约定回来以后就结婚,可惜他没能等到这一天。他给我留下这爱的结晶。"

"……"欣跃没想到会有这样的事。

"你想你杀害我和我肚子里的孩子,你哥的骨肉,你的亲侄儿,你哥会答应你吗?"水波紧逼。

猛然,一道雪亮的闪电像一把利剑、划破漆黑的夜空,接着,轰隆隆!一阵惊天动地的雷声,吓得欣跃一个趔趄。

"你看,老天都在发怒哩。"水波说。

"我……"欣跃嗫嚅。

"你应该悬崖勒马,"水波说,"揭发辛运他们的罪行。"

"他们会杀了我的。"欣跃恐惧。

"警察会保护你的。"

"不行,我是毒犯,警察会抓我去坐牢枪毙。"欣跃哭丧着脸。

"那……"水波一时倒想不出如何帮他走出困境。

"水姐,我真的是无路可走了。"

"你……"

"我只能对不起我哥和你了。"欣跃逼近,"他们让我先将你捅了再埋,看在我哥和肚子里孩子的面上,给你个完尸。"

轰隆!又是一个炸雷。

"你……"水波后退。

欣跃扑上去,猛地将水波推进坑里。不管她的挣扎、嘶叫,抓起地上铁锹,奋力将坑边的土铲进坑里。

吱……夜鸟恐惧地啼叫。

天边划过一道闪电,伴随隆隆的雷声,接着雨点噼噼啪啪地落下来。

欣跃十分恐惧,而且一只手用铁锹很不得力。看看水波消失,被完全掩埋,估计差不多了,又铲了两锹土,然后扔掉铁锹,转身落荒而逃。

欣跃哆哆嗦嗦钻进红色小夏利,雨水和着汗水从头上流下来,也顾不上擦。"呵,我杀了人,我杀了人,"他在心里说着,"而且不是别人,是我爱的、怀着我哥哥孩子的女人水波姐。"恐惧、痛苦和懊悔塞满胸膛。以前他赌博、贩毒做一些犯法的事;但没伤害过人。可是从现在起不仅赌博、贩毒,他还是个杀人犯。

罪过呀!

他的心颤栗,全身都在发抖。

树林里不能久留。他发动汽车。小路崎岖,心里恐惧、不安,他不敢开快,慢慢行驶。穿过林间小道,来到公路上。这是一段山间公路,一面是开凿的山岩,另一边是山谷,十几米深的悬崖虽不太深,但也很陡。雨停了,天仍很黑。好在这段路他送客人来过,依稀能辨认。现在他唯一希望是赶快回家,钻进他的小屋。双手不由自主地颤抖,他在心里对自己说:沉住气,别慌。

夜空又划过一道耀眼的闪电,接着是轰隆隆的雷声。看来又要下雨。

对面驶来一辆大卡车,他也没在意。但不知何故,对方突然越过中心线,驶到他的车道上。他本能地按了一声喇叭,提醒对方,同时放慢车速,想从旁边驶过去。谁知就在他挨近时,对方突然加速,向前一躬,将小夏利推到崖边。

"啊!"他不由惊叫。

卡车又一使劲,娇嫩的小夏利,像个玩具,翻了个身,掉进悬崖。

车子翻了两个跟头,半当中被一块石头挡住。车子变形,车窗玻璃撞碎。欣跃脑袋隐隐作痛,他摸了摸,还好,没出血。眼前浮现出那辆肇事的卡车,奇怪呀,走得好好的,他干吗越过中线撞我?不像是操作失误。他心里猛然一抖:谋杀!他们逼迫他杀了水波,随即将他干掉。杀人灭口!太恶毒了。想到此他愤怒至极。妈的,他不由吼叫,你们不让我活,我也不让你们有好日子过。首要的是从车子里出去。他抓住车门把手使劲推,打不开,门被卡死。窗玻璃和前挡风玻璃都碎了,只有设法从破碎处爬出去。他取出一把扳手,把碎玻璃敲掉,将破洞扩大。正在这时,黑暗中他听到一个隐隐的声音:"你还活着?"

奇怪,是谁?他以为听错了。透过碎裂的玻璃望车外,只见一个硕大的头颅和一张狰狞的黑脸,他浑身一震。猛地想起,正是那个逼迫他、斩掉他两根手指的家伙。

轰隆!夜空划过一道闪电,伴随着撼人的雷鸣。

"啊!"欣跃不由惊叫,"你……"

"我交给你的任务完成了吗?"黑脸冷冷地问。

"完成了,我……我将她埋了。"他哆哆嗦嗦地回答。

"那好,你也该走了,我来送你上路。"黑脸说着,将一瓶汽油从破洞里倒进来,随即划了一根火柴。

轰!小夏利升起一团烈焰。

第二十一章 连环谋杀

1

夜深了,天很黑,路上没有车更不见行人。菜农李老根驾着他满载蔬菜的农用三轮车,慢悠悠地走着。每天这个时候他都会驾着他的"铁马",将从田里采摘的各种新鲜蔬菜送到市里蔬菜批发市场。夜很静,马达有节奏地响着,雨停了,凉风习习,李老根觉得挺舒服,不由轻声哼起心爱的《妹妹你大胆往前走》。

三轮拐了个弯,他发现路边崖下有隐隐火光。他奇怪:啥玩意儿?怎会冒火?他将三轮停住,下车仔细察看,借着微光,看出是一辆侧翻的小汽车,火苗从车里冒出。他意识到是一辆跌落的汽车。这是辆什么车?怎会翻下去?车里的人怎样?坡不是很陡,怀着好奇心,他手脚并用,慢慢爬了下去。到车边他辨认出是一辆红色夏利出租车。车身被石头卡住,变了形。从碎裂的玻璃往里看,不禁吓坏了。驾驶座上有个人,显然是司机,已经被烧焦。车里有股强烈的汽油味和焦臭味,坐垫上还残留着余火。

"我的妈!"李老根喊一声。他不敢怠慢,忙手脚并用爬了上去，也顾不上喘气，掏出手机。

"110吗？我……"他上气不接下气。

"你别急，什么事，慢慢说。"110安慰他。

"我，我要报告你们严重的交通事故。"

"交通事故？什么地方？"

"这地方叫猫儿坡。"

"猫儿坡？"

"对猫儿坡，当地人都这么叫。"

"在市区的什么方位？"

"在市区北面。"他补充一句，"离蔬菜批发市场大约20多公里。"

"好吧，你等着不要走开，警察很快就到。"

李老根只得等着，他望着下面的出租车，里面余火已完全熄灭，漆黑一片。

过了十来分钟，远处响起呜呜的警笛声，一辆警车飞速驶来。停车后下来两名警察，年轻的给李老根打招呼："师傅，你好，我们是市局交警队的，我姓王，他姓祝，是我们副队长，谢谢你报案。"

李老根说了经过情况。

王警官揿亮手电，祝警官作了记录，李老根在目击者栏签字。

两名警官仔细察看现场，察看地上的车辙印，用皮尺丈量、拍摄照片，并设置了警戒线。然后下到坠落的出租车旁，用手电照着向车内打量。看到烧焦的尸体两人不禁也一惊。

"看来车子翻下来后起火。"王警官分析。

"不对。"经验丰富的祝警官皱眉，"有问题。"

"有啥问题？"

"车子坠落通常变形损毁，不会燃烧起火。"

"燃烧起火有的是，如油箱爆炸。"

"油箱爆炸肯定起火，"祝警官指着损坏的出租车，"你看这车，车身没有起火，油箱没有燃爆。只有驾驶室内有火。"

"那就是说，车子坠落后驾驶室内起火。"

"你想，驾驶室内没有火源，怎么会起火呢？"

"那就是……"小王沉吟、随即叫起来，"有人点火！"

"对呀，里面还有强烈汽油味。这是一起重大的刑案。"祝警官激动。

"得通知刑队。"

祝警官掏出手机。

2

午夜，龙阳市公安局刑侦大队大队长匡正睡得正酣，被尖厉的电话铃声惊醒。

"哪里？"他提起电话半睡半醒。

"匡队吗？对不起吵醒你啦，我是交警队祝礼。"

"呵，祝队，什么事？"

"这儿发生一起交通事故，我判断是重大刑案。"

"是吗？"一听说是刑案而且重大，匡正立时睡意全消，翻身坐了起来，大声问，"在什么地方？"

"市区北郊猫儿坡。"

"猫儿坡？好，我马上就来。"

匡正喊了队里值班警员和法医火速赶到事发地点。交警队的祝副队长守在那儿。天黑，缺少照明，只能利用手电筒光量，他察看了公路四周，然后爬到崖下察看坠毁的汽车和死者。

"祝队，你分析得对。"他对祝礼说，"这是一起坠车纵火杀人案，汽油浇得不多，但直接喷洒在死者身上。"

"这说明凶手紧跟着被害人，务必要他死。汽车坠落后凶手立即下去察看，见被害人没有死，便浇汽油点火。"

"应该是这样，"匡正点头，"现在当务之急是将汽车弄上来，将死者进行尸检。"

祝礼调来起重机和人手，到天亮时才将坠落的出租车弄上来。

法医立即对尸体进行尸检。结论是死者死前头颅曾遭受撞击，头皮下有淤血，胸部两根肋骨断裂。致死原因是汽油燃烧的烈焰，躯体百分之八十炭化。

匡正仔细检查损坏的出租车。他采取粉末显现法，将显现力强的磁性粉末均匀地撒在碎裂的车窗玻璃上，然后用磁性刷小心刷显，玻璃上显现出两枚指纹，摄影提取。经过公安部指纹库指纹比对，此指纹与一名名叫全金留取的指纹相符。全金，黑龙江人，外号黑头。曾在武警部队服役。2000年4月因故意伤人，被判处有期徒刑3年。

凶手有眉目。现在首要是弄清死者身份。死者是谁？明确身份，就可以排查寻找凶手。死者衣袋里的身份证、行车证和驾驶证全被烧毁，无法辨认。但从车牌上找到挂靠的出租车公司。司机欣跃，28岁，龙阳市人，未婚。

欣跃，他与那个叫全金的人什么关系？全金的指纹怎会留在碎裂的窗玻璃上？难道是全金杀了他？全金又为啥要杀害他？抢夺财产还是其他原因？

"匡队，水波的母亲来报案。"正在他思考时，值班室电话向他报告。

"水波母亲报案？"他奇怪，"什么事？"

"她说水波失踪了。"

"呵——"他不由呻吟。

"她要见你。"

"我这就下来。"

他来到接待室,脸色憔悴的李素琴刷地从座位上跳起来,哭着:

"匡队长,我女儿不见啦。"

"李老师,别急,慢慢说。"匡正安慰李素琴,"怎么回事?"

"这两天我女儿发烧。"李素琴述说,"因为有身孕,不敢随便服药。我让她去医院看看,顺便做个检查。昨天下午4点多钟出门,乘欣跃的出租车。"

"乘欣跃的出租车?"匡正忍不住打断她。

"对呀。"李素琴奇怪,"怎么啦?"

"没啥,你继续说。"

"欣跃特热情,经常主动打电话,问用不用车?我和水波极少用他的车,不想麻烦他。昨天叫了几次车,都没有,就决定找小欣。电话一打他不多会就来了。"

"水波几点钟离开的家?"

"4点过一点。"

"以后你有没有和她联系?"

"我估计两三个小时够了,我烧好晚饭等她回来吃。可是左等右等不回来。"

"你有没有打过电话?"

"打过。"李素琴焦急,"我打了不知多少电话,可手机一直关机。"

"有没有打欣跃的电话?"

"打了,也关机。"李素琴急不可耐,"我给她几个熟悉的朋友打电话询问，他们都说没同水波联系过。而且不知道她生病去医院的事。"

"她去什么医院？"

"妇婴医院。"

"问过医院没有？"

"问了，医院说没来过。"李素琴哭起来，"匡队长，你说他们会去哪？我真急死了。"

匡正想起坠崖的夏利车，里面只有欣跃，水波不在车内。那就是说，在这之前欣跃处理了水波，随后又有人处理欣跃。这是一起精心策划的连环谋杀案。但暂时还不能将水波和欣跃遇害的情况告诉她。

"匡队长！"

"你别急。"匡正安慰她，"我们会全力以赴寻找她。"

送走李素琴，刑侦队长匡正陷入沉思。前不久绑架水波的母亲，如今又将水波灭口。毋庸置疑，这是好运来老板辛运所为。这时手机响了。

"阿匡吗？"电话里响起一个浑浊、厚重、但权威的声音。

"呵，辛总。"他身子一抖。

"有20万到你卡上，有空看看。"

"呵，辛总，你不用……"他慌乱。

"自家人，客气啥，好，就这样。"

没等他说话电话挂了。这个电话也等于姓辛的承认：事儿是我干的。

真是胆大包天，狂妄之极。姓辛的之所以如此肆无忌惮，那是因为背后有他们这些"自家人"撑着。他也确实是"自家人"。他没少得人家好处。但他想起上面给他定的"原则"：忙要帮，但不能沾血。如今可是血案！他不由感到恐惧。怎么办？

决不能自作主张，立即向上报告。

3

"匡队，110报告，金沙滩海滨浴场附近发现一具男尸。"

刑侦队长匡正正想着如何侦查出租车司机欣跃的谋杀案，又接到局指挥中心的电话。

"知道，立即出警。"

匡正带领队员，提着现场勘察箱，迅速赶往金沙滩海滨浴场。

金沙滩海滨浴场位于龙阳市东北，沙滩呈弧形，1 000多米长，沙质金黄细软，是一座天然优质海滨浴场，天热游客很多。浴场北面沙滩消失，是一些嶙峋的岩石。咣！咣！海水扑打岩礁，激起冲天的浪花。

岩石前围了一群人，指指点点、叽叽喳喳。一个赤裸上身、穿条三角泳裤的男人，脸朝下，俯卧着卡在石缝间。海浪冲击岩石，飞溅的浪花冲刷着尸体。

刑侦队员迅速用黄色胶带围住现场。并用录像机和照相机拍摄。然后几个人下去，踩在水中，奋力将尸体从石缝中小心弄出来、抬上岸。

"你们哪位首先发现、向110报的警？"匡正问围观者。

"我，"一个50多岁、矮个秃顶男人心有余悸地说，"我先发现，把我吓死了，忍不住叫起来。"

"听到叫声我过来。"另一个花格衬衫的青年说。

"我打110报的警。"秃顶说。

"谢谢你们。"匡正向他们致谢。

一名侦察员取出现场勘察记录记下报警人、矮个秃头和花格衬衫青年的姓名、电话和陈述,请两人签字。

匡正察看死者,40岁左右,中等身材、体格健壮,头发稀疏,半秃顶,最引人注目的是一双暴眼,两只眼睛突出,而且怒目圆睁,让人不寒而栗。

"他死不瞑目。"侦察员小康说。

"是呀。"匡正同感。

死者身上除一条泳裤只有右手手腕上挂着一把钥匙,上附一小铜牌,上面刻着32号。

"这是海滨浴场更衣室储物箱钥匙。"小康说。

"没错,"匡正解下死者手腕上的钥匙,不无兴奋,"有了这个,打开储物箱,通过死者存放的物品,就能知道死者身份。"

在刑侦案中辨别死者身份、弄清尸源是最重要的。

他让侦察员叫来运尸车将尸体运回让法医尸检。然后他和侦察员来到浴场办公室。

一个脖子上挂胸牌,皮肤黝黑,头发像女人似的扎个马尾巴的管理员接过钥匙,打开32号储物箱。匡正小心地将里面物品一件件取出。天热,衣物挺简单,一条长裤一件短袖衬衫外加一双皮凉鞋。但裤袋皮夹里有一张身份证,持证人:施云龙。

"啊!"马尾巴忍不住叫起来,"是他。"

"这人你认识?"匡正问。

"认识,"马尾巴介绍,"他是好运来公司办公室主任,总经理助理,咱们这儿的佳宾,每星期来一次。"

匡正听说过此人,但没见过面。一听说好运来公司,他心里不由"格登"一下。

"他啥时候将衣服存放在你们这儿?"匡正问。

"应该是昨天下午。"马尾巴说。

"他在泳场游泳,你们泳场有救生员的,为啥没发现他溺水?"小康问。

"而且他尸首漂离你们泳场这么远。"匡正也奇怪。

"这你们就不知道了。"马尾巴指着窗外大海,"两位,你们看到吗,那儿远处有两个像蘑菇似的小岛。"

匡正眯着小眼睛,远处海中一左一右果然有两个形似蘑菇的小岛。距岸大约两三千米。

"怎么回事?"他问。

"那小岛大些的咱们叫大蘑,小的叫小蘑。施先生嫌在我们拦绳子的泳场里游没劲,而是游到大蘑、小蘑那儿。"

"啊!"小康不由咋舌,"游那么远?"

"对呀,"马尾巴说,"施主任是游泳健将,马拉松游泳爱好者。每次来都会游到大蘑和小蘑那儿。我们劝他小心,他自信满满,没问题。想不到……"

"是呀,"小康赞同,"泳技再好若是腿抽筋就麻烦了。"

看来姓施的是腿脚抽筋之类意外溺水。

"小岛距岸边这么远,"匡正望着远处海中的两个小岛,"在那儿溺水,尸体怎会在岸边礁石上?"

"那是潮水的关系。"马尾巴说,"咱们这儿一天有两次涨落潮,每天间隔大约三刻钟。今天阴历初十,"他抬腕看手表,"昨晚夜潮应在凌晨3点左右,潮涌将尸体推向岸边。"

"谢谢你。"匡正信服。

回到局里,法医的尸检报告也出来了。结论是自然溺水死亡,死亡时间大约12小时,也就是说昨天下午。死后尸体被潮水推至岸边,这与浴场管理员马尾巴说的一致。

"身上有没有伤痕?"他问法医。

"有一点,但非人为。"

"我看看尸体。"

他随法医走进验尸间。掀开盖的白布,在聚光灯下,他仔细察看已经开始僵硬的尸体,确实没有明显伤痕。只是右脚脚踝有一条弧形粉红色印痕,颜色很淡,不细看几乎看不出来。

"这伤痕怎么造成的?"他问。

"我观察了,"法医说,"这应该不是人为伤痕。"

"为什么?"

"人为伤痕如锐器伤、抓伤、卡伤通常都容易辨认。"法医分析,"而这种细微、隐隐的印痕,在游泳时海中礁石无意间轻擦,或是什么鱼碰擦一下都可能留下。总之不是人为伤痕。"

他无以争辩。望着死者依然圆睁、死不瞑目的暴眼,心中不由询问:游泳健将,什么东西碰擦过你?这淡淡的伤痕是否与你死亡有关呢?

他觉得疑问应在好运来大楼里。他立即驱车至好运来公司,直奔总经理办公室。

"呵,匡队,"对他的突然出现,辛运略显意外,但很快就镇定下来,"什么风将你吹来?"

"死亡的风。"

"死亡的风?"辛运的大下巴抖了一下。

"你不知道你手下一个重要人物死了?"匡正的小眼睛像钻子似的聚焦在辛运脸上。

"噢,你是说小施,施云龙,"辛运脸上掠过一丝阴影,沮丧地说,"我知道了。"

"你从哪知道?谁告诉你的?"

"刚才办公室小吴告诉我。"

"他怎会知道?"

"海滨浴场电话告诉他的。"

匡正觉得正常。

"唉，太可惜了，"辛运叹口气，大下巴动了动，惋惜地说，"他可说是我的左膀右臂。"

"左膀右臂，这么重要？"

"那可不，他是公司办公室主任，总经理助理。他这人聪明、能干，好多事情都靠他。为公司的发展，我还准备提拔他当公司副总经理。而且准备给他百分之五的公司股份。"

"辛总真慷慨大方。"他赞扬。

"对优秀人才就要这样。"

"他知道你这计划吗？"

"知道。"

"怎么知道的？"

"我告诉他的。"

"啥时候？"

"就前天。"

"他怎样？高兴吗？"

"当然高兴，"辛运大下巴抖一下，"副总经理年薪要比办公室主任、总经理助理高两三倍。再说公司百分之五的股份就是上千万。摊上这种事儿谁不高兴。"

"想不到会出这样的事，"匡正叹息，"真是飞来横祸，天不假年。"

"是呀。"辛运点头。

匡正沉默一会，突然问："你知道他有海泳的习惯？"

"知道。"辛运抬头，视线正同刑侦队长视线交织在一起，略一迟延，忙避开。

就在这一刹那，匡正看到辛老板一种发自内心的不安和慌乱。这正是他需要的。

辛运似乎也意识到什么，忙说："施云龙浙江舟山人，生长在海边，从小就在水里戏嬉玩耍，养成一身好水性。他爱好游泳，而且喜欢游远海，公司里人都晓得。"

"大家都晓得？"匡正问一句。

"那当然，"辛运大下巴一抖，"不信你去问，办公室的人都晓得。"

"行，我相信。"

这种结果匡正预料到的。他有点失望，可又觉得明白什么。具体究竟明白什么？他也说不清。

黄昏时，他独自驾车来到金沙滩海边，发现施云龙尸体的地方。他点燃一支烟，坐在石头上，眯细着锐利的小眼睛，望着大海和远处的大蘑、小蘑。太阳像一只鲜艳的蛋黄，悬挂在西边天际，周边云彩被染红，像火烧似的，无比艳丽。海浪扑打着嶙峋的礁岩，哗！激起冲天的水花。岩石沉默并抗拒着，海浪前赴后继，无休无止，似乎在叙述一个神秘的故事。其中就有施云龙的。

浪花中出现一个搏风激浪的人，那是施云龙。

他在海里舒展地游着。正在涨潮，水流有点急，但他无所畏惧。西斜的太阳在头顶照耀，海水温暖咸湿，一些洁白的小水母陪伴他，在他身边翩然起舞，美妙至极。俗话说，人逢喜事精神爽。今天他心情好极了。老板辛运许诺将擢升他为好运来公司副总经理。而且允诺给他公司百分之五的股份。他，施云龙，一个穷渔民的儿子，顷刻间就变成千万富翁。当然这只是开始，凭他的手段能力，很快就会成为像辛大下巴一样的亿万富翁。

他愉快地游着。自由泳、侧泳、蛙泳、仰泳……舒畅自如，恣意变换，美妙之极。

哗，一个浪头袭来，施云龙消失了。

呵,他腿抽筋了?

他不是游泳健将但会游泳。腿抽筋是常事,沉住气,将抽筋的腿挺直,坚持一会就行。这小常识一般游泳的人都晓得。作为游泳健将的施云龙不会不知道,而且完全可以应付。可是他却……

呵,不,不是腿抽筋!他叫了起来。

眼前浮现出施云龙脚踝上那条不起眼的印痕。一定是水下突然有什么东西触及他脚踝。什么东西?章鱼?章鱼那长长的触须会抓住猎物。但这儿是近海,只有小水母,没有那种大章鱼。那么抓他脚踝的是什么?呵,是人,人的手,水下有一只突如其来、有力的手抓住他脚踝。施云龙一惊,使劲挣脱,脚踝上留下印痕。他以为挣脱了,可就在这时那有力的手臂从身后将他腰紧紧箍住。游泳健将意识到什么,无比恐惧,他想凭借他的泳技与之搏斗、挣扎逃脱。但不行,那两只胳膊紧紧箍住他。拖着他往下沉。他实在憋不住,想呼吸,但呛进一口苦咸的海水。他想呼救,但发不出声音;他挣扎,但没力气。他想等对方换气,但那人无需换气。裹挟着他,下沉、下沉、一直下沉……

啊!这是个人!一个神秘的蛙人。匡正猛地扔掉烟蒂。他藏匿海中,终结了游泳健将的性命。唯一留下的就是脚踝上那道淡淡的痕印。

这是一起看上去天衣无缝、无懈可击的游泳溺水事故。实际上却是一起可怕的谋杀案。

谁?什么人?这是个什么人?他为何要置好运来公司办公室主任、总经理助理而且是即将被提升的公司副总经理施云龙于死地?谁会如此周密、精心谋划呢?

他想起好运来一系列事情,"罗马人"事件,水波失踪,欣跃死亡。

"他是我的左膀右臂",他想起辛运的话。这个暴眼肯定替辛运做了很多事,其中不少是要害。知道太多要掉脑袋的。这是黑社会一句名言,施云龙,难道身为办公室主任、总经理助理的你不懂?

啊,大下巴!他不由高喊一声。

太阳早已坠入海中,天渐渐暗了下来。海面上吹来一阵冷风,凉飕飕的。

第二十二章　同归于尽

1

"很明显,这是一起精心策划的连环谋杀,"匡正说,"先让出租车司机欣跃谋害水波。水波消失后,又制造猫儿坡交通事故,将欣跃灭了。事情到这一步,已经难以控制,作为左膀右臂的施云龙必须消失。"

作为政法委书记和公安局局长的周涛听了刑侦队长匡正的报告,万分震惊。

"这只是你的分析?"

"对,目前还是分析,"匡正承认,"但根据残酷的生存逻辑,我确信这分析没错。"

"这就成了连环杀人案。"

"对呀。"

"如果真是这样就太可怕了,"周涛忧虑,"我们不能停留在分析推理上,得有证据。"

"那当然。"匡正点头。

"首先要找到水波,有没有水波的消息?"

"目前还没有,"匡正说,"但可以肯定被杀害了。"

"人死了有尸体，发现尸体没有？"

"没有，尸体在何处只有欣跃知道，可欣跃也死了。"

"现在只有逮住杀死欣跃的那个凶手，叫什么？"

"全金，"匡正眯着眼，"而且我有种感觉。"

"什么感觉？"

"施云龙的溺水同此人也有关。"

"凭什么？"

"我在公安部网上查过，此人曾是武警特警，退役后2000年曾因伤人致残被判刑3年。此人不仅擅长射击格斗，还受过潜水训练。他戴上潜水装备，在海中伏击了施云龙，置他于死地。"

"要逮住这家伙。"

"我会尽一切力量，"匡正试探地，"可辛总那儿……"

周涛明白刑侦队长的意思。他自己也陷入两难之中。作为刑警，必须侦查，逮捕凶手，可这个凶手的背后不是别人而是辛运。逮住凶手全金，就会咬出辛运。

匡正等待书记的决定。

"这件事影响很大。"周涛自语。

"是的，"匡正接口，"水波失踪的消息一旦网上披露，会引起强烈反响，而且人们自然而然会想到是辛运所为。"

"是呀，同上次绑架水波母亲一样蠢极了。"

"他们之所以敢这样有恃无恐、无法无天，就是自认为有我们在后面撑腰。"

"正是，"周涛生气，"可这是有分寸和限度的，咱们不支持杀人放火，不支持这种明显的愚蠢。"

"对。"匡正由衷赞同政法委书记观点。在"创收"的同时他一直考虑如何更好他"自我保护"："不能太过分，要不咱们不好办。"顿一下，试探地说，"下一步……"

"该怎么办就怎么办!"周涛决然。

"好!"匡正从袋里取出一张银行卡放在桌上。

"这什么?"周涛问。

"这是前天辛运给的20万元,请你退还给他。"

"好,"周涛明白并认可刑侦队长的意思,"我会还给他。"

"那我就设法抓凶手全金?"

"对,"周涛点头,"尽快逮住他。"

"是!"匡正迟疑地,"不过辛总那儿……"

"怎么啦?"周涛问。

"需要上技术手段,"匡正说,"从他那儿可以取得嫌疑人全金的信息。"

周涛明白刑侦队长的要求。辛运是市政协常委、市商会会长,对其进行跟踪和电话监听是要经过批准的,不能胡来。

"我批准,"周涛想了想,果决地挥手,"你大胆干,一定要将凶手逮住。"

"是。"

2

周涛望着好运来公司董事长、龙阳商界名人辛运。灰白的头发,眼角的皱纹,宽大的下巴,倦怠的眼神,看上去慈眉善目。但想到刑警队长匡正分析的系列杀人案,不由不寒而栗。他俩相识、交往二十多年。他知道他驰骋商场,争强好胜,呼风唤雨,叱咤风云,追名逐利,没想到竟如此凶狠残暴。

其实他真正忧心的不是这个大下巴,是他自己。当初他帮他忙是有限度的。想不到他将事情弄到这一步。他之所以敢这么做就是自恃有他这顶保护伞。到这一步,他这顶伞是保不住的。他不仅毁灭自己，也会毁了他。他恐惧，深深地恐惧。

他知道这将是一场痛苦、艰难的谈话；但还是将他找来，无论如何得同他谈谈。

辛运静静地坐在沙发上。望着面露焦虑的政法委书记兼公安局局长，他知道他找他来的目的。他知道此刻他心中的所想所虑。的确，从一个小民警混到这一步确实不容易。他是担心头上这顶好不容易得来的乌纱帽呀。

他不吭声，等待周涛开口。

辛运的冷静和沉默刺伤周涛。这是轻蔑、嘲讽，是猎人对待猎获物的轻蔑和嘲讽。他真想破口大骂；但多年身居要职养成的涵养，使他忍住气，端起水杯呷一口茶，然后从抽斗里取出匡正上交的那张20万元银行卡默默推到辛运面前。

"你给小匡的。"

"还给我？"辛运的大下巴动了一下。他知道退还的意义，将卡放进衣袋。

"辛总，我希望咱俩能作一次坦率的谈话。"

"当然，"辛运知道称呼辛总的含义，"我也希望。"

"记得吗，当初在这儿我对你说过，'罗马人'沉没是一次严重责任事故，我希望不要弄过头，你也答应了。"

"记得。"辛运承认。

"可现在性质变了，变成凶杀案。"

"是呀，"辛运解释，"可你知道，双方搏斗时，有时事先是想好，不要太过分，可在紧要关头，特别是你死我活时，就难以控制了。"

"这么说水波是你谋杀的？"周涛凝视他。

"不，不，"辛运忙否认，"我是说人们搏斗时的情况。我郑重声明：水波的死与我无关。"

"这是秃头上的虱子,明摆着的,不是你会是谁?你让欣跃做了水波,又让全金将欣跃做了。如今你的左膀右臂,暴眼施云龙也消失了。"

"这是推理,"辛运大下巴一抖,"这种事不能靠推理,得靠证据。"

"放心,会有证据的。"周涛自信,"我们会逮住凶手全金。"

"那就逮吧,而且我会提供情况,积极配合你们。"辛运落落大方。

"你是该配合。"周涛瞅着他。

"看来我得回去拿牙刷牙膏了。"辛运坐正身子。

"还不到时候,而且我不希望有这一天。"

辛运笑笑,心想,我拿牙刷牙膏你也差不多了。

周涛明白他的笑意,是的,他捏在他手里,否则,他不敢如此狂妄、放肆。他不由懊恼和他的关系。多少年来,他一直感激他对自己的帮助,视作一种真诚的友谊。现在蓦然回首,不是这么回事。他抑制住激动,说:"开始我说了,希望我们敞开心怀,作一次真诚坦率的谈话。"

"我同意,"辛运耸耸肩,"刚才我该说的都说了。"

"不,你没说真话。"周涛否定。

"我不知道什么才是真话。"

"我想先谈谈咱俩关系。真话、假话我一听就知道。"

"你说吧。"

"你是一个成功的商人。"

"谢谢!"辛运心想,这个还用你夸赞。

"之所以成功,重要一条,有前瞻性,发现商机,善于投资。"

"应该是。"辛运应着,心想,这些皮毛做生意的谁不懂。

"你不仅将这一套用在生意上,而且用在珍贵的人与人的关系上。"

"你说……"

"我问你,"周涛凝视着他,"你是怎么对待我的?"

"怎么对待你?"辛运蹙眉。

"25年前我刚从警校毕业,作为小民警到派出所实习,我们相识,你帮助我,写黑板报表扬我,又在《龙阳日报》和省报上发表文章,赞扬我,还伯乐荐马,利用你的人脉关系,举贤推荐。我家里经济困难,你慷慨资助,我心存感激,而且我相信你所说,这是诚挚友谊。我打心眼里感激你,我将你视为知己和恩人,我喊你辛叔……"说至此,他眼角漾起泪花,"想不到不是这么回事!"

"……"

"从一开始你就欺骗了我,你将我当做筹码,同你搞其他投资一样,我也是你的投资,权力的投资。我成了你的工具,代理人。真高明呀!"

"我……"辛运脸微红,下巴不自禁地抖动。

"你说是不是?"周涛大喝一声。

"我……"辛运讷讷。

"都这个时候了,你说真话,是不是?"周涛逼视。

"是。"辛运咬牙。

"好!"周涛颔首,脸色苍白。

"我对不起你,欺骗了你,"辛运致歉,"话说到这个分上我也想说几句可能你不中听的话。"

"说吧。"

"我欺骗你固然不对,可你也该反思,你为啥会受骗。"

"我……"

"当初我看中你,我给你写吹捧的文章,其中有些夸大拔高,你也看出来了,但你并未拒绝,而是默认接受了。"

"我……"

"这说明你表面上谦虚谨慎,实质上图虚荣,爱吹捧,我非常高兴。"

"……"周涛脸微红。

"我为你升迁游说、拉关系,走门路你不仅知道,而且感激涕零。"

"你……"

"别激动,请听我说下去,"辛运抖动大下巴,"再有你住房困难,我送给你一套房子,你父亲生病,女儿出国留学等等,我送钱、送礼你虽然客套拒绝,但最后都欣然接受。"

"我……"周涛像被人抓住的窃贼。

"我承认我卑鄙,非常卑鄙,我利用了你,"辛运越说越来劲,"可俗话说得好,苍蝇不叮无缝的鸡蛋,你没有这些缝,我能叮吗?即使想叮能叮成吗?"

周涛瘫在皮转椅上,他被彻底击垮了。

辛运心里得意,但他却满怀歉意,亲切地:

"阿涛,对不起,有些话我是不该说的。我……"

"你少来这一套,"周涛霍地从椅子上跳起来。

辛运愣住,大下巴禁不住抖动。

"姓辛的,我告诉你,"周涛怒目圆睁,"我不会允许你杀人放火。"

"我知道,"辛运淡淡地说,"作为公安局局长、政法委书记,你大权在握,想咋办就咋办。"

"我会办的。"

"好呀,"辛运坦然,"不瞒你说,我已作了最坏的打算,枪毙杀头，可你呢？"

"我？"

"对，你，"辛运正色，"无论你承认与否，咱们是一条船上的人，只是在方式、方法上有不同。我替你算过命，按现行法律和政策，根据咱俩关系和你卷入程度，你这个公安局局长、政法委书记的乌纱帽不仅完蛋，还得吃上10年以上官司。"

周涛不由抖了一下。

"我知道你也不希望走到这一步。"

周涛瞅着他。

"作为公安局局长、政法委书记你应该清楚，定案靠强有力的证据而不是推理想象，"辛运停住，逼视他，"说实话，你手里有什么证据证明这所谓系列杀人案是我所为？"

周涛语塞。

"没有，"辛运捏拳，"根本就没有。"

"以后会有的。"周涛自语。

"以后再说以后的事，至少目前没有。而且咱们要想办法，不让这个'以后'发生，"辛运语重心长地说，"眼下咱们船好好的。咱们唯一办法是同舟共济，心里不要慌，更不要自乱阵脚。我想我们会顶过去。"

辛运走了。

周涛呆立着，久久地。

3

全金出生在庆云市农村，父亲在供销社做会计，母亲种地。10岁那年父亲病逝，母亲含辛茹苦拉扯他和年幼的弟弟。他20岁参军，在武警特种部队当兵，学会了擒拿格斗、潜水射击等一套本领。全金是孝子,对母亲非常孝顺。复员回乡后,他听人说乡里一个干部欺侮过母亲,他找上门去。对方根本不把他这个脱军装的小当兵的放在眼里,傲慢无礼,出言不逊,激怒了他,动起手来,他将对方打伤,被判3年有期徒刑。出狱后他离开家乡,外出谋生。除体力和武功,没别的技能。只能当保安和给有钱人当保镖。母亲身体不好,肾脏有毛病,患有尿毒症,看病吃药,开销极大,没有收入,还要供养读大学的弟弟。他将挣到的钱给自己留点生活费,其余大部分都寄给母亲。

进入好运来,认识暴眼施云龙和老板辛运后他比较满意。虽然他们派的活儿见不得阳光;但出手大方,尤其是辛总,赞扬他的孝心,每月除固定给他1万元,完成一次特殊任务还奖励5万。让暴眼施云龙消失给了他10万元。这样做时他也曾犹豫,这是杀人犯罪呀。犹豫过后他还是干了。一来是为钱——他需要钱,非常需要!其次他觉得被处理对象死不足惜。拿那个姓欣的的哥来说,本身是个毒贩,唯利是图品质极差。再说暴眼,阴险狡诈,诡计多端,野心勃勃。自以为是办公室主任、总经理助理,颐指气使,根本不把自己放在眼里。这样的人世上少一个好一个。端着这笔钱,他离开龙阳,回到庆云。母亲的肾病很严重,医生说唯一办法是换肾。费用需30万元。他难住了。倾其所有只有15万,还缺15万。要在短时间内弄到15万元是不可能的。他想到老板。取出与辛运通话的专用手机。辛运关照过,没有重要事,不要打电话。对他来说,母亲的性命是头等大事;但对老板辛运来说就另一回事了。打,还是不打?他想起辛运很赞赏他的孝心。这次电话为救母亲,辛老板会谅解。他鼓足勇气拨了辛运的电话。

"辛总,我是阿全。"他声音微颤。

"啊。"电话里辛运啊了一下,有点惊讶。

"对不起,辛总,"他想象到辛运的惊异,忙说,"对不起,惊扰你。我有件急迫事。"

"什么事?"辛运问。

"我母亲住在医院里,医生说需要换肾。"

"那就换呗。"辛运不以为意。

"是呀,可需要钱。"

"要多少?"

"医院说要30万,我拼拼凑凑只有15万,"他涨红脸,"走投无路,实在想不出办法,只有求你。"

电话里沉默一会,随即慷慨地说:"好吧,我给你20万。"

"啊!"他忍不住叫起来,"辛总,你对我的大恩大德我永生永世不会忘记。"

"好,不说这些,钱我让人送给你。"

"送给我?"

"对,三天内送到。"

"来人我认识吗?"

"不认识。不过你放心,是我的亲信。他会打电话给你。他问:你母亲好吗?你回答:病得不轻。他说:我敬重孝子。你说:彼此。记住,别说错,错了他就不见你。"

"我记住了。"

"你已经被网上通缉,千万小心,赶快去弄张假身份证,换个名字,不要暴露。"辛运叮嘱。

"辛总,谢谢,我知道,你说的我已办好。"

"那好,再见。"

电话沉寂。全金仍处于激动中。母亲有救了,他期盼那个送钱的人。

4

"妈,告诉你个好消息,"全金欣喜地告诉躺在病床上的母亲,"刚才医生告诉我,你配对的肾源找到了。"

"这么快?"母亲意外。

"医生说,很巧,原本是准备给另一个病人换的,最后筛查,有一个指标不符,但与你相配,决定给你。"

"好!"母亲高兴,"那就让医生赶快手术。"

"我知道。"全金萎靡。

"你怎么啦?"儿子刹那间的情绪变化母亲奇怪。

"我……"全金欲言又止。

"是不是钱?"

"钱不交齐医院是不会安排手术的。"

"还差多少?"

"15万。"

"啊!"母亲不由叫起来。她知道儿子在筹钱,想不到差这么多,"算了,不换了。"说着从床上坐起来。

"妈,你别急,"全金按住母亲,"我在想办法。"

"差这么多钱哩,你有啥办法?"

"我已经向一个朋友借了。"

"啥朋友,能借这么多钱?"

"我在龙阳工作的一个老板,他答应借给我。"

母亲没说的,相信儿子。

全金焦急地等待,辛总说过三天,但三天过去了,没有任何动静。从龙阳到庆云,只要一天。他很想再打个电话给辛运,但掏出手机想按号码时停住了。辛总是个说话负责、守信用的人，他既然答应给他钱一定会给的，打电话催问，就是不信任，他肯定会不高兴。

只有等待，耐心等待。

又一天过去，医院催着缴费，他只能敷衍、拖延。

第五天下午，手机有了反应。是那只一直沉默的专用手机。他怀疑，但放在裤袋里贴肉的小玩意像有生命似的，频频震动，似乎催促他：快听！快听！他强抑住心跳，掏出手机，按下接听键。

"你母亲身体好吗？"一个男人清晰、略显沉闷的声音。

"呵，"他顿了一下，"病得不轻。"

"我敬重孝子。"

"彼此。"他答。

"好。"对方认可。

他迫切他说："朋友，我一直在等你，东西带来了？"

"带来了。"

"请立即给我，医院急等付费。"

"好吧，在哪儿见面？"

"5点钟，在人民医院大门口。"

"我如何辨认你？"

"我光头、黑脸，很好认，"加一句，"我手里拿一份病历卡。"

"好，待会见。"

5

"阿匡，"前天下午匡正接到辛运电话，"我想见见你。"

"在什么地方？"

"美丽园玫瑰厅。"

美丽园是龙阳一家著名酒店。辛运在这个时候邀请,去还是不去?

"怎么,船还没沉哩,就想和我老辛划清界线?"辛运火辣辣地说。

"没有的事。"他说。

"那好,晚上7点见。"

他立即向周涛请示。

"你的意见?"周涛问他。

"他挺狂的,不去好像咱们怕了他。"

"怕啥?"周涛挺硬。

"对呀,怕啥。"他接口。

"去!"周涛命令,"摸摸底细,看他下一步棋。"

"是。"

"结果告诉我。"

"是。"

匡正来到美丽园,这儿他熟悉。辛运和一桌丰盛的酒菜已在玫瑰厅里等候他。

"我知道你喜欢国酒,"辛运指着桌上一瓶茅台酒,"现在假货遍地,可这儿老板是朋友,这酒他保证是真的。"说着他给匡正面前杯子斟酒。

匡正手指尖点点台面。

"这是阿拉斯加帝王蟹,这是空运来的澳洲生蚝,"辛运指着桌上,"都是绿色食品,保证没有污染。"

"谢谢,"他点点头,"辛总是个大忙人,今儿怎么有闲请我喝酒?"

"穷忙,"辛运大下巴一抖,笑笑,"其实我忙些啥,一举一动你都知道。"

匡正听出话音，明白他所指，含糊地说："工作嘛。"

"我支持你们的工作，"辛运十分潇洒，"我还可以提供你监听不到的情况。"

"呵？"匡正想不到。

"昨天你有没有监听到我和一个新的号码通话？"辛运似乎考他。

他真被考住了。愣了一会，坦率地说："我还没来得及看记录。"

"不用看了，"辛运十分爽快，"你们不是要抓全金吗？那是我和全金在通话。"

"全金现在在哪？"

"在庆云市。"

"庆云？"

"他母亲得了尿毒症，要换肾，已经有了肾源，要30万，钱不够，还缺15万。只有钱交齐医院才能安排手术。"

"他哪来这么多钱？"

"是呀，"辛运抿一口酒，"昨天他打电话向我求援。全金是个孝子，我喜欢他，答应给他20万。"

"辛总真慷慨。"

"我敬重他，孝子嘛，百善孝为先。"

"钱汇给他了？"

"没有，我想请你送去，"摸出一张银行卡，"这里面有20万。"

"我送去？"匡正睁大小眼睛。

"对，"辛运瞅着他，"你们不是要逮他吗？我给你送上门。"

匡正也注视着他，那含笑但充满阴险和狡黠的脸，那地包天的大下巴。

"咋，你不信？"辛运大下巴一抖。

"你为啥这么做？"匡正凝视着他。

"为啥？"辛运笑笑，"你们不是要抓他吗？我想立功呀。"

"立功？"匡正心想：你也想立功？不由说，"辛总，别忽悠我了，我不是3岁娃娃。"

"我不忽悠你。"

"得了，"他打断他，"真人面前别说假话，你到底想干啥？"

辛运抿了一口酒，夹一筷菜，咀嚼着，大下巴一抖一抖，半晌，说："好吧，咱们就打开天窗说亮话。"

"这最好。"他呼应。

"前天我同阿涛作了一次坦率而推心置腹的谈话。"

"嗯。"匡正哼一声，他知道他同书记的关系。

"咱们谈得很透彻。他批评我违背当初的承诺，将原本的责任事故变成凶杀案。"

"我也同样看法，"他坦率地说，"辛总，你将事情搞得太过、也太大了。"

"是呀，我承认做过头，"辛运辩解，"可这不是我蓄意所为，而是事情的发展由不得我。生活中两个仇人格斗，斗红了眼，就想要对方的命。我也如此。水波一心置我于死地，不肯将船长笔记本交出来，我无路可走，只有来狠的。"说完，他又恶狠狠加一句，"姓辛的从没在任何人面前低过头。"

"明白，后来呢？"

"我说，不管怎么说，咱们是一条船上的人，事情到这一步，船漏了，不能弃船而是要补漏。大家同舟共济，共渡难关，才有生路，要不谁也好不了。"

匡正知道，这是威胁；但也是事实。尽管他们和他有分歧，他们没有参与谋杀，但他们上了他的贼船，是一条船上的人。他们得过他好处，充当他保护伞。他若揪出来，他俩也跑不了，乌纱帽摘掉不算还得进监牢。

"他怎么说？"他抬眼问。

"他沉默，啥也没说。"辛运笑笑。

匡正明白大下巴的笑意。沉默也是态度。设身处地想想，周涛还能说什么？这是要挟，他成功了。

"嘿。"他也笑笑，同时呷了一口酒。

辛运明白刑警队长的笑意，很高兴。赞扬他：

"阿匡，你是明白人。"

"别再给我戴高帽子了，"他甩甩手，"说吧，要我干啥？"

"痛快，"辛运竖起大拇指，然后抿一口酒，说，"法律讲证据。"

"对，证据最重要。"

"现在咱们就是要给咱们的船补漏。"

"补什么漏？"他知道辛运指什么，明知故问。

"这你不知道？"辛运奇怪。

"不知道。"他正儿八经。

"就是他，你送钱去的。"辛运望着他，由于酒的刺激，两眼血红，分外狰狞。

他心里不由一抖，是呀，水波灭了，欣跃坠崖身亡，施云龙葬身大海，就剩下这个孝子。死人是不会开口的，此人若再闭嘴，所有的漏就都堵上了。真阴险狠毒呀！

"让我给你当杀手？"匡正斜睨他。

"怎么会呢，"辛运冷笑，"你是人民警察，刑警队长，我怎会让你干这种见不得人的行当。"

"我怎么做？"

"我让你堂堂正正依法办事，执行法律。"

"堂堂正正，执行法律？"

"你不是要逮捕他吗？"

"当然，有逮捕令。"

"我知道全金性格为人，无论何时何地，你逮捕他，他必然反抗持枪拒捕。"

"他有枪？"

"有，一支仿54，枪里有3颗子弹。"

"几颗子弹你都清楚？"

"不仅清楚，"辛运自豪，"我还知道，3颗子弹中两粒是哑火。"

"呵！"

"枪是我替他弄的。"辛运解释。

"为啥3颗子弹两粒是哑火？"匡正不解。

"给他枪目的是起威慑作用，响一枪够了，两响、三响就会死更多人。作为枪提供者，我不想死太多人。"

"怪论！"

"根据法律，对开枪拒捕的凶犯，警察可以当场击毙。"

他不得不承认这是一着好棋，这种事只有他能干。他是个优秀射手，有一手好枪法。10多年刑警生涯中他曾不止一次开枪击毙、击伤过持枪拒捕的歹徒，但那都是形势所逼、非开枪不可。而这次将是一次阴谋，是犯法。怎么办？干，还是不干？

"给。"辛运从袋里取出一张银行卡放在他面前。

"这……"他一愣。

"这是前天你退给阿涛，他给我的。原来里面这个数，"辛运伸出两个手指，"现在我又加了，"张开5个手指，"正好这个数。"

"辛总,这……"他惶惑。

"我想这次你不会上缴吧?"辛运将卡塞进他上衣口袋,轻声叮嘱,"这个人有关我们大家的命运。"

"我明白。"他颔首。确实如此,姓全的若落网,供出大下巴,拔出萝卜带出泥,他们这一船人都跑不了。

"等他将老娘住院换肾的事办好再行动。"辛运嘱咐。

"嗯。"匡正哼一下。他奇怪,这个恶魔怎么还有善心?

"祝你成功。"辛运举起酒杯。

两人碰了杯。

辛运给了他全金手机电话号码、告诉他接头暗语。

这实在是一着好棋,辛运打心眼里得意。借警察之手,让姓全的闭嘴,真是无懈可击。对出马的刑警队长他也毫不胆心。匡正是个聪明人,除钱之外,更重要的是,他知道这不仅是他辛运的事,事关他和周涛。他会不遗余力,保护周涛和自己头上刑警队长的乌纱帽。他决不会背叛他。

除去50万元没说,匡正将与辛运见面情况如实向周涛作了回报。政法委书记,反复权衡,出于惧怕拔出萝卜带出泥,默认了。叮嘱他:谨慎小心。

就这样匡正来到庆云市。他稍作化妆,上唇蓄一撮小胡子,戴副墨镜。按约定5点钟,他来到庆云人民医院附近。正值下班时间,路上熙来攘往,他在马路对面观察,果见一个身材硕壮、光头、脸黝黑,手里拿本病历卡的男子立在医院门口,肯定是全金了。附近有几个人,有一个妇女似乎在等人,一会看表,一会东张西望。还有一个胖胖、穿红色条纹T恤衫的男子在旁边水果摊买水果,同摊主讨价还价。上午到达庆云后他立即与当地公安局联系,通报有关情况,希望给予支持。凭经验他一眼看出这些是侦察员。

他也不管，看看左右没车，快步穿过马路。

"你好。"他走到全金身旁。

"你好，"光头回应，下意识地看看左右，问，"东西带来了？"

"带来了，"匡正将银行卡交给他，"20万，辛总让我问你好。"

"谢谢辛总，"全金深为感激，"我这就去付钱。"

匡正跟在后面。

全金付了母亲的手术费，不由如释重负，兴奋地说："我到病房对我母亲说一下，然后咱俩聚聚，我请你吃晚饭。"

"好吧。"

匡正随他来到四楼肾移植病房，他等在门口。全金走到里面靠窗一张病床前，床上躺着一个50来岁、面色蜡黄的妇女，他兴奋地说："妈，报告你个好消息，手术费都付清了。"

"呵！"那女人激动，想从床上坐起来。

"妈，你别动、别动。"全金拥抱母亲。

匡正被这平常、温馨的镜头感动了。他看出这不是做作，更不是装出来的，而是发自内心。全金确实是个孝子。可他也困惑：如此有孝心的人怎会成为残忍的杀手？人，真是个复杂的多面体，不可思议。同时他更感到恐惧：他们不知道，这是他们母子最后的诀别，而"送"走他的人将是他。

"大哥，走吧。"全金招呼他。

走出医院，全金说："咱们也别往远处跑，就在附近找一家吧。"

"随你。"匡正赞同。

两人走进附近一家名为"红霞"的酒楼。生意还不错，店堂里十来张桌子一半有客。全金拣了一张左手靠窗的，点了菜和啤酒。

"大哥请。"全金给匡正斟满酒。

"谢谢。"

"还没请教大哥尊姓大名?"全金问。

"我姓王名力。"

"呵,王大哥,"全金端起酒杯,"兄弟敬你一杯。"

"谢谢。"匡正同他碰杯。

"王大哥一直在辛总身边?"全金侧视他。

"对呀,"匡正点头,"我跟随辛总十多年了。"

"呵,"全金喝一口酒,"可我在辛总那儿从没见到过你?"

"我在辛总的'同乐'房地产公司工作,"匡正早有准备。他知道他探询的目的,"没有辛总的召唤我们是不会随便到他那儿去的。而且辛总有规矩,他接见我时,无关的人是不能在场的。同样对你也一样,接见你时,我们无关的人也不能在场。所以咱们同为辛总的人,同为辛总工作,互不相识。"

"倒也是,"全金点点头,抿一口酒,又想起什么,说,"这次钱由银行汇到我卡上就行了,干吗劳神让你送?"

"这……"匡正稍为顿了一下,"辛总本想由银行汇。"压低声音,关切地,"网上正对你通缉,风声比较紧,辛总怕不安全,所以让我专程送。"

"辛总想得真周到。"全金似乎明白。

匡正看出全金貌似粗人,但心里细致,警惕性很高,对他的疑问尽管他解释得很圆满,但他不会轻易相信。这时饭店客人愈来愈多。其中就有不久前在医院门口焦急等人的姑娘和在水果摊上讨价还价买水果、穿红色条纹T恤衫的胖子。那姑娘和一个小伙坐在里面一张桌上,胖子则在门边找了一个位置,貌似看菜单但视线不时往他们扫。尽管看上去与店堂里顾客没有任何区别,但匡正相信他有感觉,机警的全金一定也有所感觉,尤其是穿红T恤衫的胖子。第一,太胖;第二,T恤衫太醒目。这样体型,这样服饰,不适宜从事跟踪、盯梢。

匡正心里说不出的不安和紧张。就在这时,全金腾地跳起来,右手拔出手枪,左胳膊勒住他脖子,将他从椅子上提了起来。他力气那么大,勒得又紧,匡正几乎喘不过气来。

"你……你干什么?"匡正叫着。

"你是什么人?"全金凶狠责问。

旁边桌上的食客一看这架势,有的吓得愣住;有的避而不迭。店堂里立时乱了套。那对男女青年和穿T恤衫胖子也亮相现形,掏出手枪。

全金勒住匡正,将他拖到身后角落,背靠墙壁,面向逼近的警察。

端枪的男女和胖子企图逼近。

乓!全金向上开一枪。企图逼近的人不敢动了,仓皇的食客有的奔向大门,有的抱头匍伏在地上。

"你们别过来,别过来。"匡正呼喊,制止企图趋前的警察。

双方僵持住。

"你是警察?"全金问。

"是的。"

"谁派你来的?"

"辛总。"

"他?"全金惊愕。

"你知道他的原则,不留活口,你杀了欣跃和暴眼。"

"他……"

乓!一颗子弹从匡正裤袋里射出来钻进全金肚子。

"啊!"全金喊一声,同时将枪对准匡正脑袋,扣动扳机。

的！轻响一声，哑火。

"唉。"全金失望他唉一声，松开匡正，高大的身躯，像一截砍倒的树，倒了下去。

"真他妈准呀！"匡正想起辛运说的三颗子弹，不由心里感叹，若这一枪不是哑火他完了。他俯身看倒地的杀手。就在这时，全金忽然像一道闪电，从地上飞速挺身一跃而起，将一把匕首插进匡正胸膛。

"啊！"刑侦队长裂帛似的惨叫一声，仰面倒在地上。

第二十三章　走向死亡

1

水波被推进土坑，她心里喊着：阿欣，亲爱的，我来了，还有我们的孩子。你想不到吧，杀害我和孩子的不是别人，是你的孪生兄弟欣跃，这是多大的讽刺，又是何等的悲哀呀。我实践了我对你和遇难海员的誓言。我信守承诺，顶住辛运的威胁和巨额金钱利诱，将"罗马人"海难真相公诸于众，要求将肇事者绳之以法；但是辛运的黑恶势力和他编织的那张关系网力量太强大。我失败了；但我不后悔，我维护了自己的人格和尊严。而且我相信：尽管我死了，消灭了我的肉体，但抹杀不掉"罗马人"海难这件事。现在千万网民都在关注。我的死，会激起人们巨大的疑问。他们会穷追猛打，拨开黑幕和迷雾。所有恶人最终都会受到应有的惩罚。

她侧身躺着，跌下坑时，她双手护住隆起的腹部，想要保护孩子。她知道这是徒劳，她生命消失孩子也将随她而去；可作为母亲，她觉得应该这样。

欣跃疯狂地挥动铁锹，泥土和石子雨点似的落在身上。为了不呛土，她脸朝下闭上眼睛和嘴巴。身上积土愈来愈厚，胸部受到挤压，呼吸愈来愈急促。接着又是几锹土落在头上，呼吸更困难了。为了吸到气，她挣扎着、将头左右扭动。土松动些，但是又有几锹土落下来，一些土屑钻进嘴巴和鼻孔。本来还依稀看到黑沉沉的夜空，随着又是几锹土，整个人被盖住。她沉入无边的黑暗中。蓦然，轰隆！她隐约听到一阵惊天动地的雷声。这是这个世界留给她的最后的声音。她心里不由呐喊：妈妈，你在哪？你怎么不来救我？

此时李素琴在家里也非常焦急。她估计女儿最晚6点多钟应该回来。但8点钟了仍不见踪影。她打水波的手机，一直关机。欣跃的电话也同样如此。这让她奇怪。机灵的华华似乎有心灵感应，在她身边不安地转动，不时发出吠声。似乎在催促她：快去找，快去找。

怎么办？去哪儿找？一时六神无主。她想到习文。在她印象里女儿的朋友中精神科医生不仅文化程度最高，而且最能干，对女儿最为关心。她也看出习文对女儿的意思，觉得医生不错，希望两人能在一起。她立即拨通习文电话。

"什么，水波不见了？"听李素琴一说，习文也急了，"我马上来。"

习文驾着他的桑塔纳火速赶到水波家。似乎知道他的目的，华华不仅欢迎他而且咬住他的裤腿，将他往外拖。

"别急，别急。"习文安抚华华，然后询问李素琴情况。

"她有点发烧，估计是感冒，"李素琴说，"但因有身孕也不敢随便吃药。我让她到妇婴医院看看，顺便检查一下。"

"她什么时候去的？"

"大约4点钟，"李素琴看看墙上的电子钟，"欣跃送她。"

"我问问妇婴医院，"习文立即拨妇婴医院电话，"请查查，有个叫水波的孕妇下午是否来医院看过病？"

"你等等。"

习文等着。

几分钟后,对方回答:"没有这个病人。"

"肯定没有?"

"我们查了下午妇产科门诊记录,肯定没有。"

"这怎么回事?"李素琴叫起来。

"是呀,怎么回事?"习文诧异,"不去医院会去哪?"他想起欣跃的为人,不由叫起来,"欣跃有问题!"

"那咋办?"李素琴乱了方寸。

"快,去找。"

早就急不可耐的华华"汪,汪"地叫着。

习文拉开房门,华华嗖地窜出去。习文和李素琴紧跟在后。下了楼,面对南来北往的行人和脚下的三岔路,两人不禁茫然:往哪个方向走?

华华一个劲地往前窜。

"狗的嗅觉特别敏锐,"习文说,"跟着华华走没错。"

跟着华华走了一段路,习文觉得有个问题,也许距离很远,应该开车,他喊住李素琴:"你和华华稍等一下,我将车开来。"

李素琴喊住华华。习文将车开来,他让李素琴上车。

"华华呢?"李素琴问。

"华华不能上车,"习文说,"上了车,狗就无法识别,让华华在前面走,咱们跟在后面。"

聪明的华华似乎也明白,撒开腿往前奔,习文的车尾随在后。

过了约20分钟,在华华将他们领到城北一条岔路口。左面是柏油路,右面是乡村土路。路高低不平,而且没有照明的路灯,黑沉沉、阴森森。华华似乎也失去方向,不知该走哪条道。

伫立路口，犹豫不决。习文下车，抚摸华华脑袋，像鼓励孩子似的鼓励它："别急，好好想想。"

华华低头嗅闻路面，又昂头眺望远方。终于作出选择：奔向黑沉沉的乡间土路。习文驱车跟在后面。天黑，路坑坑洼洼，习文打开大灯，为华华照路。华华撒腿奔跑了一阵，停下来回头望望习文的车。然后又继续跑。就这样跑跑停停，又过了约半小时，习文心里不禁疑虑：这样走到底对不对？他知道华华极其聪明、嗅觉也极为灵敏；但毕竟有限。此处已远离住地，当时水波不是步行，而是乘欣跃的车，这对华华的分辨极为不利。他觉得华华与其说是依据灵敏的嗅觉，还不如说是某种特殊的心灵感应。它与水波十分亲，它感觉到她的存在，它一定要找到她！

又过了10来分钟，路的两边是黑压压、阴森森树林。

华华又停了下来。这次似乎要作出决定性的选择：进林子，还是不进林子？

就在这时李素琴袋里手机响了。她按下通话键，没等她开口，手机里传来一声尖叫："妈！"

"啊！"李素琴惊叫，手机差点落在地上，"波儿，你……"她激动得一时说不出话。

"快，快来救我。"水波哀声。

"我来听，"习文看李素琴过于激动，接过电话，"我是习文，慢慢说，你怎么啦？"

"我被欣跃活……活埋。"声音断断续续。

"啊！"习文惊叫，"你现在在哪？"

"我……我也不知道。"

"别激动，沉住气，慢慢说，"习文鼓励她，"你附近有什么？"

"我只知道这周围是一片树林，"水波声音虚弱，"有……有一小块林中空地。我就被……被……"

"啊！树林，"习文喊叫，"就这片树林，华华进去。"

华华在前面奔，习文跟在后面，车开进一条狭窄的林间小路，最后路没了，习文只得停车。这时华华更兴奋了，汪汪地叫着。

"华华找到嗅源，"习文分析，"当初水波也是在这儿下的车。"

"呵……"李素琴激动得浑身发抖。

林子里漆黑一片，习文打开手电筒，和李素琴跟在华华后面。

走了约七八十米，果然有一小块林中空地。

汪！汪……华华欢叫着奔过去。并转身向习文和李素琴吠叫，似乎说：

"在这儿，她在这儿。"

在手电光亮照射下，果见地上有一个坑，水波的头和一只手露了出来，其余身体都被土埋住。

"妈！"水波发出一声微弱但激动的呼喊。

"波儿！"李素琴像排球运动员救球一样，扑上去抱住女儿的头，哭喊起来。

"阿姨，别激动，"习文说，"赶快将她身上的土铲掉。"

华华似乎也同意，汪汪叫着。

没有工具，习文和李素琴用手扒土，华华也奋力用腿扒拉，幸好，埋得不深。将水波上身的土除掉，两人奋力将水波拽了上来。

水波摇摇晃晃，站立不稳，李素琴和习文一左一右搀扶着她。水波终于站定，她吐掉嘴里的泥屑，首先想到的是肚子里的宝贝,双手轻轻抚摸。

"没事吧?"李素琴关切地问。

水波摇摇头,喊:"妈!"扑在李素琴怀里。

"孩子,你受苦了。"李素琴热泪纵横。

"阿文,谢谢你。"水波离开母亲和习文拥抱。

"抱歉,我来了晚一点,让你受苦。"习文紧搂着她,眼角泛起泪花,未能保护好心爱的女人他心里愧疚。

"不,你来得正是时候。"

华华似乎不甘冷落,汪汪地叫着。

"这还得感激华华,"李素琴说,"多靠它引领。"

机灵的华华后腿站立起来,等待水波的拥抱。

"华华,我亲爱的。"水波弯腰搂抱住它。

山风呼啸,夜鸟啼鸣。李素琴说不出的恐怖,说:"咱们快回家。"

"你们那儿不能去了。"习文说。

"对,"水波也担心,"现在不能回去。"

"那去哪儿?"李素琴问。

"我家没人,"习文说,"先去我那儿避避,再想办法。"

"也只有这样了。"水波赞同。

上了车,习文问水波:"真是欣跃下手埋的你?"

"那可不,"水波激动,"他将车开到这儿,那个坑事先已挖好。"

"离开市区朝这儿开你就应该发觉不对。"

"对呀,当时我也发现不对劲,让他停车,他面目暴露,掏出匕首威胁我。"

"想不到这家伙这么坏,"李素琴感慨,"平常嘴巴比蜜还甜,一口一个水波姐,成天屁颠屁颠跟在后面,一副忠心耿耿样子,想不到会下毒手,干出这种事。"

"是呀,我也诧异和震惊,"习文说,"对此人的为人我是有些看法的,我觉得他市侩和俗气,但我知道他在追求你。"

"他向我提过,"水波说,"我明确拒绝。"

"是呀,总不至于因为你拒绝而下毒手吧?"

"不是这个原因。"

"那是为什么呢?"

"在将我推下坑之前我问他,你说你爱我,支持我为'罗马人'遇难海员讨回公道。现在为啥要杀害我?他说他是被逼的,是根据辛运的指示。"

"辛运的指示?"

"他说辛运让我选择,一是将船长的笔记本交出来,饶我一命;要不将我埋了。"

"欣跃一定得了辛运很大好处。"

"他贩毒,小辫子落在辛运手里。"

"贩毒?"习文一惊。

"对,贩毒,他亲口对我说的,被辛运手下人抓去,要挟他,让他选择,并且斩掉他左手两个手指。"

"对呀,"李素琴叫起来,"刚才他来接你的时候我看见他一只手包着纱布。"

"现在事情性质完全变了,"习文面色凝重,"谋杀,恶毒的谋杀。"

"辛运是很坏,"水波感慨,"但我没想到会坏到这一步。太恶毒了。"

"对辛运来说这是必然,"习文分析,"姓辛的财大气粗,有钱有势,背后又有强大的关系网,无法无天惯了。船长的笔记本是唯一重要的证据。他用尽办法你就是不肯交出来,必然激怒他，走这一步。"

"这种事现在社会上有的是，"李素琴说，"前几天我就看到电视报道沈阳一个老板为弄到对手掌握的贪污证据，雇人将对方杀掉。"

"这种事不稀奇。"习文说。

"这事太可怕了，"李素琴紧张，"得赶快去公安局报案。"

"不行，"习文摇头，"不能去。"

"为啥？"

"公安局里有他们的人，"习文转向水波，"你女儿知道。"

"对，不能去公安局。"水波肯定。

"那咋办？"李素琴焦虑，"这是谋杀。"

"别急，"习文安慰她，"咱们再想办法，而且总有办法的。"

2

"水波，待会儿我让你见一个人。"习文神态诡异。

"谁？"水波看他那神秘兮兮的样子有点奇怪。

神秘客来了，水波不由怔住，那不是别人，而是先前报道她印度洋获救、又给她戴上神精病帽子的《龙阳日报》记者陆天浩。

"你！"她厌恶地瞪着陆天浩。

"没想到吧？"陆天浩似乎料到会这样，神情泰然。

"小陆，请坐。"习文招呼陆天浩。

"你认识他？"水波意外。

"为你的事我找过他，"习文坦承，"而且现在我们成了朋友。今天就是我请他来的。"

"我知道你恨我，"陆天浩不避讳，"我一直想有个机会向你致歉,同时向你说明一些情况。"

"水波,你知道吗,"习文说,"小陆之所以写那篇你患有精神病被关进精神病院的报道完全是被迫的,是一个精心设计的圈套。"

"圈套?"

"天浩,你自己说。"习文说。

陆天浩迟疑一下,说:"那天晚上你拍桌子将咖啡打翻,埋伏在旁边的人突然蹿出来说你是精神病,将你押送到精神病院。"

"这我知道。"水波说。

"我当时感到突然,不知怎么回事。你被他们带走后,我也被带到公安局。刑警队队长匡正亲自同我谈话,他拿出一份一家歌厅一个小姐报案说我强奸她。"

"有这样的事?"水波想不到。

"这是个圈套,"陆天浩激愤,"那是两天前,我和朋友到卡门 KTV 唱歌,有两个姑娘陪唱,其中一个叫金铃。我们要了啤酒。平常我酒量还可以,可那天喝了一杯啤酒不知怎的就晕头转向,浑身发热,产生一种强烈欲望。"

"酒里放了一种催情素,"习文说,"会让人产生强烈性冲动。"

"对呀,"陆天浩涨红脸,"当时我真控制不住自己。金铃将我领进一个房间,我们发生关系。后来清醒,我很懊悔,我犯了错误。我给了她 400 元钱,她挺满意。我也不想再提这件事。谁知匡正说她报案告我,强奸她,并且还有手机拍的裸照和录音作为证据。"

"这太恶劣了。"水波说。

"匡正让我选择,"陆天浩颓唐,"一是作为强奸罪拘捕我;另一条路是按他们说的,写篇你是精神病的报道。我知道这是个阴谋，非常卑鄙；可是为了自己的名誉和前途，我屈服了。"说到此，他悔恨不已，"水波，我一直想向你说明真相，向你道歉；可我没有勇气，多亏习医生。"

"他也是不得已，"习文说，"强奸罪起码判3年，当时如果他不按姓匡的说的做，他完了。"

"明白了，我不怪你。"水波想不到为了一篇给她戴上精神病帽子的报道竟如此煞费苦心。

"谢谢。"得到水波的谅解，长久以来陆天浩心里负罪的郁结终于解开。

"现在形势十分严峻，真可以说是你死我活，"习文面色凝重，"作为记者，小陆，你情况知道得比我们多，你看下一步我们怎么走？"

"现在事情性质完全变了，这是蓄意谋杀，"陆天浩紧张，"咱们得赶快离开龙阳。"

"去哪儿？"习文问。

"北京。"

"北京？"水波也问。

"对，北京，"陆天浩强调，"现在情况极其严重，只有到北京去。"

"上访？"水波知道上访的艰难和不易，而且前次上访被拦截，想起这些，她就心生气馁。

"上访行吗？"习文也没信心。

"行，肯定行，"陆天浩满怀信心，"'罗马人'海难，27条人命本身就是件大事，现在又发展到谋杀，将知情人活埋，这就更严重了。"

"事情是重大，可怎能让上面知道？"水波担心。

"上访的人很多。"习文也担心。

"我有办法。"陆天浩胸有成竹。

"你有啥办法?"水波问。

"我有同学在新华社和《人民日报》当记者,事情重大,他们会写内参向上面反映。"

"对呀!"水波欢叫。

"好!"习文也知道内参的分量。

"可我们不认识你同学。"水波说。

"我和你们一起去。"

"这太好了,"习文兴奋,"这下好了。"

"好是好,"水波想起什么,"不过我感到悲哀。"

"有啥好悲哀的?"习文不解。

"你想,作为法制社会,这样明摆着的违法乱纪、杀人害命事情,身为公民,却不能行使自己权利,依法按正常途径解决,而要偷偷摸摸,到上面去,通路子,找人,写内参,让大人物批示。"

习文和陆天浩都一怔。

"你啥意思?"习文问。

"没啥意思,"水波掠掠头发,"只是感叹。"

"这就是中国特色。"陆天浩明白她意思。

"好了,别多愁善感了,"习文也明白,"能按小陆的路子解决就好了。"

"要是我们没有小陆这样的记者朋友,没人帮忙写内参咋办?"水波又问。

"那就只能按部就班,老老实实排认上访,"习文说,说完又加一句,"所以现在北京上访的人特多。"

"这问题太大、太深了,咱们小老百姓也管不了,"陆天浩摇头,"咱们这就抓紧时间,分头走,悄悄地,千万不能走漏风声。"

3

杀手全金和刑警队长匡正双双毙命,听到这消息辛运兴奋得合不拢嘴。这正是他希望和追求的结果。用刑警队长匡正灭掉全金,这看似冒险,但确是一着好棋。此前,他犹豫过,但细细一想,没问题。他了解刑警队长,不管有啥想法,基于"同乘一条船"的共同利益,匡正会这么做。届时强悍的全金必然拒捕,匡正将他击毙名正言顺。全金必死无疑,而且由刑警队长匡正执行。本来他还考虑,全金消失后如何处置这位刑警队长,现在好,一石二鸟。

现在所有嘴巴都闭上,所有知情人都消失。人们可以怀疑他。但法律讲证据,谁也拿不出他谋害的证据。想到一个个消失的人,辛运也觉得未免血腥。但这就是残酷的生存法则,不这样,他姓辛的就完蛋。

但他高兴了没几天。这天午夜他接到一个意想不到、真如同五雷轰顶的电话。

"我是周涛。"电话里传来周涛的声音。作为政法委书记兼公安局局长平时讲话或电话,总有一种内在的威势,但此刻那种惯有的威势不见了,而是颓唐无力。

"呵,阿涛,什么事?"他问。他知道没有十分重要的事情他不会打电话,尤其是深夜。

"水波没死。"

"什么?"他不相信自己耳朵,"你再说一遍。"

"水波没死。"周涛重复,声音打颤。

"怎么会呢?"他不相信。

"具体情况我也不知道,但她确实没死。"

"那,我……我想办法。"他低声吼叫。

"来不及了,"周涛哀叹,"公安部和省公安厅联合调查组明天一早进驻龙阳。"

"啊!"辛运喊一声,大下巴半天也合不拢。

这是水波上访的结果。

陆天浩一位在中央某新闻单位社情部工作的同学,听了水波的叙述和遭遇极为震惊,连夜写成《27人命丧印度洋,知情人遭活埋》的内参。第二天,一位领导同志愤怒地批示:"权黑勾结、无法无天"。公安部和省公安厅于是成立联合调查组,进驻龙阳市。

市政法委书记兼公安局局长周涛停职检查。

好运来航运公司董事长、总经理、市政协常委、企业家协会会长辛运被刑事拘留,罪名是唆使"罗马人"船长罗全布作假、篡改船舶数据,和指使工作人员水波骗取适航证,致使该船沉没。

辛运终于见到他费尽心机,甚至不惜杀人都未曾弄到的那本船长罗全布的笔记本。这是水波交给调查组,调查组作为罪证向他出示的。事情到这一步,他也无所谓了。说到底这是一起严重责任事故。罪不致死。他忧心和恐惧的是而后的谋杀。人们想当然是他干的;但法律不是靠想象,而是靠证据。所有人都死了,死无对证。证据决定一切,没有证据定不了他罪。

他很淡定。审讯人员两次提审,问他,让他考虑考虑,他断然摇头,一本正经地说:"谋杀事儿我不知道。我反对谋杀,也从未参与谋杀。"

"本来我们想给你个机会,让你主动坦白交代,"第三次提审时审讯人员说,"遗憾的是你执迷不悟,心存侥幸,还装成正人君子。为便于你回忆交代，现在给你看一段录像。"

那是全金死前警方在病房里对其突审的录像。全金断断续续地说："因……因为拿不到那……那个要命的笔记本，辛总非……非常愤怒。抓……抓住欣跃贩毒的小辫子，让……让我收拾他，逼他将水波埋……埋了。为……不让他咬狗，又……让我制……制造一次交通事故，将他灭……灭了。"

警察问："施云龙也是你杀的？"

"是，"全金颔首，"也是……是根据辛总的指……指示。"

"辛运为啥灭他？"

"辛……辛总没……没说，"全金停顿，"我想是因……因为他知道太……太多了。"

警察问："你替他杀了这么多人，他对你就放心？"

"以……以前没……没想过，"全金呼吸急促，"现……现在知道，他……他要灭……灭我……这个人狠……狠啦……"

"你怎么知道？"警察问。

"他派……派来那个姓王……王的就……就……"全金挣扎着想说但说不出话。警察让门外的医生进来抢救，但回天乏术。

"辛运，没想到吧？"录像关闭，审讯人员问辛运。

辛运脸色惨白，张大嘴，地包天的大下巴上下抖动，久久说不出话。

周涛交代，同辛运谈话时，他明确表示反对凶杀，辛运表示他也不想走这一步，但水波死活不肯将笔记本交出来，他不得不采用非常手段。也就是承认活埋水波，将欣跃灭口等凶杀是他策划指使。

根据监控他和杀手全金通话录音，他唆使和资助全金逃跑。

给匡正 50 万银行卡和两人手机通话记录，证明他贿赂刑警队长、让他除去杀手全金。

这一系列直接和间接证据,结成一条强有力的证据链。检察院以谋杀罪和弄虚造假、造成重大责任事故罪对辛运提起公诉。法院经审理,判处辛运死刑。押赴刑场时辛运不由懊悔并反问:自己做人是否太贪婪、太霸道、太凶残?如果……当然,他是没有如果了。

政法委书记兼市公安局局长周涛身为领导干部,怂恿、包庇辛运犯罪行为,成为其保护伞,接收房屋、礼品、现金,价值达200万元。鉴于认罪态度较好,揭发辛运的罪行。而且后期对辛运适时监控,取得一些犯罪证据,从轻处理,撤消党内外一切职务,判处有期徒刑10年。

水波在"罗马人"号适航证取得上犯有严重错误。鉴于其认识错误,信守承诺,对犯罪分子辛运进行斗争,免于刑事起诉。不久她生下一个男婴,取名承诺。

以生命的代价去追寻
——论张士敏的长篇小说《印度洋的承诺》

任丽青

有什么东西值得人们用生命的代价去追寻？除了生命还有别的什么吗？有，那就是诚信。人类社会如果丧失了诚信，毁灭世界的滔滔洪水早晚有一天要到来，诚信丧失的速度越快，世界毁灭的那天也越早。时代又一次激发有良知的作家站出来承担起唤醒民众的使命。一位年近八旬的可敬的上海老作家——第二代海洋小说家张士敏，毅然结束悠闲的退休生活，再次握起笔，以他熟悉的海洋生活为素材，再辅之以广泛学习了解到的其他素材，完成了长篇小说新作《印度洋的承诺》。读完小说，我被深深地感动。我感动于老人那种出于强烈爱国主义的创作冲动、那种力挽人世丑恶狂澜的无畏勇气和不惧疲乏坚持写作的顽强毅力，于是也就不揣浅陋写出以下几点评论。

一、既熟悉又陌生的题材

信守承诺、忠于爱情、追求真理之类的文学题材并不少见，但是用远洋航海的海难事故作为情节主干，再用精神疾病的认定、黑社会性质的连环犯罪等人们陌生的生活素材作为情节枝干，形成一个以生命为代价信守承诺的完整的现代故事则难能可贵，这构成了一种崭新的阅读体验。这种巧妙而缜密的构思，得益于作者曾经是一名从事海洋勘测工作的海员，拥有长期的海洋生活经历，还得益于作者从业余文学爱好者身份起步逐渐形成的对社会现象的细致观察、深入思考和敏锐的把握。这种基于较长时间的积累而非一蹴而就的创作过程赋予这本长篇小说跌宕起伏的故事情节，和既在情理之中又出乎想象的故事结局,体现了作者高超的艺术技巧,更体现出作者严谨的现实主义精神。

故事的情节一波三折,人物的命运险象环生。"罗马人"号是一艘有40多年历史的万吨轮船,造船时的钢板厚度18毫米,好运来船务公司老板、董事长辛运把它作为报废船低价买来。辛运对船舶和航海稍有了解,对金钱的欲望和侥幸心理促使他要让"罗马人"完成从欧洲到中国的一次远航,为自己带来一笔可观的收益。按照远洋航运的国际法规,哪怕是一次性航运,也必须向有关航运管理部门提供船舶的相关技术数据,以取得一次性适航证书。于是辛运找到了年已66岁的老船长罗全布担任这次航行的船长,许以优厚的报酬。罗全布接船时发现"罗马人"的钢板厚度只有9毫米,显然不符合远洋航运的技术标准,当时就提出了这个问题。可是,妻子患病的经济窘境使他难以抵挡3万美金的诱惑,终于违心地答应了辛运。当然,他仗着自己几十年的航海经验,也有侥幸的心理作祟。

外语学院的高材生水波凭着自己优秀的成绩和出众的才干应聘进了好运来公司,第二年就担任了辛运的助理兼办公室主任。她让罗全布在船舶证书上把"罗马人"钢板厚度改成12毫米,又在比哈尔港用一万美金的"手榴弹"摆平了验船师,取得了"罗马人"的一次性适航证。辛运和水波的联袂造假使"罗马人"驶上了一条不归路,最终在印度洋发生船舶解体的事故,24名船员不幸坠海死亡,乘坐救生筏暂时逃生的只有4个人。

他们在印度洋上漂流,希望得到过路船的营救。第6天,附近有一艘集装箱船经过,他们发射了一枚救生火箭,但那艘船还是开走了。第10天,年纪最大的船长罗全布死亡,临终前他交出了自己和辛运卫星电话通话记录,这是揭开沉船秘密的证据。第17天,轮机长朱海根死亡。水手长欣荣和水波两人相依为命,与大海抗争。第20天,断水又断粮,死神也越来越近。欣荣把勉强搜集到的一瓶盖淡水给了水波,水波又推给了欣荣,欣荣感觉到前所未有的温暖,爱情的甜蜜终身难忘。第30天,水波精神终于崩溃,她想跳海。欣荣用英国作家莫里斯夫妇漂流海上117天的事迹鼓励她，使她打消轻生的念头。再后来，欣荣和水波一起钓海鱼、吃海鸟、喝海水、喝鸟血，甚至喝自己的尿液。第61天，欣荣被鲨鱼咬断手掌，发高烧而死亡。第64天，奄奄一息的水波终于幸运地被缅甸人救起，原本51千克的体重只剩了30千克。

救生筏里狭小的空间和短暂的时间使罗全布和水波都经历了人生最大的变化。这种独特的生存境遇使两人良心回归，向朱海根和欣荣坦白了轮船一次性适航证造假的经过，并表示了深深的忏悔，由此引发后来一系列惊心动魄的刺激性情节。因此，取得适航证这个素材成为小说情节的起点，也是人物思想转变的起点和人性升华的开端。这样的小说素材决不是坐在房间里冥思苦想可以得来的，经历过长期海洋生活的作者张士敏却信手拈来。

在"罗马人"的这次夺命航程中，船长罗全布、轮机长朱海根和水手长欣荣最后也没能挺过来，相继在救生筏上死亡，只剩下最年轻的水波遇救生还。60多天极度狼狈的海上漂流，以及和欣荣之间发生的一场生死相恋促使水波要完成船长、轮机长和水手长的嘱托，要把"罗马人"海难事故的真相公布于众，要让罪魁祸首辛运得到法律的惩罚。捡回一条性命的水波为了赎罪、为了践行自己对欣荣爱的承诺，又走上一条与辛运为首的黑社会斗争的不归路。水波被诬蔑因受刺激患上精神分裂，这个不实之词得到了存有私欲的"专家"、"权威"刘文甫教授的"证实"，成为小说情节的第一个重要的转折。从法律上说，患有精神病的人不具备民事行为能力。水波似乎已经走投无路，只能永远呆在精神病院里了。后来，是水波的主治医生习文受到水波决不妥协的精神感召，带她到北京找精神病专家应向前教授重新做鉴定，摘掉了罩在水波头上的不实之词，使水波的命运柳暗花明，也使整个情节转向新的跌宕。如何鉴定一个人是否真的患上精神疾病，这在现实社会中也是令人困惑的一件事，作者以他严肃的创作态度，通过认真的采访和钻研，在小说中为读者做了精彩逼真的描写，从而也使读者获得了这方面的知识。从"精神病"这个情节的构思上，我们可以感受到一个老作家为了获得一个具有科学性的、对读者来说有新鲜感又能推动故事情节的创作素材是尽了多大的努力。艺术创作和其他创作一样,都是一种创意活动,要有一种亲历亲为的实干精神,靠抄袭或变相抄袭是终究站不住脚的。

水波要向社会公布"罗马人"海难事件的真相,要把黑心老板辛运押上法律的审判台,虽然是人心所向,却绝非易事。辛运的头上有不少耀眼的光环,龙阳市的纳税大户——财神爷、龙阳市企业家协会会长、龙阳市政协常委,他还是龙阳市政法委书记、公安局局长周涛的"伯乐"和座上宾。要扳倒这样一座大山谈何容易,就算水波有足够的思想准备和打持久战的坚强毅力,仍然会发生许多意想不到的结果,这构成了小说一系列紧张刺激的情节。

第一个回合,水波直接和辛运交锋,她把"罗马人"在印度洋因船体开裂、几个机舱相继进水,最终船体断成两截沉入大海的事实向辛运作了汇报,指出这完全是一次可以避免的重大责任事故,而不是意外事故,她要辛运和自己一起向有关部门投案自首。她说:"如果没有正义的裁决,遇难者的灵魂不会安宁。"但是辛运客客气气地向她发射了糖衣炮弹:100万元好处费、价值500万元的别墅豪宅、再加百分之五的公司股份。虽然水波断然拒绝这天大的诱惑,"汹涌的印度洋让我懂得世界上还有比钱更珍贵的良心、人格,信任和爱",但是,她没有胜利。

第二个回合,水波到公安局上访,印度洋上生还奇迹的创造者这一特殊身份使她受到特别的礼遇——刑警队长匡正亲自接待。但是匡正并非正人君子,他用水波提供的罗全布船长的笔记本不是原件不能作为立案证据为理由,冠冕堂皇地婉拒了水波。公安机关也并不是时时刻刻都为人民的,公安局里也混有歹人,作者直面这样的惨淡人生。

水波又找了《龙阳日报》记者陆天浩,还没有开始细谈,就被陌生人绑架到精神病院,由此拉开小说情节相持阶段的大幕。主治医生习文觉得水波不像一个精神病患者,但是马平院长收受了辛运70万元,其中50万元美其名曰捐赠给医院,20万元则进个人腰包,胜利的砝码又一次倒向了辛运。习文不给力,院长就找来龙阳市精神科专家刘文甫给水波做病情鉴定,结论依旧。实际上刘教授只得到一万元,比起马院长差得多了,但他对水波造成的恶果却大得多。水波一旦被确诊而戴上精神病人的"帽子",她就一生一世翻不了身,永远丧失了公信力,也就实际上被剥夺了发言权,什么样的媒体也帮不了她,真相也就被牢牢掩埋。在这些个段落,小说涉及了有关精神疾病认定方面的诸多因素、一些相关的规定、一些惯常却又极不合理的做法。医学问题和观念意识、医学水平、各种利益等糅合在一起,形成错综复杂的关系,深刻地映照出现实社会发展过程中的种种乱象。在这个部分,作者通过习文这个人物对马平院长、刘文甫教授——医学界的败类做了揭露,撕下了罩在他们身上的道貌岸然的外衣,对学术界龌龊温床上滋生出的所谓"学术权威"表示了极大的鄙视,这种代人民立言的勇气值得钦佩。

第三个回合峰回路转。习文被水波信守诚信、不为利诱的情操和坚决向恶势力斗争的精神所感动,当然也被她的美貌吸引,怜悯她的遭遇,他爱上了她。习文毅然决定辞职,帮助水波完成她践行诺言的事业。他建议水波联合遇难者家属共同与好运来公司交涉,用集体的力量向辛运讨回公道。船长罗全布的儿子罗根兴、轮机长朱海根的女儿朱小云、水手长欣荣的孪生兄弟欣跃、二副迟天来的弟弟迟伟、木匠邱金火的妻子许飞飞等人集合在一起,共同誓言声援水波,也给自己的亲人讨回公道。然而,讨回公道的精神力量远远比不上眼前的利益,第一次行动——集体进京上访就有人打了退堂鼓,身为小公务员的迟伟向公安局告了密,上访计划夭折。

再后来,一连串匪夷所思的事情接连发生。罗根生反戈一击,在网上发帖攻击水波,说她手中掌握的父亲笔记本是伪造的,父亲遭到水波的污蔑,一时间舆论哗然。陆天浩也在报纸上发表文章,公布水波精神分裂的所谓病情。辛运为了得到罗全布的笔记本原件,竟然让人绑架水波母亲。后来连水波也被绑架到僻野树林中,意欲活埋她的竟是一直表示忠心爱着她的欣跃。欣跃埋了水波,被全金灭口;全金害死了欣跃,又暗杀了辛运的心腹"暴眼",铁着心帮助辛运扫清障碍,可又被辛运指使的公安局刑警队长匡正干掉,匡正也同归于尽。警匪难辨,警匪竟然是一家——金钱名义下的一家人。作者关注到一部分人民的现实痛苦,才敢于"正视淋漓的鲜血"。最后,还是水波的爱犬"华华"凭着对主人的无限忠诚,靠依稀的气味引领习文来到树林中救出了水波,是欣跃的慌乱避免了水波的灭顶,但归根到底是犯罪感使得欣跃手忙脚乱,乱中出错。水波的获救既不是老天有眼,也不是上帝垂青,而是道德的力量要把她留在世上。恶人虽然可能得逞于一时,却得逞不了一世,正义终将压倒邪恶。这些变化多端、紧张刺激的情节不是满足读者的猎奇心理,而是为了表明做人的道理。这种道理不靠说教,而是把它融化在故事情节中,让读者去感受、去思索,这体现了作者高超的写作技巧,更体现了作者现实主义的创作精神。

决战阶段,还是通过记者陆天浩的关系,把"罗马人"事件的真相写成内参,通路子上传到中央大人物手中,终于把黑心老板辛运绳之于法,黑社会"保护伞"公安局局长周涛停职检查,入狱10年。水波和欣荣爱的结晶诞生了,起名承诺。这个结局看上去是大团圆式的,其实不然,这里面包含更大的隐忧。辛运虽然落网、周涛虽然倒台,但这都不是人民的力量、法律的力量,而是依然靠通路子、靠大人物说话。如果小小老百姓什么路子也没有、什么人也靠不上,岂不是有口难辩、是非莫辩。因此,小说的故事虽然到此结束,但是它留给人们深深的思索、深深的忧虑。"为什么我的眼里常含泪水,因为我对这土地爱得深沉",艾青的这句诗形象地揭示了作家、知识分子独特的爱国情怀。虽然作者对小说中的最大人物周涛表示了大不敬,但是思想感情却是复杂的,恨中有惜,恨铁不成钢,说到底还是要警醒现实中的周涛们,"莫要伸手,伸手必被捉",要做人民的保护伞,要做人民的坚强后盾。

二、丰满可信的人物形象

一篇好的小说必须具备两个好的要素,一是情节一是形象。如果作者不能把生动精彩的故事情节附着在质感丰满的人物形象上，这样的情节只能是无本之木，这样的小说也经不起时间的检验。《印度洋的承诺》两个要素兼备，因此产生了过目难忘、发人深思的艺术和思想魅力。

水波是小说的一号主角，她父亲早逝，母亲是小学教师。家境虽然贫困，可是水波却天生丽质、头脑聪慧。她是外语学院英语专业的高材生，又自学法语和日语，她凭着自己的水平进入好运来船务公司，不久即担任总经理助理的要职，可以在远洋商务方面一展才华。她知道辛运垂涎自己的美色，但她却既不拒绝也不让他得手，保持若即若离的状态，她想通过这种最佳状态使自己在行业中迅速崛起，水波不愧是聪明人。为了达到这个目的，她必须先借助于辛运的提拔，满足辛运在工作上对自己的要求，因此，她在"罗马人"出航这件事上充当了辛运的帮凶，她也是"罗马人"海难事故的不可推卸的责任人。所以，从一开始，水波就是一个具有复杂思想性格的人。一方面，她和作为教师的母亲相依为命，从小养成了独立自主、自强不息的性格，学习努力，成绩优秀；另一方面，孤女寡母的家境使她对金钱、对出人头地也有强烈的欲望。本来，她搞定了"罗马人"的一次性适航证可以坐飞机回国，但她喜欢海洋，喜欢那些地理书上的海洋地名，她向往自己也能有一次真正的航海经历，于是，她随船回国。

"罗马人"在印度洋船体开裂、船舱进水并最终沉没后，水波和罗全布船长、朱海根轮机长、欣荣水手长四人登上了救生筏，逃过一劫。在小小的救生筏上，面对恶劣的生存环境，四个人的生命连在一起，不允许谁对谁再隐瞒什么。朱海根对这次事故产生了怀疑，他要求罗全布和水波透露其中的秘密，否则自己将死不瞑目。面对24个船员的殒命和轮机长的请求，船长交代了自己在适航证上默认造假并签名的过失："我挡不住钱的诱惑。"朱海根听了之后一语中的地说道："钱没有罪，有罪的是对金钱的贪婪。"欣荣捏紧双拳，发疯似的仰天长啸："啊，贪婪，伟大的贪婪，无耻的贪婪，老天爷，救救我们这个民族吧！"这些对水波的思想造成了极大的冲击，也唤醒了她心中沉睡的道德,她无地自容,恨不得跳进印度洋。一个人思想道德的大变化,必须有内因和外因两方面的原因。水波从辛运的帮凶变成揭露辛运的勇敢战士,她的内因是她的出身和母亲的影响,外因则是这一次事故。如果没有这一次事故,水波很可能迅速"崛起",成为第二个辛运。

在印度洋上挣扎到第10天,罗全布不再进食、喝水,他交出了一直绑在自己身上的笔记本,里面记着自己和董事长辛运之间卫星电话的通话记录——自己和辛运共同犯罪的罪证。他要忏悔,他请朱海根把这个带回国内公布于众。他还交代说,万一轮机长也不行了,就托付水手长,水手长要是也活不成了,"那阿欣,你就只能带着它去见阎罗王了"。听了船长的话,水波心里像有把刀子在割,"船长到死也不信任我,不把笔记本托付给我",她这才体会到,"信任"这个词的意义、价值和分量,它对一个人来说有多么重要。罗全布的笔记本成为促使水波良心回归的第一个推动力。

第二个推动力是和欣荣两人在救生筏上相依为命60多天,欣荣带给她的爱情的甜蜜和心灵启示。欣荣虽然只读过中专,但他十分好学,充满智慧。不过假使没有这一次海难,水波永远也不会走近这么一个水手。只有在这浩瀚的印度洋上,在只能容身的小船上,他们才无可选择地靠近,达到身心的结合。第30天时,水波意志崩溃想要跳海,是欣荣用英国人莫里斯夫妇在海上漂流117天的事迹激励她。为了维持生命,欣荣钓鱼、喝海水、喝自己的尿、喝鸟血吃鸟肉,水波都一一仿效。在漫长的等待中,欣荣讲起了曾经到过的各个国家的事情。他说,各个国家都有问题,但是中国造假的问题最大。当外国人议论国人、诋毁国人时,他也觉得愤怒,但是却又无奈,没想到自己的命也将葬送在弄虚作假上。第61天,欣荣为了在鲨鱼口中救下水波,自己的手掌被鲨鱼咬断,发高烧,最终不治而死。欣荣的言行又给了水波极大的刺激,在印度洋上,她感觉到了世界上还有比钱更珍贵的东西,它们是良心、人格、信任和爱。她发誓要完成欣荣——她的爱人未竟的任务,把罗全布的笔记本交给法庭,让辛运伏罪。

第64天,水波已经漂流了4000多海里,终于被缅甸的塞罗人救起。救上岸时,她身上只剩腰间的一根布条,里面装着罗全布的笔记本,她视若生命。《龙阳日报》记着陆天浩采访了她,把她的事迹登上报纸,龙阳人都知道她是"罗马人"的唯一幸存者、一个生命奇迹的创造者、一个英雄。但是,水波没有飘飘然,她没有忘记自己的使命和对欣荣的承诺。她找到辛运,要他和自己一起去投案自首,承担这次事故的责任,然而她没能如愿。辛运仍然用巨大的好处利诱她,她却再也不动心,决然地踏上揭露事故真相、让罪犯伏法的艰辛道路。面对精神病专家刘教授的"误诊"、《龙阳日报》记着陆天浩的倒戈、刑警队长匡正的"太极拳"、更有欣跃的"负心"、罗根兴的反咬一口和辛运制造的一系列绑架、软禁及生命的威胁,水波也有过困惑和疲惫的感觉,她甚至已经做好了牺牲的准备,但就是不愿意妥协、不向恶势力低头。

促使水波成为一个向黑社会势力斗争的女英雄的第三个推动力是水波的主治医生习文。在和水波接触的过程中,习文发现水波根本没有精神障碍,相反,是一个信守承诺、不为巨额利诱动心的有品位的女性。水波的美貌和她的正直勇敢深深打动了习文,为此,他私自把水波放出了精神病院。当院长质问习文有什么权利把病人放走时,习文回答说:"我以医德的权利。"为了更好地帮助水波,习文辞去了公立医院的高福利岗位,应聘到一家私立小医院。可以说,习文和水波两人原本应该是两股道上跑的车,可是两人的感情却逐步接近,从习文最初对水波的同情、怜悯到后来的暗生恋情,水波的行为感染了习文,习文的帮助也激励了水波,使她的斗争勇气更加坚定、内心更加强大。最后也是习文带着水波的爱犬"华华"找到了水波,把她救出,使她得以完成使命。

水波这一形象的塑造是成功的,因为这个形象的每一个变化,她的精神的堕落和自赎,直到后来的升华都有严密的逻辑支撑,都和社会现实息息相关。她的"向钱看"是家境和社会转型的双重原因使然。她的幡然醒悟源于一次致命的航海,而这次海难事故的造成也是一部分人利欲熏心的必然结果,只要社会上有这样的人存在,事故是一定会发生的,不是海难就是矿难,要么就是交通事故、食品中毒……一个社会的人,他的思想性格的变化绝不是孤立的,任何关在小屋子里闭门造车的作者都不会创造出真实感人的艺术形象。

辛运是小说的第二号人物,也有"根红苗正"的来历。他出身贫寒,父亲是驳船上的水手,自己也顶替进了航道局,曾是机舱间里的小工,靠卖力干活评了先进入了党。在经济大潮涌动的时候他辞职下海成立了好运来公司,靠无需成本的劳务输出起家,发展到拥有共400多万吨位的40多条近海及远洋轮船,资产数亿。但辛运并不是比尔·盖茨或乔布斯之类的个人奋斗者,他不过是寄生在千疮百孔的不合理制度下的既得利益者而已。但是他却红黑两道通吃,带有对社会的更大危害性。

辛运这类人的"成长史"也带有某些共同的特点,一是社会的转型撑死胆大的,吓死胆小的,给了辛运这样的投机者天赐的机会。二是出身贫困的人,一旦有了些钱往往就更加贪婪,视钱如命。不过辛运既具有这类人的共性,也具有这类人的特性。辛运的共性主要表现在对待水波上面,辛运的特性主要体现在对待周涛上面。

辛运先是看重水波的才华,把她招进好运来公司委以重任,他又垂涎水波的美貌,对她存有非分之想,如果不是水波聪明,他恐怕早已得手。这时的辛运不过是一个暴发户而已,因此,水波对他是既躲避又依赖。在对金钱的追求上他俩暂时成了同路人,水波干脆利落地摆平罗全才和比哈尔港验船师,搞定一次性适航证,将"罗马人"驶离欧洲开回中国。轮船的解体坠海是个转折点,漂流海上的64天使水波得到精神上的涅磐,获救上岸回国后的水波已经和出事前的水波判若两人。一开始水波对辛运还抱有幻想,她苦口婆心劝说辛运跟自己一块儿去自首,去赎罪,然后重新做人。然而,辛运并不把27条生命当做大不了的事,反而拉水波和自己结成统一战线,共同隐瞒事故真相。暴发户的武器也无非就是金钱和物质而已,他对水波许以巨额利益,想当然地以为水波一定会就范。他没有想到这一招会不管用,自己和水波已经变成了对手关系。

至此以后，辛运一步步展示他作为黑心老板、黑社会头子的全部阴暗心理和残酷手段。

他充分发挥金钱的魔力，收买《龙阳日报》记者陆天浩、龙阳市精神病院院长马平、精神病专家刘文甫教授，诬陷水波因受刺激患上精神分裂症，让公众以为她说的话不能信，以此抵赖自己指使别人造假，造成巨大海难事故的责任。他绑架水波和水波母亲，妄想得到罗全布的笔记本原件，销毁证据。他又对部分遇难者家属软硬兼施，许以高额补偿，离间他们和水波的关系，使得罗根兴在网络上发布诬蔑水波的假消息，更指使欣跃活埋水波。对于自己的同伙"暴眼"、全金、匡正等人他也毫不留情，先是利用，利用完了就杀人灭口，简直是无所不用其极。

除了具有黑社会头子的残忍一面，辛运还有对付官员的另一面，这是他的过人之处。早在发迹之初，辛运就瞅准了周涛，对他进行人力投机，最终使周涛成为自己的保护伞。周涛本来只是一个小小户籍警，但辛运看出他表面上谦虚谨慎，实际上爱吹捧、图虚荣，是个有缝的"鸡蛋"，于是辛运就叮上了这只"鸡蛋"。物质上，辛运解决他的住房问题，经常用金钱贿赂他，不断让他尝到"甜头"。精神上，找记者写文章吹捧他，帮助他一路飙升，从小民警变成公安局局长、市政法委书记，辛运成了周涛的"辛叔"、周涛的恩人，周涛则成了辛运的保护伞，两人是一股道上的蚂蚱。辛运出了事，周涛自然要帮忙，因为周涛知道，帮辛运就是帮自己。但是作为一个职位不小的官员，周涛也有自己的谋略，他明知辛运已经不是一个简单的责任过错者，而是成了触犯法律的罪人，仍然决定保他。他想："自己已经陷进去了，但不能陷得太深。进可以攻，退可以守。"他劝辛运不要来硬的，他说，"归根到底是钞票，世界上所有事故，空难、海难、交通事故，最后都落实到钱。"他还出主意让辛运利用精神病这顶"帽子"压住水波。他也给得力干将匡正定下原则，"忙要帮，但不能沾血"。周涛真是机关算尽，既要拿好处，又要保住自己。天底下哪有这样的好事呢？说到底，两个极端自私的人不可能永远站在一起。辛运不仅手上沾血，还连杀几人,终于把事态搞得不可收拾。

聪明反被聪明误,即使花大本钱培养出了周涛这样的大黑伞,还是摆脱不了正义的制裁,这是所有贪婪者最后的宿命。

除了水波、辛运这两个主要的形象,作者还成功地塑造了船长罗全布、医生习文、记者陆天浩、出租车司机欣跃、女子跆拳道冠军朱小云和水波的母亲等一系列配角的形象。作者对这些形象的描写详略得当,即使是寥寥几笔也能通过一个人心理活动的变化反映出社会的面貌。

罗全布年已66岁,妻子一直卧病在床,儿子罗根兴只是个小水果摊主,家庭经济状况相当拮据。辛云找到罗全布,要他担任"罗马人"的船长。一开始,罗全布是拒绝的,但是当辛运把酬金增加到3万美金后,罗全布动摇了。他太需要钱了,他想赌一次这趟欧洲到中国的航程,只赌一次。但是,印度洋没有让他赢,他的身体和内心的痛苦都把他拉到生命的尽头。在第10天,他停止了进食和饮水,向轮机长交出自己的笔记本,这既是辛运违法的罪证,也是自己贪财的证据。他还把自己的衣服脱下,因为在遇到可以救援的船只时,只要把衣服燃烧起来就成了求救的信号。最后,他只穿了一条短裤葬身大海。是什么唤醒了罗全布的良知呢?是24条鲜活的生命,是一船之长的神圣职责,把他从为恶的路上拉了回来,他要用自己最后微小的力量给同船三个人以帮助,也是为自己赎罪。就这样,他的肉体生命消失了,他的精神却升华了,他留在人们心中的是一个忏悔的、诚实的船长形象,人们会原谅他,他自己的灵魂也可以得到安息。作为一个重要的配角形象,罗全布的思想变化逻辑相当清晰可信,而且也为水波这个主要形象起到不可缺少的衬托作用。

《龙阳日报》记者陆天浩是"罗马人"事件最早的报道者,是他的生花妙笔使水波成了万人瞩目的女英雄。从内心深处来说,对于水波这样一个弱女子能够战胜恶劣的海洋环境和精神恐惧而生还下来,陆天浩是相当敬佩的,而且还因为这份稿件当上了编辑部主任。但当辛运软硬兼施向他施加压力时,他退缩了,又写了水波患上精神分裂症的不实报道。这个情节是从社会现象中提炼出来的，它表明精神文明建设的缺失所造成的恶果已经侵蚀到知识分子队伍，包括记者这样的无冕之王。然而，陆天浩的内心是不平静的，水波的不幸遭遇刺激着他，自己身上双重人格带来的痛苦也压迫着他。他内心挣扎的结果是正义战胜邪恶，是良知战胜金钱。后来，在习文的请求下，他找关系通路子，把整个事件的真相用内参方式交到大人物手中，终于把辛运和周涛送上法庭，也彻底解救了水波。陆天浩这个人物的思想转变也是符合逻辑的，这个形象对最后的故事结局起到至关重要的作用。

　　轮机长朱海根的女儿朱小云是个开武馆的跆拳道冠军，虽然是女流之辈，却有一颗正义的心和仗义的精神。自从认识了水波、了解了"罗马人"事件的真相后，她就坚定地站在水波一边，给她鼓气、给她帮助，还用自己的武功教训了辛运派来的打手。朱小云的形象就是社会上正直、正派、讲情义的广大民众的缩影。正是有了这样的朋友，水波才有勇气和力量与黑社会作斗争，朱小云们就是水波们的强大后盾。

　　水波母亲李素琴是一位退休的小学教师，在她的抚养下水波身材健美、学业优异，应该说她是个称职的母亲。水波成年后上了大学，毕业后进了好运来，受到社会上不良思想的影响，她也变得有点儿世故，这不是李素琴的错。水波大难不死回到家里后，李素琴一直从正面引导女儿，帮助女儿实现她对欣荣的承诺，协助女儿跟黑社会势力作斗争。面对威胁和绑架，她虽然心里害怕，但是并没有拖女儿的后腿，而是把家庭和亲情当成女儿的温暖的港湾。李素琴的知书达理给了水波很大的精神支持，如果没有这样的母亲，水波很可能真的精神失常。

　　欣荣的双胞胎弟弟欣跃虽然长得跟哥哥一模一样，但是在思想和性格上却与哥哥有很大的差距。他喜欢水波的漂亮，曾一度追求水波，也给了她一些帮助。但他不像哥哥，既没有较好的教养，也没有高尚的情操，他不是水波的知音，水波也只是把他当做一般的朋友。但是后来，因为曾经犯过的小失误被辛运当把柄抓住，又被辛运的威势所吓倒，他竟然立刻背叛了水波，还要把她置于死地。在欣跃的身上，我们看到冰冻三尺非一日之寒。他的变化看起来突然，其实他的生活方式中已经慢慢地积累起某些必然的因素。他开出租车谋生收入不高，生活单调，又不像哥哥爱读书爱钻研，他没有什么精神的追求，因此很容易沾染不良习气，也很容易被坏人拉下水。所以，他的变化也是符合生活逻辑的。这个形象可以作为一个"不应该这样"的典型或者是一个教训，对青年人起到警示的作用。

三、沉重而急切的主题

一个作家应该歌颂真善美等健康向上的生活，也应该揭露和批判各种假丑恶现象，这是他们的社会良知和社会责任的体现。任何一个时期都是光明和黑暗并存、高尚和卑鄙同行，只是它们所占的比重不同而已。优秀的作家可以根据自己的生活积累，采用自己所熟悉的素材和擅长的艺术手法去表现生活，展示自己对社会发展的看法。但是两厢对比，表达歌颂性的主题比较安全，而且容易受到表彰；对黑暗现象进行深入揭露就不一定安全，它需要作者具备坚强的勇气。

张士敏先生从最初的业余文学写作者到后来成为上海作协的专业作家，他一直都把视角放在人性、人的价值和人的精神探索方面。上世纪五六十年代他主要歌颂新中国的海洋工作者。80年代他通过海洋题材批判极"左"路线对人才的伤害和对人性的扭曲，呼唤确立正确的人才观。他的小说《选择》和《虎皮斑纹贝》甫一发表，就受到读者的强烈关注和热烈欢迎，《选择》还被搬上荧屏。在创作《印度洋的承诺》之前，张士敏更多地关注到社会精神文明的走向，他对社会上各种造假现象深恶痛绝，对精神文明的下滑深感忧虑。强烈的社会责任感迫使他再一次以自己所熟悉的海洋题材，用一次海难事故的发生去猛烈抨击造假的行径，呼吁诚信的归来。

围绕"罗马人"号远洋船沉没事件的全过程，作者细腻地描写了各种不同的人性变化。一开始，辛运是强大的，他有钱能使鬼推磨，指使水波和罗全布造假，把一切搞定，使"罗马人"顺利启航。轮船在印度洋解体沉没是所有变化的起始点，首先是 24 条人命的代价唤醒了罗全布的良心，他知道自己签下不该签的名字无形中就是助纣为虐，不可饶恕，因此他把自己的笔记本交了出来，还把自己的身体交付大海，他用这样悲壮的方式教育留在身边的三个人，弄虚作假害死人，一定不要放过黑心老板辛运。在生命的最后时刻，罗全布的人性升华，他的死开出了美丽的精神之花。

水波天生丽质，但是在越来越下滑的社会文明环境影响下，她的内心不那么单纯了、不那么可爱了，她成了辛运的助手，也成了他昧着良心敛财的帮手。在浩瀚的印度洋上，轮船的沉没给了她重大打击，罗全布对自己的鄙视又是更沉重的一击，直到爱人欣荣去世，才使得水波完成了一次痛苦的心灵搏斗历程，她从魔鬼的边缘回头，踏上返回人间的道路，尽管这条路走得那么艰辛，甚至比印度洋更充满凶险。她的心中有了一盏明灯，那就是对爱情的承诺，她要拼着命把事实真相公布于众，把草菅人命的辛运送上法庭。这个时候在水波看来，诚信高于一切，如果放弃对爱人的承诺，自己的生命将毫无意义。因此，当爱的结晶诞生后，她给他取名"承诺"。

罗全布和水波都是有缺点的小人物，不是什么高大完美的人，但是他们改邪归正的行为却产生了巨大的力量。习文被感动、朱小云被感动、陆天浩被感动……正义的力量终将战胜邪恶，因为人类社会需要诚信。辛运和周涛虽然一时强大，但是他们对金钱利益的贪婪追求违背了人类的良心，不符合社会文明发展的趋向，所以他们被社会惩罚、被历史抛弃是必然的。欣跃和罗根兴本来可以在人性上更上一层，可惜他们心中向恶的力量大过向善的力量，于是他们进一步堕落，甚至把性命也搭上。

《印度洋的承诺》可以说是悲剧，但是却不乏希望。小说对辛运和周涛进行了揭露，却对罗全布、水波和欣荣进行了歌颂。悲剧也好、揭露也罢，都是激励人们道德高尚，促进社会文明进步。作者用一个曲折的故事和一组鲜活的形象表达了我们社会一个沉重而急切的主题：回来吧，诚信！